爆肝工程師的異世界狂想曲 22

Kadokawa Fantastic Novels

「亞里沙，用轉移
移動到那座山的山頂上。」
「了解～！」
我在快速更衣技能的幫助下
變身為勇者無名，
並站在山頂的斜坡上
從儲倉中拿出小型飛空艇做出宣言——
「來吧，是勇者無名與
黃金騎士團出擊的
時候了！」

爆肝工程師的異世界狂想曲

22

愛七ひろ

Death Marching to the Parallel World Rhapsody

Presented by Hiro Ainana

Kadokawa Fantastic Novels

插畫／shri

C O N T E N T S

Death Marching to the Parallel World Rhapsody 22

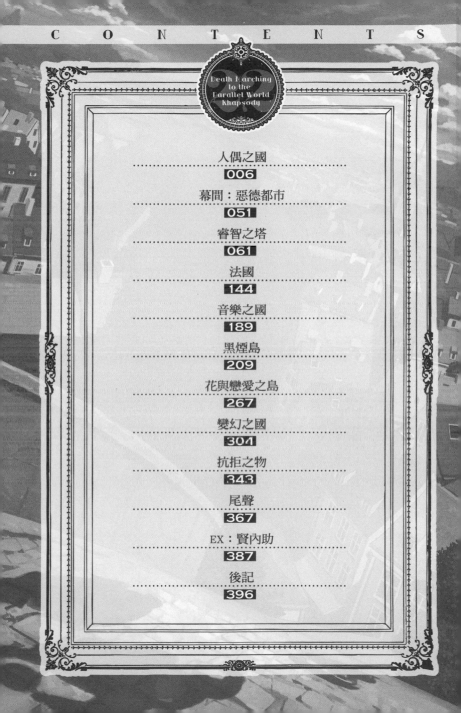

人偶之國

「我是佐藤。人偶自古以來似乎被當作人類的替代品或詛咒工具，但最近的人偶總給人一種無法撼動，能治癒人心的夥伴地位。」

「是龍蛋喲！」

有著茶色鮑勃頭短髮的犬耳犬尾幼女波奇眼睛閃閃發光，活力十足地這麼大喊著。

她抱在懷裡的蛋有著類似在恐龍電影中會出現的斑紋。

我們從為消滅魔王而造訪的巴里恩神國離開，來到第三個國家——人偶之國羅多洛克。

走在路上的人們大多穿著符合溫暖氣候的輕便裝扮，無論男女的單邊肩膀上都掛著纏在腰上的鮮豔布匹，感覺相當時尚。這個國家的特產應該是布匹或染料吧。

「波奇，還沒付錢～」

有著白色短髮的貓耳貓尾幼女小玉抓住波奇的肩膀阻止了她。

從她現在開朗的表情看來，很難想像她才在巴里恩神國的「有才之士」村落，經歷了被自己當作忍者老師景仰的賢者索利傑羅背叛導致的別離。

「不好喲，波奇是冒失鬼喲。」

波奇連忙跟著小玉一起返回攤位。

對她們而言，或許連擁擠的市場也不構成任何阻礙，只見兩人很順利地鑽過人群回到了攤位前。

「對不起喲，這個『龍蛋』波奇要買喲！」

波奇向攤位老闆道了歉。

這一帶的人們普遍用和巴里恩神國語相近，被稱作內海共通語的語言，似乎還會搭配當地的羅多洛語一起使用。雖然我都獲得了技能，但由於以孚魯帝國語為基礎的內海共通語泛用性較高，因此我只在這項技能上投注了技能點。

「哦，原本以為看似很有錢的小姑娘打算拿了就跑，害我緊張了呢。那顆蛋要金幣十枚喔。」

不知道是不是錯覺，總覺得這個國家對亞人沒什麼偏見。

還是因為這裡被稱作人偶之國，市面上也能見到不少動物造型玩偶的緣故呢？

「哇哦！」

「十、十枚喲？」

波奇用為難的表情看著錢包。

雖然我在羅多洛克王國的港口兌換貨幣時給了她們零用錢，但每個人只給了大約一枚金幣的量，因此不可能買得起。

而且根據AR顯示，波奇手上的「龍蛋」是名叫「羽龍蜥蜴蛋」的物品。照市場行情技能來看，那顆蛋的價值只有一枚銀幣左右。更何況如果是真正的「龍蛋」，就算用十枚金幣也買不到呢。

「若是一枚銀幣就買。」

「喂喂，再怎麼說這也殺價過頭了吧？」

「是這樣嗎？」

我在一臉不情願的老闆耳邊小聲地說了句：「以羽龍蜥蜴蛋來說，價格剛剛好吧？」他立即冷汗直流地答應以銀幣一枚將蛋賣給我們。這都是託殺價和詐術技能的福吧。

我將老闆遞過來的蛋交給了波奇。

「小心別弄掉了喔。」

「是喲，波奇要孵蛋成為龍騎士喲！」

「哦，Great～」

為了避免波奇將蛋掉落，我拿出布匹迅速地縫起用來固定蛋的綁帶。

明明為了不引人注目而在路邊進行作業，但完工的時候還是引來了一堆好奇的視線。

「主人，哪個幼生體比較可愛，我這麼提問道。」

為我製造契機離開現場的人，是金髮巨乳的美女娜娜。雖然她是個出生至今大約一年多的人造人，但外表是個像高中生的人族。

而她口中的幼生體，則是在攤位上展示的企鵝和狗玩偶。兩種都採用了圓滾滾的造型，非常可愛。

聽我這麼說完，娜娜用複雜的表情端詳起兩個玩偶。

「企鵝。」

蜜雅用單一詞彙提出意見，她是將青綠色頭髮綁成雙馬尾的幼女。用來遮住耳朵的兜帽隨風飄動，從中能看到她那作為精靈特徵的微尖耳朵。

「這個國家的陶瓷人偶水準真高耶～」

在隔壁攤位抱起宛如公主造型人偶的，是擁有如同人偶般可愛外表的轉生者亞里沙。她用金色假髮藏起了在這個世界遭人忌諱的紫色頭髮。

「不覺得這個很適合當作送給小靜香和小光光的伴手禮嗎？」

亞里沙將美男子和美少年造型的人偶拿給我看。

「說得也是，感覺她們兩個應該會很高興。」

「那麼，這兩個就留著了。這個國家的人偶種類豐富，很難選耶。」

靜香因為被賢者捧成聖女，並被迫濫用獨特技能擔任轉讓技能媒介的緣故而魔王化，精神也被逼到引發了憂鬱症。而現在的她早已逃離了賢者的魔掌，正在希嘉王國附近的祕密基地，跟原是王祖的小光一起致力於同人誌活動。

「話說回來，主人不覺得與巴里恩神國有關的傳聞就跟公開發表的一樣嗎？」

「因為跟勇者隼人大顯身手擊敗魔王的故事比起來，法皇隱退和賢者失勢之類的傳聞比較不吸引人吧？」

賢者最後因為自己的野心被關進魔神牢，似乎跟他同流合汙的綠色上級魔族也已經解決掉了。

從札札里斯法皇和賢者墮落為魔王的傳聞沒有傳到鄰近國家這點來看，足以顯示多布納夫樞機卿的能力。目前他正和當上神殿騎士團長的聖劍使梅札特卿一起作為中心重建國家。

「流傳的只有梅札特的事蹟，我們的事情幾乎沒有外傳，真是遺憾呢～」

亞里沙有些遺憾地聳了聳肩。

除了成為話題重心的勇者一行人之外，身為當地名人的梅札特卿的名字也經常出現，幾乎沒人會提到其他同行者——也就是我們，或是黑騎士以及兩名武士等沙珈帝國一行人的名字。連提到我們的名字時，也只是用「希嘉王國的勇士們」一帶過。

亞里沙似乎很不滿，但對我來說出名只會妨礙觀光，因此我對這種待遇沒有怨言。

雖然夥伴們沒有得到大眾認同確實有些可憐，不過大家都還很年輕，遲早會變得有名到想藏也藏不住吧。

「哦！是穿著性感短褲的少年人偶！」

亞里沙的眼神變得如同發現獵物的猛禽般，直直地朝人偶逼近。

「這個辛香料叫什麼名字呢？」

「那是麻痺山葵，只要加一點點就能襯托出料理的味道喔。」

露露在亞里沙對面打量著擺放在攤位上的辛香料瓶子，她是擁有亮麗黑色長髮的超絕和風美少女。

喜歡料理的她似乎因為發現新的調味料而興致勃勃。

「如何，鱗族的小姐。我這裡的槍都是在『鍛冶之國』斯提洛克鍛造的名作喔。」

莉薩站在巷子裡擺放武器的攤位前，認真地注視著槍。能從她的手腕和脖子窺見到象徵著橙鱗族的橙色鱗片。

雖然大街上大多是人偶和食材的攤位，不過包含金屬器具在內，巷子裡也有販售武器和防具的攤位。

「真特殊的素材呢，乍看之下還以為生鏽了，但似乎是鋼鐵本身就帶著紅色。」

「哎呀，第一次就能看出來還挺厲害的嘛。這玩意兒叫做紅鋼，是用『鍛冶之國』的祕傳金屬所製造的。」

因為他們聊的話題很有意思，於是我也參了一腳。

「這和日緋色金的顏色不同呢。是在鍛造鋼鐵時，使用了某種特別的素材嗎？」

AR顯示也寫著「紅鋼」，應該是完全不同的金屬吧。

我認為應該是跟沙珈帝國黑騎士的裝備上所使用的「黑鋼」一樣，是透過煉成製造的一種奇幻金屬。

「嘎哈哈！小兄弟，你的說法簡直就像親眼見過神話時代的金屬一樣啊！」

別說見過，我甚至煉成過。

「這把槍要多少錢呢？」

「兩百枚金幣。」

「這也太誇張了吧！魔劍都沒有那麼貴！」

亞里沙突然插嘴道。

直到剛剛還在物色人偶的她，不知何時來到了附近。

「金幣二十枚怎麼樣？」

「喂喂，那樣連材料費都不夠啊。」

「那麼，金幣三十五枚如何？」

我也替亞里沙幫腔。

依照市場行情技能提出的價格來看，對方應該也能拿到足夠的利益才對。

「魔力的流動不差，但耐用度跟銳利度似乎不及祕銀製的劍。」

我一邊留意不要放出魔刃，一邊試著向紅鋼槍注入魔力。

槍柄好像也使用了容易注入魔力的材料。

「再加一點。」

「我可以出到金幣三十七枚。」

「好，成交！」

我接過用羅多洛克王國金幣買來的紅鋼槍，將其交給莉薩。

「那麼就由我代為保管。」

莉薩恭敬地接過武器，並從妖精背包拿出布裹住槍尖。

「那不是用來保管，而是送給莉薩的禮物喔。」

「謝，謝謝您，主人。」

莉薩罕見地不知該做何反應。

「莉薩小姐的臉紅通通的。」

「不行，亞里沙。不可以捉弄人，我這麼告知道。」

「說得也是。對不起喔，莉薩小姐。那把槍也很適合妳喔。」

我和夥伴們一起參觀市場，中午在美食家多布納夫樞機卿介紹的店裡用餐。

「蘑菇排，美味。」

「塗上蜂蜜的照燒羅多洛鳥也很棒呢。」

「這裡的炒山菜和炒蘑菇也很好吃喔。」

「肝醬最棒～？」

「鹿豬先生的烤肉也非常好吃喲！」

或許是因為羅多洛克王國的農耕面積較少，一般蔬菜不僅價格昂貴，味道也不怎麼樣，但山菜和野味之類的山珍，尤其是蜜雅讚不絕口的蘑菇真的十分美味。

雖然也有海味，但那跟內海沿岸其他國家的差距並不大，因此只會偶爾換換口味。

「讓您久等了，這是追加的蘑菇排。」

「歡迎，我這麼告知道。」

我將塗滿蜂蜜奶油的蘑菇排切開分給大家。

「畢竟現在是洞窟蘑菇最好吃的時期啊，儘量吃吧。」

「這種蘑菇可以買來當土產嗎？」

「你們去山附近的市場看看吧，因為靠海的地方主要販售魚貝類。」

這裡盛產的蘑菇不僅種類豐富，尺寸還跟籃球差不多，吃起來份量十足。

既然蜜雅很喜歡，那就多買一點吧。

「串烤莫巴和年輪肉排來啦～」

店裡的大姊姊們端著好幾個大盤子走了過來。

似乎都是用一種身體很長，名叫莫巴的野生動物製作的肉類料理，份量十分驚人。

「真好吃。雖然希望能夠更有口感，但已經很有嚼勁了。」

「啊嗯啊嗯～」

「哈姆哈姆喲。」

莉薩用刀叉將肉切開享用，而一旁的小玉和波奇則是將臉湊近插在叉子上的肉啃著吃，臉甚至都要貼到盤子上了。

接著「鏘」的一聲，波奇跳了起來。

「好危險喲，差點就把蛋的人打碎了喲。」

剛才那好像是蛋撞到桌子的聲音。

「把綁蛋的帶子解開不就好了？」

「不可以喲。豹姊姊說過，媽媽要一直把蛋或嬰兒抱在肚子上喲。」

波奇用力地搖搖頭。

她所說的「豹姊姊」指的是待在聖留市時的奴隸同伴吧。

「一下下的話沒關係啦。」

「好喲。」

雖然波奇同意了，但她在解開帶子之前說了句：「果然還是揹著就好喲。」並隔著帶子很憐愛似的摸著蛋，波奇應該是打算當蛋的媽媽吧。

「亞里沙，蛋的人什麼都沒吃，肚子不會餓喲？」

手上拿著叉子的波奇這麼問道。

「蛋裡面有飯所以沒關係喔。」

「是那樣喲？」

「嗯，接下來只要用波奇的體溫來溫暖它就沒問題了，所以妳就放心吃肉吧。」

「是喲！波奇為了肚子裡的孩子要好好吃飯喲！」

波奇這有點偏掉的發言讓大家都露出了微笑。

開心用完餐的我們先前往市場購買蘑菇和食材，接著決定依序前往店員告訴我們的市內名勝參觀。

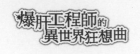

◆

「好大的銅像喲！」

「為什麼會少一隻手呢？」

作為地標之一的初代國王銅像，是一座全長十五公尺的龐然大物。

「那是索巴洛混蛋的錯。」

一名工匠打扮的壯碩男性用粗魯的語氣插了話。

或許是因為他工匠服背後有熊的花紋，感覺給人一種好親近的印象。

「索巴洛～？」

「是鄰國的名稱。同樣身為工匠，索巴洛克的家具值得稱讚，但我非常討厭那個國家熱愛戰爭的國王和國民呢。」

依照這位工匠先生的說法，銅像會少一隻手，似乎是被攻入這個國家的索巴洛克國用大炮轟掉的。

「國家間的戰爭還真罕見呢，國境不存在魔物領域嗎？」

「嗯，沒錯。這裡和索巴洛克原本是同一個國家，大約在三百年以前王子兄弟吵架才一分為二。王子哥哥建立的國家就是索巴洛克，每隔幾年對面就會用應該把羅多洛克拼吞成一個國家當理由打過來。不過因為以前羅多洛克也攻打過索巴洛克，所以算是半斤八兩。」

拼吞——是指併吞嗎？

「而且要是打仗赤龍大人都會出現，所以首都幾乎不會遭受攻擊。這次是因為國境的混蛋貴族背叛才導致情況危急，多虧巴里恩神國的法皇大人派遣聖劍使梅札特大人跟神殿騎士團前來調停，才把索巴洛克的那群混蛋趕走。」

哎呀，意外的名稱出現了。

這麼說來，巴里恩神國好像會四處調停其他國家的戰爭。

「之前是賢者大人用超厲害的魔法幫我們阻止了戰爭，實在非常感激巴里恩神國啊。」

工匠先生說完之後，從懷裡拿出巴里恩神的聖印給我們看。

原來如此，在調停時順便增加巴里恩神的信徒啊。

「剛剛您提到『赤龍大人會出現』——」

「嗯，我年輕那時還沒有巴里恩神國的調停呢。當時只要戰爭變得激烈，赤煙島的赤龍大人就會飛過來讓戰爭結束。」

「結束是什麼意思，我這麼提問道。」

「就是字面上的意思。一旦赤龍大人飛過來戰爭就結束了，因為要是不全力逃跑就會沒命。若是被因看到戰爭而感到興奮的赤龍大人找上門，人生就走到盡頭了。」

我的腦中浮現了黑龍赫伊隆的身影。

確實，一般人被成年龍纏上不可能平安無事。

「不過，通常都選在赤龍大人的休眠期或者不在的時候挑起戰爭，所以飛過來的會是下級龍或者亞龍，然而對我們而言危險性是一樣的。」

根據工匠先生的說法，赤煙島附近好像有身為赤龍眷屬的下級龍和亞龍棲息的島。

「師傅！木材的拍賣開始了！」

「哦！我馬上來！」

工匠先生聽見年輕弟子的呼喚跑了過去。

因為有點興趣，我們也前去參觀拍賣，不過——

「檜木的原木我要了！」

「少囉嗦，這是我的！」

「不准獨占櫸木！」

一群看似工匠的人們殺氣騰騰地搶購著原木材。

「要是敢瞧不起人，小心嘗到苦頭！」

「閉嘴！你還是去玩你的土人偶吧！」

「你這混蛋！竟敢小看陶瓷人偶！你才是該去削石頭啦！」

「喂喂喂！是在說石工嗎？剛剛有人瞧不起石工嗎？」

到處都吵成一團，甚至扭打在一起。

「啊哇哇哇，不好了喲！」

「大家友好相處～？」

雖然波奇和小玉不知所措地打起圓場，但是在氣頭上的男人們看來聽不進去。

其他男人們別說制止，反而還趁著這個機會搶購原木。

「你們是其他國家的人嗎？」

「他們老是那樣，所以不必在意喔。」

路過的女性們語氣無奈地這麼對我們說完，摸了摸波奇和小玉的頭並對她們說：「妳們真溫柔呢。」就離開了。

原來如此，跟風俗街常見的醉漢吵架一樣啊。

「那就像在用肢體語言溝通一樣，還是別打擾他們吧。」

我催促夥伴們回頭繼續觀光。

◆

「看見燒焦的塔和破碎的塔，讓人想起聖留市的抗龍塔呢。」

莉薩在見到崩塌的城牆塔之後這麼說道，她擔任奴隸時似乎曾在抗龍塔周圍的加波田裡工作過。

「有部分的城牆是全新的，我這麼告知道。」

「這也是戰爭的痕跡嗎？」

「大概吧。」

有許多工人正在搬運石材修補高塔，大概是以重建防禦設施為首要工作。

或許是魔巨人的數量很少，三公尺級的小型魔巨人只有兩隻，因此，施工必須花上不少時間。

「笨拙。」

「妳是指土魔法師？補強方式確實很粗糙呢。」

的確有土魔法師在蜜雅和亞里沙的視線前方用「灰泥硬化」和「石牆」魔法強化城牆，不過從遠方都能看得出來很粗糙。

畢竟對方的等級看起來也不是很高，應該是見習生在練習吧。

「有許多紀念性的建築遭到破壞，我這麼告知道。」

「一旦打仗，那種建築果然容易被當成目標嗎？」

雖然我們在羅多洛克市觀光，但到處都有戰爭留下的痕跡。

依照散步時聽到的內容，戰爭是發生在半年前。不過就算這個世界有魔法，小國維修仍然要花上不少時間。

「發現貓咪雕像～」

「狗狗雕像很難找喲。」

「兔子。」

羅多洛克不愧被稱為「人偶之國」，街角和屋子的許多地方都擺放著各式各樣不同大小的石像或銅像。

我們一邊欣賞著住宅區的裝飾一邊走進工匠街，朝著有許多商店的主要幹道走去。

「有很多製作木雕的工匠呢。」

「對面傳來雕刻石頭的聲音，我這麼告知道。」

「好像也有玩偶工坊喔。」

在敞開的木窗內，有一群人正在製作各式各樣的玩偶。這些玩偶工匠大多都是女性，但也有少數幾名男性。

「主人，這邊好像也有在開店。」

亞里沙拉著我的手走進一間像商店的地方。

「好多玩偶。」

「非常非常可愛喲！」

「Amazing～？」

蜜雅、波奇跟小玉因為看見色彩繽紛的玩偶，雙眼閃閃發亮。

「哇，真棒耶。」

「是的，露露。有好多幼生體，我這麼告知道。」

其他孩子們好像也很高興。莉薩一方面似乎擔心自己會格格不入，但她依然表情認真地打量著玩偶。

「有龍玩偶喲！等蛋的人出生之後想讓它抱喲！」

「啊哈哈，那樣很棒呢。」

波奇舉起一個變形的龍玩偶。

「哎呀哎呀，有好多外國的客人呢。」

老闆娘從店內走出來接待我們。

雖說她注意到了波奇的托蛋帶，但沒有特別作出表示。

「每一個都非常可愛喲！」

「是啊是啊，這些人偶是我和女兒灌注了心血製作的。每個都充滿愛心，當然可愛。」

她似乎也是個玩偶工匠。

「我也會製作玩偶，我這麼主張道。」

「那真棒呢。如果可以，能讓我看一下外國人製作的玩偶嗎？」

「是的，店主。現在展示我的玩偶，我這麼告知道。」

娜娜將人偶擺到桌上，老闆娘興致勃勃地打量著。

「用了很稀奇的布呢，觸感也很有趣。哦，是用這種石頭裝飾啊。嗯嗯，真是收穫良多啊。客人是來自哪個國家呢？」

「希嘉王國，我這麼告知道。」

「還真是從遙遠的地方來的呢。」

娜娜雖然面無表情，但總覺得她很高興。

「也有木製雕像～？」

小玉對放在店裡角落的雕像起了反應。

「真是厲害～」

「那是我丈夫和兒子製作的雕像，只要提出委託，連船首像也能製作喔。」

老闆娘表情充滿自信地說道。

從人像的表情以及不像木雕會有的華麗服裝質感來看，能明顯理解老闆他們的技巧有多麼出色。

「如果不嫌棄，要來參觀一下工坊嗎？」

「是的，店主。希望能參觀，我這麼告知道。」

承蒙跟娜娜打成一片的老闆娘好意，我們得以參觀工坊，於是我們來到位於店鋪內部的工坊叨擾。

裡面一對長得像年輕版老闆娘的姊妹正在製作玩偶。姊姊似乎是獸派，妹妹則是鳥派。

「這是怎麼回事！」

位於深處大門的另一邊傳來了怒吼的聲音。

「要是沒有原木，就連要在供奉祭典上展出的人偶都做不了耶！距離供奉祭典的參展截止日期剩沒幾天了，這下該怎麼辦啊！」

「廢話少說！那種事我當然知道！因為混蛋戈巴與巴斯科姆那蠢貨互相競價，原木都被用離譜的價格搶光了啦！」

在門對面大吵大鬧的人好像是擔任木雕工匠的老闆和兒子。

大概是因為對父子吵架已經司空見慣，老闆娘並不打算制止，而是說著「家裡的笨蛋這麼吵真不好意思，很快就會平息的」並向我們道歉，接著開始向娜娜介紹工坊。

包含木材競標場的事情在內，他們吵架似乎是家常便飯。

「等一下啦，哥哥。我們也不是完全沒買到原木，雖然有點細，但只要好好雕刻也能做出立像——」

「吵死了！別叫我哥哥！我可沒把你當弟弟！」

「你這個蠢兒子！年紀都多大了，還分不清該說跟不該說的話嗎！」

聽到哥哥的話，老闆娘露出惡鬼般的表情衝進了隔壁房間。

「因為傑斯的技術比拉路斯更好，所以著急了吧。」

「真是的，明明不管技術多優秀，傑斯也不會繼承工坊，沒必要著急的。」

「因為他是哥哥？」

「不是的。傑斯跟我們是戰後被收養的孤兒，親生兒子只有拉路斯一個。」

根據姊妹倆的說法，她們和次子好像是戰後失去父母而被收養的孤兒。得知她們複雜的家庭環境，夥伴們不知該作何反應。

「不用擺出那種表情啦。」

「因為前任國王那笨蛋的關係，戰爭孤兒在這個國家並不稀奇。」

「別管死掉的人了。現在的國王陛下是和平主義者，戰爭遲早會消失的。」

雖然是後來得知的，據說前任國王為了追求繁榮不斷挑起戰爭，但一次都沒有打贏，氣急敗壞的他身先士卒攻進敵國，結果卻賠上了性命。居然特地前往無法使用都市核之力的地方，真是個有勇無謀的人呢。

「好痛啊啊啊！」

「老公！」

「哥哥！你要去哪裡！」

「那種蠢貨就別管他了！」

隔壁房間傳出了慘叫和咒罵聲。

我們跟著擔心的姊妹一同前去察看，便見到了手上正在流血的老闆，以及拚命止血的老闆娘跟他們的兒子。

「是熊花紋的人，我這麼告知道。」

聽見娜娜這麼說我才想起來，他是我們在木材競賣場遇到的人。

「要治療嗎？」

「咦？客人是神官大人嗎？」

「媽媽，別管那麼多了，快點治療吧！」

「說得也是。即便給不了多少回禮，拜託您了。」

「嗯。■■……■　治癒：水。」

蜜雅施展了水魔法，老闆的傷口逐漸癒合。

「真是嚇我一跳，這比神殿的神官大人還要厲害啊。」

「明明身材嬌小，真是厲害呢。」

受到稱讚的蜜雅洋洋得意地「哼」的一聲挺起胸膛。

兜帽因為她的動作往後脫落，露出了遮住的耳朵。

「難道是精靈大人？」

「真的？」

「第一次看到耶。」

老闆娘跟姊妹都驚訝地看著蜜雅。

「謝謝妳，小姐。」

「嗯，能動？」

「妳說手嗎？嗯，能正常活動呢。」

老闆握了幾下手掌，接著朝兒子走了過去。

他並不是去找衝出去的哥哥，而是一臉擔心地看著自己的弟弟。

「——傑斯，在供奉祭典展出的人偶由你來做。」

「爸、爸——師傅！」

「別誤會了，我也會叫拉路斯製作，更何況我也不打算從供奉祭典上的成績優劣來決定工坊繼承人。」

「可是原木只有兩根，要是由我來做，師傅的份就……」

「我不做。在供奉前的重要時刻，我卻用血弄髒了堪稱工匠性命的手，要我用這雙手製作供奉在神殿的人偶，我辦不到啊。」

亞里沙小聲地說：「這是指『汙穢』嗎？」之類的話。

「明白了，我會把師傅教給我的事全部投注進去。」

弟弟用認真的表情向老闆——師傅如此宣言。

原本想趁著還沒打擾到他們的時候離開，但由於看到了有些在意的東西，我猶豫了一會之後決定插嘴。

「老闆，難不成你們要用那根細原木來刻雕像嗎？」

長度大概有一點五公尺，不過直徑只有大約三十公分。

「嗯，沒錯。因為夠粗的原木都被搶光了。」

「要是沒有那場火災，原木明明要多少有多少的……」

原來如此，看來是木材倉庫的木材被燒掉了。

「不能直接砍新的樹嗎？」

「貴族少爺，這可不是砍樹就能解決的，木材的乾燥很花時間。」

「只要用魔法——」

「假設用魔法進行乾燥，木材會產生些微的扭曲。用來蓋建築物或許沒問題，但雕像就算只有些許扭曲都會對作品產生影響。」

我覺得比用細木條硬刻雕像來得好，但既然專業人士這麼說了，大概就是那樣吧。

「用什麼木頭刻雕像比較好呢？」

「如果是這附近，就是檜木或櫸木了吧。聽說擺在王城的那個叫『劍之少女』的厲害雕像，是用一種跟山一樣大，叫做山樹的樹木樹枝做成的，不過應該是童話故事吧。」

別說山樹了，我連世界樹的樹枝都有。

「那麼就分幾根給你們吧。」

我用能擴大出入口的「魔法背包」，從儲倉中拿出幾根直徑一公尺左右的檜木和櫸木的原木交給老闆。

「哦，這個可真厲害！」

「既然有這麼粗壯的木材，總覺得能做出很棒的作品呢。」

「是啊，這可是罕見的最高級材料啊。」

很高興你們這麼賞識。

順便也帶著玩樂心態把山樹樹枝送給了他們。

因為根部太粗而且非常堅硬，所以給的是樹枝前端比較柔軟的部分。用來製作法杖的則是前面提到比鐵還堅硬的部分。雖然加工困難，但很適合注入魔力。

「真的假的……」

「……哇喔。」

兩人變得啞口無言。

看來有點玩過頭了，幸好沒有拿出世界樹的素材。

「對、對了！我去叫哥哥回來！」

弟弟回過神來後，這麼說完就準備衝出房間。

「等等！要是傑斯哥哥去的話，拉路斯哥哥只會更固執。還是我去吧！」

「說得也是，能拜託妳跑一趟嗎？」

「嗯，我出發了！」

姊妹叫住了那位弟弟，隨後她們當中的姊姊跑出了工坊。

「拉路斯的事交給小敏就行了，你開始製作人偶，時間可是只剩五天囉。」

「是，師傅。」

弟弟一邊打量原木，一邊削下原木的前端確認觸感。

老闆很滿意似的守望著那位弟弟。

「慌慌張張的真是抱歉，如果各位不嫌棄，要不要嘗試製作玩偶呢？」

我們接受老闆娘的建議返回玩偶工坊，並一起在老闆娘和妹妹的指導下開始製作人偶。

「波奇想製作龍的人玩偶喲！」

「那可能有點難呢。」

「……不行喲？」

波奇的耳朵失望地垂了下來。

「不會不行啦，每個零件分開製作總會有辦法的。我來幫忙確認，妳努力做做看吧。」

「好喲！波奇為了蛋的人也要努力喲！」

受到老闆娘的鼓勵，波奇充滿幹勁地如此宣言。

當波奇正想從椅子上起身時，綁帶裡的蛋撞到了桌子讓她嚇了一跳。或許之後多加個墊子會比較好。

「這位小姐動作很熟練呢，平時就有在做嗎？」

「是的，店主。有在製作玩偶送給幼生體們，我這麼告知道。」

娜娜得到了老闆娘的稱讚。

雖然臉上依舊面無表情，但她的舉動透露出了因為受到稱讚而感到喜悅的心情。

「要是做出好作品，小姐要不要也拿去參加供奉祭典呢？除了木製雕像以外還有玩偶、石像跟牽線木偶的部門喔。」

「是的，店主。我希望參展，我這麼告知道。」

「啊哈哈，那妳跟我們就是對手了呢。」

「是值得一戰的對手，我會全力以赴，我這麼告知道。」

被妹妹捉弄的娜娜露出專注的神情製作著玩偶。

而她的身邊——

「——好痛，針刺到手指了喲。」

「Me～too～」

幾乎沒有縫過東西的波奇和小玉，因為用針失誤刺傷了自己的手指。

因為她們兩人只打算舔了舔被刺傷的手指就帶過，於是我用浸透了魔法藥的手帕，幫她們擦拭傷口再貼上ＯＫ繃。

這是依照亞里沙要求製作的現代風格ＯＫ繃。

「啊，拉路斯哥哥好像回來了。」

「妳幫我去看一下情況吧。」

妹妹在發現隔壁房間聲音變吵之後這麼說著，並在老闆娘的指示下前去觀察情況。

或許因為很在意吧，小玉和波奇也從妹妹的腳邊探出頭來。

「好像沒問題，拉路斯哥哥正開心地不斷摸著原木。」

「那孩子真是的……」

「啊，現在他正在為讓爸爸受傷的事道歉，還是老樣子是個雕刻笨蛋呢。」

「他們保持這樣就行了。」

在我一邊隨意聽著母女之間的對話，一邊檢查完工的玩偶時，發現雷達上有個藍色光點進入了隔壁的工坊。

——是小玉。

「怎麼了小姑娘，對木雕感興趣嗎？」

「系。」

原本想用瞬間移動般的速度前去回收小玉，但為時已晚，她被老闆發現了。

「不好意思，我家孩子妨礙到各位工作了。」

「沒關係哦，畢竟少爺分了這麼多原木給我們。好，要是感興趣的話，要不要試著刻點什麼？這根細原木已經沒用了，妳就拿去雕刻看看吧。」

「系！」

小玉點了點頭便開始雕刻原木。

「不嫌棄的話，少爺要不要也來嘗試雕刻呢？」

「那麼就恭敬不如從命——」

畢竟留小玉一個人在這裡我不放心，而且我也對木雕人偶有興趣，所以決定一起雕刻。

小玉一轉眼就刻出了一個小鹿雕像，讓老闆很吃驚地瞪大雙眼。

「哦，兩位真是了不起，有向誰拜師學藝過嗎？」

「小玉在希嘉王國王都的工坊做過石像。」

「是因為這個啊……真是個具備躍動感的優秀雕像。該怎麼說呢，有種如果咬下去應該會很好吃的奇妙魅力。」

我也跟小玉一樣試著刻了鹿雕像。

「少爺的速度也很快呢。儘管沒有藝術性，但非常寫實。要是再稍微加上動作和表情，一定能做出很棒的作品喔。」

雖然是託了技能的福，但被人誇獎感覺並不壞。

「厲害，老爹竟然在誇人。」

「哥哥，我們也不能輸喔。」

「嗯，不用你說。」

兄弟兩人見狀重新打起精神開始雕刻。

看來我們的作品被用來當成讓兩人拿出幹勁的契機了，不過因為小玉覺得很開心所以無所謂。

「如何？小姑娘和少爺要不要也參加供奉祭典？」

「一般民眾也能參加嗎？」

「雖說不接受一般民眾參加，但你們只要用我家工坊的名義參展就行了。畢竟今年主辦供奉祭典的是卡里恩神殿，他們不會那麼斤斤計較，放心吧。」

「要試試看嗎？」

「系。」

小玉充滿鬥志地點點頭。

原本預計只待個兩、三天就結束觀光前往其他國家，但看來會再待上一陣子。

「這次的主題是製作符合卡里恩大人形象的少女像。即使姿勢不拘，但因為是刻劃神明大人的形象，所以禁止下流姿勢。」

我向老闆請教完規則之後，準備了我和小玉用的原木。

由於手邊幾乎沒有適合的原木，因此我借用後院將建材用的大原木切開並分給小玉。切割原木時，不知為何像在表演似的聚集了一堆觀眾，讓我有些難為情。

「哦，很賣力呢。」

「小玉是努力家喲。」

亞里沙陪著波奇從隔壁房間走了過來。

因為小玉專心在雕刻上毫無反應，於是我向兩人招了招手。

「主人刻了什麼？」

「嗯？只是普通的立像。畢竟是要刻出卡里恩神的形象，所以我打算讓雕像拿著書或者實驗器具。」

根據手邊的資料，卡里恩神似乎是司掌「睿智」的神，所以選了那種風格的物品。

「類似這樣？」

亞里沙從妖精背包拿出黏土靈巧地做了一尊少女像，感覺還挺有模有樣的。

不愧是曾經在陶器教室用我當模特製作色情模型的人。

「亞里沙要不要也來雕刻看看？」

「我就不必了，雕刻時不僅碎屑會沾到頭髮上，雕刻刀和鑿子也可能會弄傷手。」

亞里沙這麼說著拒絕了。

我在原木的影子底下用光魔法「幻影」顯示出「就是這種感覺」的完工預想圖。

「總覺得有點像露露呢。」

「畢竟是少女像，所以參考了露露的身材比例和髮型。」

胸部方面則是拘謹地營造出「少女般」的感覺。

不過很遺憾，光靠技能滿級的木工和雕刻技能，無法重現露露那超絕美少女的臉蛋。

「這裡能不能再稍微做出花瓣在飄的感覺？你想想看，就像少女漫畫那樣。」

「像這樣嗎？」

「沒錯沒錯，這裡也能做成這種風格嗎？」

我依照亞里沙的意見不斷調整幻影，確實完成了非常出色的雕像，但假如這是天才原型師做的模型倒還好——

「不可能用木雕重現啦。」

「為什麼？」

「要是吹毛求疵到這種地步，刻到一半就會裂開吧？」

「製作其他配件，之後再裝上去呢？」

「那樣就違反規則了。」

聽說供奉的雕像必須一體成形。

「那麼用更加堅固的素材呢？如果是主人，就算用奧利哈鋼也能雕刻吧？」

雖然亞里沙的說法很亂來，不過世界樹的樹枝或山樹的樹幹部分確實有足夠的硬度。

「試試看吧——」

「這樣才對嘛！」

亞里沙開心地彈了一下手指。

她為了發出聲音而看準時機使用空間魔法的事，我就不點破了。

我拿出原木大小的世界樹樹枝開始刻了起來。因為它的碎屑也能當作素材，所以我鋪設地毯加以回收。

我用一整天雕刻完大致的形象，第二天則開始完成裝飾和效果部分。那對兄弟在見到我的作品之後大驚失色，開始氣勢洶洶地製作起自己的作品。

能給他們帶來刺激是件好事。

「忍忍忍～？」

「不愧是小玉喲，非常非常Amazing喲！」

小玉使用土跟風的忍術替雕刻的細節部分做收尾。

她雕刻的少女像充滿躍動感，看起來十分開心。是一尊外表像年幼的莉薩，再融合了波奇表情的雕像。有種看了會讓人想要一起跳舞的魅力呢。

因為第三天就完成了，我們將雕像交給老闆。

「兩尊都是有可能奪下優勝的雕像呢。少爺的即使沒有表情和躍動感，但既華麗又寫實感出眾。從腋下到腰部的曲線也很美妙，但胸部若隱若現的韻味更是一絕，從寬鬆的衣服上也能看出胸部是最棒的。如果沒有仔細觀察過大量胸部的話不可能呈現這種感覺。」

我是很高興能得到讚賞啦，但希望你別把人說得像胸部控一樣。不過，我的確很喜歡就是了。

「小姑娘雖然沒有少爺那種技術，但是充滿了熱情。我還是第一次見到看了會讓人想一起跳舞的雕像啊。」

「喵嘿嘿～」

果然會讓人想一起跳舞啊。

「雖說我家兒子們也不會輸，不過會是一場苦戰啊。」

儘管老闆這麼說，他應該很相信自己的兒子們吧。從老闆雙手環胸注視他們的視線中，能感覺出無法撼動的事物。

由於火災導致期限縮短了不少，兩人似乎一直不眠不休地努力著。

因為不好意思妨礙他們，我將能夠提神二十四小時的特製營養補給劑送給他們之後就離開了工坊。

「我們暫時還會留在羅多洛克對吧？去找個地方玩吧？」

「贊成。」

我摸了摸亞里沙和蜜雅的頭，其他孩子也沒有提出反對，於是在兩天後舉行的供奉祭典到來前，我與夥伴們一起在羅多洛克王國到處觀光。

◆

「哇啊，人好多。」

我們來到供奉祭典的會場，也就是卡里恩神殿廣場前，那裡聚集了非常多的人。

「是因為沒什麼娛樂嗎？」

「熱鬧是件好事，我這麼主張道。」

「說得也是呢。」

雖然一不小心就會跟人相撞，不過這麼熱鬧也是祭典的醍醐味呢。

「波奇，危險～？」

「啊哇哇喲。」

或許是因為蛋導致看不見腳下，波奇被路上的突起物絆到了腳。

波奇沒有保護自己的身體，而是迅速用雙手抱住肚子上的蛋，導致她一臉摔在地上。

多虧一旁的小玉和莉薩迅速抓住波奇的腰帶才沒有釀成大禍。我知道蛋很重要，但還是希望她能夠優先保護好自己。

「雕像。」

蜜雅在人群的對面發現了幾尊放在台座上的少女像。

擺在那裡的是參展的雕像，所以我尋找著自己一行人的作品，卻發現不知為何被放在神殿前的祭壇上。

用了空間魔法「眺望」透過俯瞰視角確認過後，發現老闆和那兩兄弟也在那裡。

「我們的雕像好像在那邊。」

我這麼說完，便一邊欣賞其他少女像一邊朝老闆他們走去。

「前面似乎不能通過呢。」

「是的，莉薩。這裡設置了封鎖線，我這麼報告道。」

卡里恩神殿前方擺著像長了翅膀的豬石像，石像的底座綁著一條用來代替封鎖線的白色繩子。

「非常抱歉，前面只有相關人員才能進入。」

神殿的工作人員這麼對莉薩跟娜娜說道。

如果只有繩子似乎還是會有人溜進去，因此神殿的工作人員向接近的人搭話以防有人闖進封鎖線內。

「已了解進入條件，我不會進入封鎖線內，我這麼宣言道。」

娜娜點了點頭並退後一步。

「少爺！在這裡！」

老闆在封鎖線對面向我喊道。

「那個人跟貓耳小姑娘是參展者，讓他們進來吧。」

老闆這麼對神殿的工作人員說道，並把我帶進了封鎖線內。

「哎呀，我忘了問少爺的投宿地點呢。」

「抱歉，這麼說來我也忘了告知，請問有什麼問題嗎？」

「不是，剛好相反。因為少爺和小姑娘的作品進入了最終候選的前二十名，我正打算去找你呢。我家的兩個兒子也入選囉。」

「那真是恭喜了。」

我們請老闆帶我們去觀看兄弟倆的作品。

「這個是哥哥的作品。」

「充滿氣勢～？」

「看起來很勇猛呢。」

那是一尊拿著劍和書的少女像。

把書當作盾牌來舉的模樣實在很新穎。

「然後這是弟弟的作品。」

「哇喔～棒極了～？」

「真是優秀呢。」

雖然是一尊抱著花和書仰望天空的少女像，但有種讓人光看就覺得留戀的奇妙魅力。

「是要從這二十件作品中選擇要供奉的作品嗎？」

「不，所有的作品都會被拿去供奉。這二十件作品中有五件會得獎，接著送去卡里恩中央神殿，然後在那裡選出最優秀作品，當作中央神殿的寶物永遠流傳下去。對木雕工匠來說，沒有在這之上的榮譽了。」

要送到卡里恩中央神殿所在的「睿智之塔」都市國家卡利索克，用陸路運送太遠了，應該是用船或者飛空艇送過去吧。

在跟老闆聊天的時候，選拔大概結束了，神殿的大人物走到參展作者的面前。

據說會以優秀獎、最優秀獎與評審特別獎的順序發表。

最初的優秀獎是某個知名工坊的最優秀作品候選人被選上，而第二位是——

「優秀獎是翳熊工坊拉路斯的作品『劍之少女』！」

「太好啦！」

是老闆的兒子，我想應該是那位哥哥。

「恭喜你，哥哥。哥哥果然很厲害啊。」

「還好啦，你做得也很不錯喔。」

哥哥開心地一臉自豪，老闆和弟弟看起來也很高興。

「而另一位優秀獎得主也是翳熊工坊的作品，傑斯的『祈禱的少女』！」

「幹得好，傑斯！你也是優秀獎啊！」

老闆笑容滿面地不斷拍著不知所措的弟弟肩膀，看起來有點痛。

接下來發表的最優秀獎是我們不認識的名字，是個名叫「無垢的少女」的裸女像。雖然有幾個部位被遮住了，但是用裸女像當供奉作品給神殿還真是豁出去了。

「最後是評審特別獎。原本只會挑選一件作品，可是評審的意見無論如何都無法統一，因此兩件作品都獲得了評審特別獎。」

神殿長這麼發表後，參展作者們各自帶著閃閃發亮的眼神注視著他手上的紙。

「評審特別獎是小玉．基修雷希嘉爾扎的作品『美味與跳舞少女』！」

「小玉真厲害喲！恭喜喲！」

聽到發表的波奇從遠方大聲地對小玉說出祝福的話語。

「恭喜了，小玉。」

「謝些。」

小玉神情緊張地從神殿長手上接過獎狀。

「另一位評審特別獎得主是佐藤．潘德拉剛的作品『美少女與花吹雪同在』！」

哎呀，沒想到我的作品也得獎了。

我在感到訝異的同時走到小玉旁邊，從神殿長手中領取獎狀。

「獲獎的六件作品將裝載在羅多洛克王特意準備的快速船上，送往都市國家卡利索克的卡里恩神殿舉辦的正式祭典現場。」

根據神殿長的說法，為了趕上正式祭典，船似乎會在明天中午出發。

雖然作者可以不必同行，但畢竟快速船預計會停在卡利索克市，況且我也對羅多洛克王準備的快速船很感興趣，所以決定順便搭一下。

「主人，我的玩偶在玩偶類那邊得獎了，我這麼報告道。」

娜娜舉起海獅姊妹的玩偶向我報告著。

「主人，亞里沙的人偶也得到了特別獎。」

「嘿嘿～沒想到我會因為模型非常具有獨特性而得獎呢。」

亞里沙有點開心似的拿出了自己的模型。

看起來是以叼著玫瑰花的半裸少年作為題材的模型，不過——

「亞里沙，能稍微讓我看一下嗎？」

「不、不行啦！這個要對男人保密，也就是少女的祕密喔。」

「沒錯喲！少女是祕密喲！」

先不管波奇的發言，我將亞里沙打算藏起來的模型搶了過來。

「啊啊！我的主人色情模型『耽美的午後』啊啊啊啊啊啊！」

……果然是以我為模特兒啊。

「這個沒收。」

我把模型收進了儲倉中的「沒收品」資料夾裡。

「太不講理啦啊啊啊！大人原諒我吧，慈悲為懷啊啊！」

「不講理～」

「沒收喲！」

小玉和波奇在發出大喊的亞里沙身邊跳起了舞。

或許是被肚子上的蛋打亂了平衡感，波奇的舞步很奇怪。

「好了，我們去慶祝吧。」

帶著為大家慶祝得獎的心情，我們造訪羅多洛克最好的餐廳舉杯慶祝，並在隔天中午搭乘羅多洛克王準備的槳帆船朝著都市國家卡利索克出發。

另外，槳帆船的獨特氣味被夥伴們嫌棄得不得了，藉由不斷使用消臭魔法才解決了這個問題。

嗯，我們久違地受到了實際的異世界事件洗禮。

雖然這也是旅行的一種樂趣，但如果可以，希望能儘量避免。

幕間：惡德都市

「巴贊！總算找到你了！」

一名豔麗紅髮隨風飄動，身穿黑色斗篷的美少女叫住了一群正在空曠岩石地帶奔跑的黑衣男子們。

「原來是妳啊，賽蕾娜。」

巴贊催促同行的男性們先走，自己選擇和賽蕾娜對峙。

賽蕾娜察覺到其中一名男性拿著用布裹著的橢圓形物體，但巴贊像要先發制人似的對她開口說道：

「妳特地來赤煙島有何貴幹，賢者大人交給妳負責的地區應該是謝利法多法國吧？」

他們現在所在的地點，是浮在大陸西方內海上，被稱為赤煙島的火山島。

其山腳下有一座被稱為惡德都市西貝的罪犯樂園。

「我聽到了不妙的傳聞。」

「——傳聞？」

巴贊一邊提出反問，一邊緩緩地移動腳步。

「據說你發現了『鑰匙』。」

「呵呵呵，原來如此。某位弟子把善後工作丟給妳了嗎？」

「你果然得到了啊……」

從巴贊笑著的態度和其話語來看，賽蕾娜明白自己的擔憂變成了現實。

「我以師父賢者索利傑羅之名，在此將你斷罪。」

賽蕾娜拔出腰上的魔劍，將其如同法杖般舉到眼前。

他們似乎是巴里恩神國家喻戶曉的賢者索利傑羅的弟子。

「炎之魔劍剛傑羅啊，妳擅長的符術怎麼了？」

「就算是休眠期，也不可能在赤龍腳下使用誇張的魔法！」

魔劍吸收了賽蕾娜的魔力發出紅色光輝，她的頭髮受到魔力之風影響如火焰般飛舞著。

「哼，這個膽小鬼——■■■■■。」

「竟、竟然是破壞魔法？你認真的嗎！」

為了打斷巴贊的詠唱，賽蕾娜揮舞魔劍射出火球。

賽蕾娜持有的魔劍中裝了好幾顆火晶珠，能透過和火杖相同的原理射出火球。

火球在即將命中巴贊之前碎裂消散。

「嘖——居然展開了延遲術式。」

「■■禍。」

巴贊的詠唱結束，隨著發動句在賽蕾娜眼前生成了破壞的漩渦。

「■重壁符。」

賽蕾娜從懷裡拿出幾張符重疊在一起形成障壁，承受著破壞魔法的威力。

即使如此也無法完全阻止其威力，賽蕾娜被猛烈轟飛了出去。

但她即便被轟飛依然再次揮舞魔劍射出火球，不過跟剛才一樣在即將命中巴贊前就被彈開了。

「真煩人。雖然是破壞魔法，但是用下級還是打不穿妳的符術嗎……」

「要用中級魔法嗎？這下一定會喚醒沉睡中的赤龍喔！」

「咯咯咯，事到如今還說什麼呢，反正赤龍遲早會醒。」

巴贊的話讓賽蕾娜完全確定了。

「剛才的包裹果然是……」

「既然發現了為什麼不去追？現在那個東西已經送到西貝了。」

「你這傢伙知道自己做了什麼嗎？要是惹赤龍發怒，沒有都市核的臨時都市瞬間就會化為灰燼啊！」

「那又如何？惡徒們的老巢就算被澈底摧毀也不會有人悲傷。不僅如此，人們還會稱讚赤龍並對牠拍手叫好吧。」

「嘖——」

賽蕾娜咂了一聲舌打算衝出去，但有幾隻魔物像要阻止她似的出現在面前。

「召喚獸嗎？」

「沒錯，我用了師父給的召喚球。」

冷汗滑過賽蕾娜的臉頰。

要是花太多時間解決魔物，背後將會受到巴贊的破壞魔法攻擊。

而且還是威力足以致命，中級以上的破壞魔法。

「——什麼？」

那些魔物回到了球裡，一個渾身是血的黑衣人被扔到了兩人的正中間。

是跟巴贊共同行動的其中一人。

「卡姆西姆！」

賽蕾娜面露喜色。

被稱作卡姆西姆的青年用冷淡的表情瞪著巴贊。

「傳聞原來是真的！幫幫我！我們兩個一定能阻止巴贊！」

卡姆西姆並沒有回應賽蕾娜，而是不敢大意地舉著法杖向巴贊提問。

「巴贊，你忘了賢者大人的教誨嗎？」

「我怎麼可能重視猴子的教誨。」

「無情或犧牲都是必要的。不過，那只是為了有效達成目的所需的手段。」

「我只不過是為社會貢獻，毀掉海賊和盜賊的巢穴根本不算什麼。」

「巴贊，別把目的和手段搞反了。」

「——卡姆西姆？」

覺得兩人對話難以理解的賽蕾娜向弟子同伴提問。

「賽蕾娜，拜託妳擔任前衛，我會趁機進行詠唱。」

「知道了！我來妨礙巴贊詠唱，麻煩卡姆西姆用冰魔法束縛巴贊了！」

賽蕾娜握著纏繞火焰的魔劍朝巴贊衝了過去。

「——愚蠢。■破。」

「■壁符。」

巴贊笑著面對二對一的不利情況，透過最快速度施展的破壞魔法逼迫賽蕾娜使用符術，以減緩她的腳步。

「……■詠唱結束了。快讓開，賽蕾娜。」

「知道了！[redacted]瀑布雨符。」

賽蕾娜一邊將手上的咒符扔到空中拖住巴贊，一邊往後拉開距離。

「——嗚，蠢貨。」

來不及詠唱的巴贊停下腳步，並啟動外套隱藏的魔法裝置，使用防禦障壁保護身體。

「凍結萬物吧——」

冰晶隨著溫度急遽降低產生，伴隨著卡姆西姆揮動的法杖劃出白色軌跡。

「——冰結地獄。」

卡姆西姆的法杖發出了冰系的最上級攻擊魔法。

冰結地獄創造出的極度低溫奔流將大地凍結，連空氣也逐漸結晶化。

賽蕾娜回過頭去，打算親眼見證過去同伴巴贊的最後。

卻見到巴贊表情從容地站在那裡。

「為何——」

從側面襲來的冰結地獄奔流告訴了她答案。

賽蕾娜就像面對雪崩的蠟燭般瞬間被吞噬。

「妳要是更識相一點，應該就不會英年早逝了吧……」

「不，賽蕾娜有聖女大人賜予的『安心冬眠』。那是只要睡覺，連致死的傷都能恢復的獨特技能，那種程度無法置她於死地。」

「要挖出來砍下她的頭嗎？」

「不，現在時間寶貴。」

——GYZABBBBSZZZZZZZZZZ。

充滿憤怒的咆哮聲從山頂傳來，就像在證明卡姆西姆的話語正確無誤般。

「赤龍似乎醒了。」

「似乎是這樣沒錯，在赤龍來拿回蛋之前逃走吧。」

「真沒辦法。」

「跟我來，對面的海灣藏著一艘魔導快速艇。」

那是和惡德都市西貝完全相反的方向。

「那些傢伙從一開始就是棄子嗎？」

「都是些用錢僱來的傢伙，畢竟要有人轉移赤龍的注意力——有意見嗎？」

卡姆西姆並未回答，便使用隱形技能朝著魔導快速艇停留的海灣衝了過去。

巴贊聳了聳肩，接著同樣發動隱形技能追在他後面。

——GYZABBBBSZZZZZZZZZZ。

從火山口現身的赤龍朝天上噴出了「龍之吐息」。

本應早就燒光的火山灰再次燃燒，朝天上冒出符合赤煙島這個名稱由來的紅色煙霧。

停泊在山腳下惡德都市西貝港口的海賊船，和漁船同時做起離港準備，而住在都市的人們則互相推擠著逃向地道。

無法進入地道的低收入階層變得自暴自棄在暴動中隨波逐流，還有一些人躲在隨時都會崩塌的破爛房子裡瑟瑟發抖。

——GZRURURURU。

龍用鼻子嗅了一下，發現擁有自己氣味的人正躲在山腳下的聚落。

充滿憤怒的眼神發出燦爛光輝，龍大大地吸了口氣。

牠停止吸氣的下顎周圍，飄動著如同螢火般閃爍的紅色光點。

——GYZABBBSZZZZZZZZZ。

伴隨咆哮釋放的「龍之吐息」撕裂大地衝向堅固的城牆。

城牆瞬間灰飛煙滅，短短數秒就穿過都市將整座城燃燒殆盡，並繼續往前貫穿。

那群搭上海賊船的黑衣男子，拚命施展防禦魔法疊在海賊船的防禦障壁上，但那只是將死亡延後了幾秒而已。

船在轉眼間被燒個精光，瞬間蒸發的海水化作熱蒸氣將海賊船和沿岸轟飛，火焰與衝擊波將一切都化為瓦礫。

那看起來簡直就像——

「——破壞的化身嗎？」

扮成禿頭男子的前怪盜皮朋站在岩石地上，抬頭看向坐鎮在火山口的赤龍喃喃自語道。

坐在火山口的龍凝視著魔導快速艇離去的天空張開翅膀。

看來赤龍並不像那些惡徒們想的那麼愚蠢。

「明明是為了調查這裡會不會妨礙分店經營和貿易才來的，沒想到調查對象居然消失了啊。」

皮朋看著惡德都市西貝的末日，自言自語地說道。

「……嗚嗚。」

腳下的冰雪中發出了聲音。

「居然有人中了上級攻擊魔法還能活著。」

皮朋小聲地說了句「世界真大啊」之後用短距離轉移移動過去。

「雖然長得挺漂亮的，但有點瘦呢。」

皮朋拿出攜帶的魔法藥讓從雪地中救出來的美少女——賽蕾娜喝下去。

她原本奄奄一息的臉上恢復了些許紅潤。

「總之先幫她保暖吧。」

皮朋抱起賽蕾娜，帶著她離開雪地。

「我又惹上麻煩事了啊。」

他脫下賽蕾娜溼答答的衣服，用放在魔法背包裡的毛巾裹住她的身體。

「就算要找庫羅大人商量，也得去跟分店開設班的領袖會合才行……」

在那之前得先救人啊，皮朋說完之後將賽蕾娜留在原地，朝著燃起熊熊烈火的惡德都市西貝走去。

睿智之塔

「我是佐藤．就像說起國王陛下會想到『城堡』一樣，說起魔法使就會讓人聯想到『高塔』，不過我完全不記得自己是受到什麼作品的影響才會有這種想法．畢竟住在塔上感覺很不方便嘛。」

「總、總算抵達陸地了。」

「是陸地！總算見到陸地啦～！」

踏上都市國家卡利索克土地的時候，木雕工匠的兄弟高興得不得了。

都市的中心蓋有一座似乎是「睿智之塔」的巨大高塔，也有幾棟五、六層的塔以及其他建築物。看來這裡不僅魔法和知識，連建築技術也很出色，港口也停泊著許多奇特的船隻和木筏。

「復活。」

「呼～臭死了。」

「原來普通的船晃得那麼厲害呢。」

蜜雅、亞里沙與露露三人也做起深呼吸重振精神。

我一邊確認夥伴們的情況，一邊用探索全地圖魔法來取得都市國家卡利索克的情報。總而言之，這裡並不存在獨特技能持有者、魔族和魔王信奉集團等應該警戒的對象。

「哈哈哈，內海其實還算好呢，聽說外海比內海搖晃好幾倍喔。」

同行的木雕工匠其中一人帶著爽朗的笑容這麼說，隨後向前來迎接的卡里恩中央神殿神官打招呼，我們也跟著他去打了招呼。

「歡迎來到卡利索克！我們幫預定在正式祭典中展出作品的各位準備了卡里恩中央神殿的宿舍。雖說夫妻或家人可以同房，但由於是在神聖的卡里恩大人面前，還請大家不要做出創造生命的行為。」

請別看著我叮嚀。

「主人快看！有魔法飛毯和魔法壺在飛耶！」

亞里沙見到飛在空中的魔法使變得異常興奮。

雖然在玩一千零一夜遊戲時曾打算準備「魔法飛毯」，但沒想到真的實際存在，令人在意是用了什麼構造。

「有騎著掃帚的魔女嗎？」

「這個嘛，我並不清楚有沒有這種人，不過有騎著飛翔木馬的人喔。」

亞里沙聽到神官的回答顯得有些遺憾。

「——惡德都市西貝毀滅了？」

順風耳技能在無意間聽見了令人不安的對話。

說起惡德都市西貝，那裡是進行交易贓物和違禁品，被稱為海賊和惡徒巢穴的都市。

「聽說是惹怒了赤龍大人，連同港口那些海賊都被龍的火焰燒光了。」

「那可真是大快人心，反正肯定是西貝那些貪得無厭的惡徒為了尋寶，偷偷溜進了赤龍大人的棲息地吧。」

我的腦中閃過黑龍赫伊隆和天龍的身影。

嗯，牠們確實能輕鬆毀滅一座都市。

「吵醒了休眠期的赤龍大人？那當然會毀滅囉。」

「老天保佑老天保佑，希望事情不要影響到我們這裡。」

他們的語氣就像在聊遠方的災害一樣。

似乎不認為甦醒的赤龍會在無關的城鎮肆虐。

「有什麼事嗎？」

「不，沒什麼。」

自作自受的惡徒自尋死路一點都不重要。

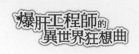

但我還是想替受到牽連的無辜民眾默哀。

「那麼，我們前往神殿吧。」

我們坐上迎接的馬車前往中央神殿。

除了我們之外的木雕工匠好像堅持要跟自己的作品同行，所以會搭乘跟我們不同的載貨馬車前往。

港口雖然有許多商人和港灣相關人士以及漁夫，不過離開那裡之後，瞬間就多了不少身穿長袍的學者和魔法使。

儘管擁有魔法技能的人還不到都市整體的三成，但數量遠比其他國家來得多。

「可以看到神殿了。」

「在那座巨大高塔的正面呢。」

「是的，因為據說卡里恩大人是掌管『睿智』的存在，因此在塔主的好意下，我們拿到了在『睿智之塔』正面建立神殿的允許。」

根據神官的說法，那座巨大的高塔好像就是「睿智之塔」。

此外神官還告訴我們，塔主就好比其他國家的國王，以及被稱為長老的人們地位等同於其他國家貴族的事。

「冰？」

「是的，蜜雅。冰的神殿很神祕，我這麼告知道。」

實際上那不是冰，而是把水晶當作建材，再利用土魔法和煉金術加固的建築物。只有畫在正面牆壁上的卡里恩神聖印嵌有紅色的水晶，看起來有些時髦。

「閃閃發光～？」

「透明喲！」

「用冰打造的建築物真厲害呢。」

「嗯，既然有使用冰製太空船穿越銀河的人，就算有冰的神殿也很正常吧？」

亞里沙用曾在宇宙歌劇登場，建立了民主國家的偉人故事當作例子。

雖然她本人是在開玩笑，但其他孩子似乎把這件事當真，於是我將這是用水晶建造的事情告訴了她們。

「因為冬天會積雪，看起來會更神祕喔。」

神官對我們這麼說著。

那還真想見識一下，到時候再來看看吧。

「原以為這裡只會有神官，但穿著長袍的人也很多呢。」

正如亞里沙所說，在神殿走動的信徒大多都是學者和魔法使。

「好像也有人打算前往神殿內部的圖書館。」

「神殿裡有圖書館？也會對一般人開放嗎？」

「不會，由於神殿圖書館裡收藏了貴重的神學相關書籍和歷史書籍，所以沒有對一般人開放。」

只有相關人士能進入啊。雖然神學相關書籍對我而言無所謂，但我倒是對歷史書籍有點興趣。

我們穿過狹窄的通道，進入寬敞的禮拜堂。

「有什麼飄在空中喲！」

「書？」

「被朱紅色的光芒包覆著，我這麼補充道。」

正如夥伴們所說，禮拜堂的祭壇上飄著一本包在朱紅色結界裡面的黃金色書籍。構成紅色結界的幾何花紋即使在觀看途中也不斷變化，看來想解析結界非常困難。

根據ＡＲ顯示，中間的書好像是叫做「睿智之書」卡利賽菲爾的神器。

書的封面上嵌著名叫「知泉石」這種我從未見過的朱紅色寶石，表面也不是鍍金，而是用奧利哈鋼製成。

當我們為了能更仔細觀察飄浮在空中的書而朝禮拜堂走去時，有人從旁向我們搭話。

「神官泰姆特，他們是客人嗎？」

一名感覺很適合女老師打扮，表情嚴厲的巫女小姐叫住了為我們帶路的神官先生。

「是的，他們是製作了正式祭典出展雕像的工匠。」

「是這樣啊，願各位工匠都得到卡里恩大人的祝福。」

聽完神官的回答，巫女小姐留下一句祝福就離開了。

「剛才那位是巫女長麥雅大人，她是這座卡里恩中央神殿能夠最準確地聽見卡里恩大人聲音的『神諭的巫女』。」

我邊聽著說明邊看著「睿智之書」，以及畫在後方牆壁上的神話壁畫。

上面畫著跟曾經唸給波奇聽的眾神繪本相同的圖，途中變成了孚魯帝國的歷史，再到都市國家卡利索克建國的故事。

「粉紅色～？」

「硬要說的話，應該是朱紅色吧？」

引起小玉和莉薩注意的是放在神話圖畫中間，用朱紅色岩鹽製成的雕像。在小玉眼中它們似乎是粉紅色的。

那裡不僅有人物雕像，還有野獸和魔物的雕像。

「底座好像有字。」

「上面還寫著『關於生物變成不死生物的變遷與不可逆性的否定』這種類似論文標題的

內容呢。」

「朱鹽像都會記錄捐贈學者們的議題和研究主題喔。」

我帶著好奇心依序看了一下，發現有「從原始魔法到現代魔術的變遷與差異」、「等級與技能在創世時是否不存在？」、「關於現代魔術與魔神的關聯」之類令人感興趣的標題。

但底座的狹小面積似乎無法寫完全部論文，只提到了些許皮毛而已。

「這些內容還有後續嗎？」

「後續都放在神殿圖書館裡，『睿智之塔』的大圖書館應該也有收藏，除此之外只會在論文作者的家裡才有。」

雖然向神官打聽了一下，不過似乎只有主教以上的人才能得到進入神殿圖書館的許可。

之後我們在神殿稍微多捐了點錢，並在神官的帶領下前往宿舍。或許是捐了很多錢的緣故，我們分到的是寬敞且設備齊全的房間。

因為正式祭典是在兩天後，總之一邊觀光，一邊在「睿智之塔」參觀吧？

◆

「由下往上看感覺更大呢。」

「大海道～」

「是北海道喲！」

因為波奇不可能知道北海道，這肯定是亞里沙教她的台詞吧。

「儘管不到天空樹的程度，但大概比東京鐵塔高一點吧？」

「比東京鐵塔還矮一些，應該比艾菲爾鐵塔稍微高一點？」

我將AR顯示的情報告訴亞里沙。

即使高度大致上是如此，但由於眼前的「睿智之塔」比電波塔還要粗，因此看起來更加龐大。

至少除了精靈們的造物以外，我還沒見過這種大小的建築物。

這座「睿智之塔」周邊被整理成了公園，看來任何人都能在這裡散步或休息。

「有很多穿長袍的人呢。」

「是的，大家好像在談論著某種複雜的事。」

有的人在熱烈議論，也有在地面畫起某種圖形或算式教導學生的老人。

「這裡不對。」

「是嗎！原來是這個魔法陣搞錯了啊！」

「妳真厲害，小姑娘。居然能瞬間解開讓我們煩惱三個月的問題！」

順著興奮的聲音回頭一看，發現蜜雅悄悄地混進了那些在地面描繪魔法陣議論著的學生之中。

「妳在哪家私塾上學？」

「她說不定是學士大人喔。」

「不是。」

「蜜雅不是學士也不是私塾的學生，我這麼補充道。」

娜娜從蜜雅身後搭話，抓住蜜雅的腋下將她舉起，並直接把她帶了回來。

「別把我當小孩。」

「迷路就不好了，我這麼告知道。」

蜜雅在臉前擺出雙手交叉的手勢，娜娜卻裝作沒看見。

我們背對著後方傳來的「她們是留學生嗎？」、「搞不好是塔的客座教授」、「好想被她教」之類的對話，往塔的入口走去。

「主人，有守衛。」

在離塔大約五十公尺的地方設有壕溝、圍牆以及一扇厚重的門。兩名身穿重裝備的守衛正分別站在敞開的門左右兩側，他們都是等級三十左右的菁英。

「午安。」

「午安，異國的小姑娘。請問來『睿智之塔』有何貴幹？」

守衛前半句是對打招呼的亞里沙說，後半句則是對我提出的問題。

「我想去參觀大圖書館的藏書，請問是否需要某些許可呢？」

主要目的是為了調查能把庫沃克王國被奇美拉化的人們恢復原狀的線索，除此之外還想到塔上欣賞風景。

「那就沒辦法了。要是沒有長老們的允許，或者不是某間著名私塾的學生的話，不可能被允許參觀。況且這座塔等同於其他國家的王城，沒有允許就無法通過。」

等同於王城啊，既然如此——

「那麼，請把這個交給您的上司，這是希嘉王國的宰相閣下寫的信。」

「希嘉王國？以惡作劇而言也太大費周章了。知道了，我一定會送過去。」

守衛雖然一臉訝異，但從這個情況來看，應該會好好幫我送到吧。

我告訴他們自己會暫時留在卡里恩中央神殿後便離開了。

「主人，信是從哪來的？」

「被任命為觀光副大臣的時候，宰相給了我一些寫給主要國家的親筆信。」

當然，並不是所有國家都有，以大陸西方來說，就是設有中央神殿的國家，以及和希嘉王國有邦交的國家而已，像前陣子滯留的羅多洛克王國就沒有親筆信。

◆

「書店滿多的，很不錯呢。」

在市內觀光下來的感覺，書店和租書店的數量比其他都市要來得多。

「有好多繪本喲。」

「Yes～」

波奇和小玉很珍惜地抱著剛買到的繪本。

「買了很多書呢。」

明明平時都會仔細挑出一、兩本書，今天卻買了五、六本。

「亞里沙說朗讀繪本對胎教有好處喲。」

「——原來如此？」

雖然不清楚朗讀對蛋是否真的有胎教效果，但好像也有讓蔬菜聽音樂的栽培方法，所以無法否定。畢竟繪本就算多幾本也無所謂呢。

「唔，魔法書。」

蜜雅鼓著臉頰說道。

「等跟塔的大人物見過面之後，再問問看能不能發給我們許可吧。」

就算是在這個國家，想買魔法書也需要得到允許。

「主人，我回來了，我這麼報告道。」

「主人，那座塔一般人好像也能上去。」

「謝謝妳們，莉薩、娜娜。」

我向先一步去幫我們確認的莉薩和娜娜道謝。

因為想到這個都市的塔不只一座，於是產生了是否能去其他塔參觀的想法。

我們在入口處付費之後開始向上走。

因為波奇好幾次被樓梯絆倒，所以中途開始我牽住了她的手。也許在爬樓梯時應該先告訴她解開托蛋帶比較好。

這個都市的人或許也喜歡高的地方，明明費用不便宜，卻還是有很多人參觀。

「風景果然很不錯呢～」

「哦耶～」

因為欄杆很高，亞里沙和小玉便攀到上面享受風景。

波奇本來也想跟小玉一樣跳上欄杆，但途中因為擔心蛋而停下了動作。

「——波奇。」

「莉薩，謝謝喲。」

莉薩抱起了波奇讓她欣賞風景，她真是個好姊姊。

「坑坑巴巴～？」

「波奇知道喲！那是戰爭的痕跡喲！」

「這裡也有過戰爭嗎？」

「別擔心，那是半年前的事了。」

一位身穿長袍的學者先生回答了有些不安的露露。

「我們卡利索克市不僅有許多魔法使和魔巨人，還有偉大的塔主大人。即使北邊的野蠻人為了搶占港口發動進攻，也能輕易地將他們趕回去，防禦非常萬全。」

「正是如此！外牆就連野蠻人的火炮也沒辦法燒焦，頂多只能破壞都市外的田地或果樹園而已。」

「蠢貨！這對在外面生活的人來說可是攸關生死的問題！別說得那麼簡單！」

「對、對不起，老師。」

學者先生責備了學生玩鬧般說出的輕浮發言。

「野蠻人大多會被稱為『源泉之主』的小塔魔女和魔法使擊退，這次是因為避開了他們的領域才能攻到這裡來的。看來那群野蠻人也是會學習的啊。」

根據學者先生的說法，擁有力量的魔女和魔法使似乎會在「精靈池」和「魔物池」的小型源泉蓋塔抵禦外敵。

是像鄰近希嘉王國庫哈諾伯爵領的「幻想之森」老魔女那樣嗎？

我向說出有趣話題的學者先生道謝。

在好好享受風景之後，我們決定走下塔去其他地方逛逛。

「水飴。」

「美味美味～」

大家都舔著從賣水飴的男性那裡買來的麥芽糖。

卡利索克有很多這種扛著桶子或箱子叫賣的人。

「這個國家有很多甜食呢。」

「是的，露露。剛才吃到的法式薄餅也很美味，我這麼告知道。」

「果然是因為用腦就會想攝取糖分嗎？」

「應該是吧，我在當工程師的時候也經常吃巧克力或糖果補充糖分。」

我對亞里沙的提問點了點頭。

一旦不注意身材就會走樣，所以要小心別吃太多。

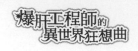

——嗯？這個香味是？

「怎麼了，主人？」

「嗅嗅，這是**咖杯**的味道喲。」

「沒錯。」

因為見到一間很像咖啡廳的店，我們走了進去。

雖然跟日本的咖啡廳有些不同，但毫無疑問是一間能夠邊享用輕食邊喝茶的店。

因為店裡也有輕食，我們決定試試看順便吃午餐。

菜單上有許多品種，像是摩卡、藍山以及**吉力馬札羅**，每一個都是沙珈帝國有名的咖啡產地。

「給我一杯美利嘉，還有這裡推薦的餐點。」

因為發現沒見過的品牌，於是我點了一份。

或許是因為其他孩子覺得咖啡很苦，她們都點了青紅茶或香草茶以及午餐套餐。

「也給我的同伴們每個人一份栗鼠尾薯加蜂蜜，這個叫噗尼噗尼的東西讓我很在意，也來一份。」

亞里沙向菜單上的神祕甜點發起挑戰。

「來了，這是您點的栗鼠尾薯加蜂蜜。噗尼噗尼需要花點時間，請您稍等。」

服務生放下大盤子之後便離開了。

「外觀有點像拔絲地瓜呢。」

因為已經切成了骰子狀，大家便一起試吃。

「吃起來有點乾，但確實很像地瓜呢。」

「甜味是來自淋上去的蜂蜜，地瓜本身好像沒有甜味。」

在亞里沙說完感想之後，露露接著提出了分析結果，真不愧是廚師。

在輕食跟飲料上桌後不久，「噗尼噗尼」也端了過來。

「這是寒天嗎？哦，感覺很Q彈，比蕨餅更有彈性呢。」

我也在亞里沙的推薦下吃了一個。

——口感有點像珍珠。

請教過店員之後，才知道噗尼噗尼是用栗鼠尾薯的澱粉做出來的。

雖然店員拿來的栗鼠尾薯外觀和木薯完全不同，但只要用這個感覺就能做出類似珍珠的食物，離開卡利索克市之前多買一點栗鼠尾薯吧。

「搞不好也會在異世界引起珍珠奶茶熱潮呢。」

那樣也挺有趣的。

要是也能在希嘉王國種植栗鼠尾薯，感覺會變成越後屋商會咖啡廳的招牌餐點呢。

「數量真是驚人，也有很多羅多洛克王國之外的人偶呢。」

◆

回到卡里恩中央神殿之後，我們去擺放雕像的大廳露了臉。雕像總數超過了一百尊。不光是木雕，也有很多石像和石膏像。好像也有類似可動人偶等能夠活動的種類。

原本想拿點慰勞品給一起來的工匠兄弟，但他們兩人正用認真的表情端詳著其他國家運來的作品，散發著沒空搭理人的氛圍。

「小玉和主人的作品也絲毫不遜色呢。」

「那是當然的，亞里沙。妳快看，甚至有工匠在小玉的雕像面前跳舞呢。」

我們在莉薩的催促下轉過頭去，發現有幾名工匠和神官正在那裡擺動身體。

見到這種光景，讓人覺得小玉的雕像具備某種魔法效果呢。

「多麼漂亮的造形啊。」

「是的，老師，感覺就像會直接動起來一樣。」

不知是哪個國家的師徒正看著我刻的雕像。

見到他們這麼佩服，真令人有點難為情呢。

隔天我們前往在卡里恩中央神殿打聽到，開設著許多服飾店和煉金術店面的商店街。

「煉金術店開在服飾店中間，真是不可思議的組合呢。」

「藥店。」

「還有販售調合素材的店喔。」

我們一邊舔著跟攤販買來的棒棒糖，一邊觀看著店家們展示出來的商品。

「喵？」

小玉的耳朵突然抖了一下，並開始左顧右盼。

「怎麼了嗎？」

當我這麼向小玉提問時，憤怒的聲音傳了過來。

「什麼？妳說沒有錢？」

「肯定。不管問幾次答案都一樣，你應該停止毫無意義的詢問。」

一名身材高大，販售水飴的男性跟年紀和露露差不多的美少女起了爭執。

「是有人吃霸王餐嗎？」

「亞里沙，我們是不是在哪見過那孩子？」

「聽你這麼說的確有點眼熟。雖然頭髮是純白色的，因為背影跟露露很像的關係嗎？」

正如露露和亞里沙所說，那位美少女確實很眼熟。

「人偶？」

「是的，蜜雅。她有著跟人偶一樣標緻的臉，我這麼告知道。」

「不對。」

蜜雅用力搖了搖頭。

「佐藤的。」

「我的？」

我偏著頭仔細端詳起美少女，才總算明白蜜雅話中的涵義。

那孩子跟我雕刻的木雕長得非常像。

因為很在意美少女的真面目，我集中精神看了過去，接著，她身旁顯示出了ＡＲ情報。

「呃……」

看了之後我不禁啞口無言。

這是因為——

——ＵＮＫＮＯＷＮ。

美少女的所有情報都是UNKNOWN，也就是無法辨識身分。

我只在「狗頭魔王」戰時現身的神祕幼女身上，以及遭遇「魔神的產物」時見過同樣的現象。

這麼說來，雖然「狗頭魔王」稱那位神祕幼女為「巴里恩」，但是她既不肯定也沒有否認，更何況印象中她的聲音跟我在巴里恩神國聽到的聲音有些不同，因此我並不認為神祕幼女的真實身分是巴里恩神。

「少給我擺架子！假如敢吃霸王餐，老子就揍妳一頓再把妳交給守衛！」

見賣糖攤販開始發火，我以相當於瞬間移動的速度衝了過去接住他的拳頭。

他要是攻擊這種來歷不明的人，導致被變成青蛙或者關進畫裡面就太可憐了。

「少來礙事！」

「我的同伴給您添麻煩了，這是糖的費用和賠償費，請您息怒。」

賣糖攤販收下我遞出的銀幣之後，露出一副忿忿不平的表情，怒氣沖沖地離開了現場。

「不可以妨礙，無禮之徒應該受到懲罰。」

「沒必要給予懲罰，是因為您沒有支付糖的代價，他才會生氣的。」

「已經給予了代價，我的感謝話語勝過千金。」

美少女一本正經地說著。

「我叫佐藤，能夠請教您尊姓大名嗎？」

她先注視著我好一會，接著點頭說出了她的真實身分。

「卡里恩。」

要是相信她的自我介紹，美少女的真實身分似乎是卡里恩神。

「那不是神明大人的名字嗎？」

「肯定。我是神，**頭抬得太高了**，你們應該尊敬我。」

在卡里恩神說完這句話的瞬間，在場除了我之外的所有人都雙膝跪地低下了頭。

我簡單地看了一眼紀錄，但沒有發現祂使用精神魔法或類似能力的痕跡。

「**你是什麼**？」

希望祂至少能問「你是誰」。

「為什麼不低頭？你應該說出答案。」

「就算您問為什麼我也不清楚，可能因為我不是您的信徒吧？」

如果是這樣，那麼至少夥伴們也會跟我一樣才對，但我也不清楚原因，於是憑藉詐術技能這麼回答。

「真有趣。賜你與我同行的榮譽。」

「喔。」

因為事情太過突然，所以我忍不住隨口回答。

「你應該更加感激。」

總而言之——

「能請您讓這些孩子抬起頭嗎？」

事情得先從這裡開始呢。

◆

「您有什麼想去的地方嗎？」

「由你決定，你應該回應我的期待。」

畢竟夥伴們要是有個萬一就不好了，所以替卡里恩神帶路的人只有我一個。雖然亞里沙直到最後都相當反對，但我用對卡里恩神的話語言聽計從的狀況很危險當作理由說服了她。

她們現在大概已經離開卡利索克市，換上黃金裝備正在待命了。

跟卡里恩神在一起感覺會引人側目，因此我披上神官穿了也不奇怪的外套，並拉低兜帽遮住眼睛。

「卡里恩大人為什麼會來人界呢？」

「因為有人奉上了不錯的神體。」

原來如此，因為得到了神體，基於興趣才會來人界觀光啊。還真有人會做這種麻煩事耶

——不對，說起來祂的外表跟我製作的雕像非常像。

「難不成，您口中的神體是指放在中央神殿那個用世界樹製成的雕像嗎？」

「肯定。非常優秀的貼合感。」

果然如此，看來犯人就是我。

「供奉雕像的人應該得到加護。」

總之，我不需要加護。

「我命令你找出供奉雕像的人。」

「說得也是呢，等回到神殿再找找看吧。」

如果可以我想回絕。

「不可思議。」

卡里恩神停下腳步，抬頭仰望著我。

「請問怎麼了？」

「不順從神，無法閱讀想法，這令我非常好奇，謎團應當被解開。」

請不要面無表情地喘著氣說話啦。

看來我沒有立刻照祂的命令行事，反而引起了祂的興趣。

——話說回來，卡里恩神好像能看出我以外的人內心的想法。

「您覺得塔怎麼樣？」

「不需要。已經參觀過了，你應該提出其他地點。」

我為了扯開話題試著開口提議，但卡里恩神似乎已參觀過了。

「想必在塔上引發了不小的騷動吧？」

「否定。」

「是那樣嗎？」

「肯定。我不希望引起騷動。」

「所以才沒有造成騷動嗎？」

「肯定。人之子應順從我的意志。」

原來如此，有種真不愧是神明大人的感覺。

「您至今都沒有造訪人界，是因為沒有神體嗎？」

「否定。」

「那麼是為何？」

「代價。不僅巫女會壞掉，且神力的消耗過於龐大，應該避免浪費。」

這麼說來，我曾經聽說神聖魔法中有著能讓神明降臨在身上的魔法。

「消耗有這麼劇烈嗎？」

卡里恩神停下腳步盯著我看。

「你問題太多了，提問應適可而止。」

因為繼續問下去感覺會惹祂不高興，還是別再提問，老實當卡里恩神的導遊吧。

「如果可以用『佐藤』而不是『你』來稱呼我的話，我會很高興的。」

「那是什麼？」

卡里恩神無視我的話，指著遠方的某個東西。

「那是風車，看來是把風當作用來磨粉的動力呢。」

「那個呢？」

「是餐廳吧，那裡是人們用餐的地方，但是現在好像沒有在營業。」

「是嗎，那個呢？」

卡里恩神像是覺得眼前的一切都很稀奇似的向我問個不停。

『主人，你那邊的情況怎麼樣了？』

『正在愉快地觀光喔。』

『肯定。人界的情報量稀少且思考速度緩慢，令人著急。不過，這個沒有效率的世界體驗起來很開心。』

當我向亞里沙報告現狀時，卡里恩神若無其事地加了進來。

『那、那真是太好了，開心是件好事喔。』

『肯定。肉體帶來的快樂很不可思議，卻十分有趣。』

看來神明大人在神界好像是沒有肉體的。

「要去吃點好吃的東西嗎？」

「肯定。我對味覺有興趣，你應該提供美味。」

「那麼，您覺得那個怎麼樣？」

因為剛好發現了走在路上的攤販，於是我們走了過去。

「那是什麼？」

「是賣棒棒糖的攤販。」

「我要吃。」

卡里恩神一步步緩緩地邁出步伐，所以我先過去買了棒棒糖給祂。

「又甜又硬。跟水飴黏稠的口感不同。那個是？」

「那是法式薄餅，有起司和甜味兩種口味。」

「兩種都吃。」

卡里恩神把吃到一半的棒棒糖塞給我，朝法式薄餅的攤位走去。

兩種類型的法式薄餅也是試吃了一、兩口之後就塞了過來。

看來祂想品嘗各種食物。

「那是什麼？」

「街頭藝人。」

卡里恩神在發現廣場角落正在操縱魔巨人的街頭藝人之後跑了過去。

他是用身高及膝的小型魔巨人代替表演猴戲的猴子。

「大叔，後空翻！來個後空翻！」

「那得多給一點打賞金再說。」

「咦～後空翻嘛～」

先一步在此觀賞的孩子們央求街頭藝人用魔巨人表演後空翻。

「打賞金。」

卡里恩神似乎也很感興趣，祂拉著我的袖子要我給錢，同時視線也一直盯著做出滑稽動作的魔巨人不放。

「這樣夠不夠？」

「哦，居然是銀幣！少爺，您真大方呀！」

心情非常好的藝人立刻站起來鞠躬，接著操縱魔巨人——自己當場做了個後空翻。

不對，居然是你自己後空翻嗎！害我差點用假大阪腔開口吐槽。

卡里恩神看起來跟孩子們一樣開心。

「不讓魔巨人後空翻嗎？」

「太重了，辦不到啦。」

「用輕便的材質製造魔巨人怎麼樣？例如木頭或紙製的。」

「木頭姑且不論，紙是做不出來的吧？」

「否定，紙能夠製造魔巨人。你不該將自己的不成熟當作法術的極限。」

卡里恩神這麼說完後朝我伸出手。

我大概知道祂的意圖，便透過萬納背包從儲倉裡取出厚紙板交給了祂。

「像這樣。」

卡里恩神閃過朱紅色的光。

——朱紅色？

朱紅色的光芒流進厚紙板，使其自動折成人型的玩偶，最後變成獨立的魔巨人並且動了起來。

看來卡里恩神的個人代表顏色是朱紅色。

因為聖劍和巴里恩釋放的聖光是藍色的，才讓我以為神明發出的光芒都是這樣。既然如此，感覺也會出現綠色和黃色的聖光。

「後空翻。」

卡里恩神下達指示後，魔巨人往後翻了一圈。

「好厲害！大姊姊好厲害啊！」

「是使役魔巨人的天才！」

受到稱讚的卡里恩神有些開心地挺起胸膛。

就算被感動不已的孩子們抱住，卡里恩神既沒有趕走他們也沒有使用言靈操控。

「這個賞賜給你，今後也要向神奉上感謝與虔誠的祈禱。」

卡里恩神把魔巨人變回厚紙板，並讓上面浮現文字做成咒文書，最後將它送給操縱魔巨人的街頭藝人。

雖然一旁的我迅速用魔法拍了下來，但那好像只是用來製作紙魔巨人的魔法。

真不愧是掌管「睿智」的神明大人。

在那之後我們繼續在市內一邊逛路邊攤，一邊觀賞吟遊詩人和街頭藝人的表演。

這條街上正好有在巴里恩神國得知的喬潘特爾工坊，所以我順道去看了一下，但由於身為工坊主人的喬潘特爾先生不在家，因此沒能見到面。

「這個為何會變形？人族的想法令我深感興趣。應該說明製作意圖。」

「真抱歉，要是丈夫在家就能為您說明了。」

「理解，妳沒有說明的責任。這把傘會如何變形？」

「關於這個——」

卡里恩神見到變形先生的作品顯得非常興奮，負責看店的變形先生的夫人正在接待祂。

我趁機向亞里沙取得聯繫進行中間報告。就目前看來，卡里恩神除了言靈——透過帶著力量的話語讓人服從以外基本無害，而祂讓人服從的舉動看起來感覺上也沒有惡意。

雖然不清楚為什麼唯獨對我無效，不過當我戴上應付精神魔法的裝飾品之後感覺腦袋稍微輕鬆了些，或許讓夥伴們也配戴這種道具比較安全。

「差不多該回去了吧？」

我對玩遍了喬潘特爾工坊所有作品的卡里恩神這麼說道。

當然，要是玩過之後直接離開，對接待卡里恩神的夫人很過意不去，因此我買了不少令我感興趣，以及適合用來當伴手禮的作品，並委託夫人幫我送去宿舍。

「暫時不回神界，分靈體的體驗接收與發送需要消耗龐大的神力。」

這位卡里恩神似乎不是本體，而是分靈體——也就是複製體之一。

「不是回神界，而是返回神殿。天色差不多變暗了，太陽下山後治安會變差的。」

「治安？除了龍和魔王，我不認為有其他事物會對神造成傷害。你應明確指出威脅。」

原來如此，龍跟魔王能夠傷害神明大人啊。

「醉鬼會變多，或許會出現讓卡里恩大人感到不快的人。」

「理解。我沒興趣主動與令人不快的人接觸。接受提議，你應該帶我去神殿。」

因為卡里恩神同意了，於是我帶著她返回卡里恩中央神殿。

◆

「喧鬧。神殿應該保持肅靜。」

帶著卡里恩神回到神殿之後，好像發生了某種騷動。

「發生了什麼事呢？」

我抓住一位緊張兮兮地來回走動的神官，向他打聽情況。

「大、大事不好了！巫女大人們同時昏倒了！」

「那就是這場騷動的原因嗎？」

「是啊，沒錯。聽說巫女長昏倒時，還求助似的呼喚了卡里恩大人的名字。這可是連魔王復活的預言時都沒發生過的事，肯定是比魔王更嚴重的大災害發生的前兆。」

「喂！都還不清楚事情真偽，你在對神殿外的人說什麼啊！」

一名感覺很正經的神官責備了這位口風不緊的神官。

「我說你，剛才聽到的事情不准告訴其他人。假如在搞不清楚事情真假的情況下四處宣揚，可是會招來神罰的。」

「否定。神罰不會輕易降下，需要花費龐大的神力。」

「妳是什麼人？」

——祂就是你們信仰的神。

「卡里——」

「比起這個，關於剛才的事。」

因為我想先確認一件事，所以在卡里恩神報上名字前插了嘴。

「只有卡里恩中央神殿的巫女們倒下嗎？其他神殿的巫女們呢？」

雖然背後的卡里恩神吵吵鬧鬧地說著：「不敬。你應該謝罪。」但我裝作沒聽到，等待著正經神官的答覆。

「其他神殿的巫女什麼都沒說，只有我們卡里恩中央神殿這樣。」

——謎團全都解開了。

「看來您似乎就是原因。」

我轉頭對卡里恩神說道。

「肯定。從理論上來看，我判斷你的結論十分正確。」

「妳是原因究竟是什麼意思！妳對巫女們做了什麼！」

產生誤會的正經神官伸手打算抓住卡里恩神。

「無禮之徒。**頭抬得太高了**，你們應知曉自己在神的面前。」

卡里恩神這麼說完的瞬間，聚集在神殿禮拜堂的人們同時閉嘴，當場低頭跪拜，簡直就像白天光景的重現。

「那麼，我先告辭了——」

「工作辛苦了，明天你應該在日出時前來迎接。」

原本想把之後的事交給神殿的人好讓自己逃之夭夭，但祂卻說明天也要我當祂市內觀光的導遊。

不過，畢竟沒有想像中那麼麻煩，還能順便獲得神界的各種知識所以無所謂。

走出禮拜堂之後，我換下神官服前往保管雕像的地方。

目的是為了確認我製作的雕像是否真的變成了卡里恩神的神體。

「少爺！不好了！」

「你的雕像被偷走了！」

木雕工匠的兄弟一見到我就這麼大喊著。

其他男性在聽到這段話後開口反駁：

「都說不是了吧！是雕像突然發出朱紅色光芒變成人了！」

居然連目擊者都有，看來我的雕像果然變成了神體。

「你怎麼還在講這種話！」

「是真的！我真的看到了！」

「我相信你。」

「喂，少爺，你不必配合這傢伙啦。」

「我剛才遇到了跟雕像長得非常像的少女。」

「是、是真的嗎？」

甚至還一起在市內觀光了。

「感覺就像神話中會發生的童話故事呢，哥哥。」

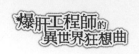

「是、是啊。」

兩兄弟雖然有點傻眼，但立刻又抱著自己總有一天也要做出那種雕像的想法打起精神，跑去籌備原木了。

看來我點燃了他們的工匠精神。

我在返回自己房間的途中，用空間魔法「遠話」聯繫了亞里沙。

『亞里沙，卡里恩神已經返回神殿，妳們可以回來了。』

『知道了，裝備呢？』

『不用穿著沒關係，記得要配戴應付精神魔法的裝飾品。』

『了解～！』

從一起觀光的過程來看，擔心卡里恩神會加害夥伴們應該是我杞人憂天，只要防備言靈就足夠了吧。

「我們回來啦～！」

「歡迎回來。」

我跟夥伴們會合，一邊聊著卡里恩神的情況一邊前往餐廳。

「沒有東西吃嗎？」

「請再等一下！因為所有廚師都被叫去正殿。湯和麵包已經準備好了，你們先吃那些暫時稍等吧。」

看來為了款待卡里恩神，所有廚師都過去集合了。

「露露。」

「是，主人。」

「主人，我也來貢獻自己的微薄之力。」

聽我這麼說，露露和莉薩隨即明白了我的意思並立刻回答。

「我們來幫忙，可以請教一下今天的菜單嗎？」

「幫大忙了！只要是用這種蔬菜和魚製作的料理，做什麼都可以。我們只會削皮與製作簡單的水煮栗鼠尾薯而已。」

因為對方全權交給我處理，於是我們分工製作能大量供應的料理。

「小玉也幫忙～？」

「波奇也可以幫忙喲！」

波奇、小玉和蜜雅三人一起幫忙削皮，娜娜則是努力地舀去燉煮的浮沫。

「嗯——嗯——嗯——」

只有亞里沙被排除在外，一個人寂寞地抱著腿坐在椅子上鬧彆扭。

畢竟人人都有自己擅長和不擅長的事情嘛。

就讓亞里沙努力幫忙試吃吧。

「主人，這個栗鼠尾薯怎麼辦？」

「我想想——」

因為這裡也有許多跟木薯很像的栗鼠尾薯，於是我試著將它炸成薯條、重現跟卡里恩神逛街時吃到的美味料理，或是加進我從巴里恩神國學到的料理中端了出去。

「今天的料理真好吃耶。」

「是不是廚師長換人了？」

「我可以每天都吃這些料理喔。」

看來大受好評。

於是我放心地開始大量製作，不過——

「卡、卡里恩大人，請您留步。這裡是庶民使用的餐廳。」

「否定。這裡有美味的氣息——找到了。」

卡里恩神跟我對上了視線。

下個瞬間，卡里恩神宛如省略了過程般瞬間移動來到我面前。

「你應該立刻提供美味。」

「我只準備了跟其他人一樣的食物，那樣就行了嗎？」

「肯定。快點端過來。」

「我明白了。」

我透過萬納背包從儲倉裡拿出有點精緻的盤子盛裝料理。

神官們不知何時把餐廳的角落布置成了豪華的特別座，我便將料理端過去。

「請用──」

「美味。」

卡里恩神沒等我把話說完就拿起湯匙送進嘴裡。

「我指名你當神的廚師。」

隨著卡里恩神的話，紀錄開始產生流動。

>獲得稱號「神烹飪師」。

>獲得稱號「卡里恩的廚師」。

不不，我不需要這種感覺美食漫畫會出現的稱號。

仔細一看才發現在「神烹飪師」之前，不知何時增加了「神雕像師」以及「刻出神明姿態之人」之類雕刻相關的稱號。

嗯，當作沒看到吧。

「請恕我拒絕。」

我才剛開口拒絕，四周的神官和祭司立刻你一言我一語地說著「無禮」或「應該受罰」之類的話，但卡里恩神只用一個眼神就讓他們全部閉上了嘴。

「為何？你應該提出理由。」

「畢竟對我來說實在消受不起，而且我也不是卡里恩神的信徒。」

「驚愕。」

卡里恩神驚訝地瞪大了雙眼。

接著立刻像察覺到什麼似的露出不甘心的表情。

「有巴里恩的氣味，還有——」

祂話說到一半停了下來，偏著頭說了一句：「花心的人？」

視線角落的蜜雅和亞里沙重重地點了點頭，但我一直都是對雅潔小姐一心一意的。

「請在冷掉之前享用。」

我為了轉移話題催促起卡里恩神。

「美味。包覆著雞肉鮮味的蜜汁能勾起食慾，是應該納入正餐的美味。」

卡里恩神說著宛如美食節目主持人的發言，並品嘗著料理。

明明白天吃了那麼多東西，她的食慾卻絲毫沒有衰退，或許神的胃是無限的也說不定。

「美味。下一道。」

「廚師，卡里恩大人提出要求了，趕快把下一道料理端上來！」

那位名叫麥雅，表情嚴肅的巫女長催促我端出下一道料理。

「我已經把所有能上桌的料理都端上來了。」

「否定。還有未知的美味氣息，你應該端出下一道料理。」

從特別座瞬間移動來到廚房的卡里恩神這麼對我說道。

——未知的美味？

我不解地歪著頭環顧廚房，發現波奇跟小玉正各自端著一盤漢堡肉和用深盤盛裝的番茄燉利索克大蝦，還有拿著一盤烤利索克蘑菇排的蜜雅。

這麼說來，我幫夥伴們做了各式各樣的料理呢。

「波奇的漢堡肉老師可以分一點給妳喲！非常非常好吃喲！」

波奇遞出盤子，卡里恩神便直接站著試吃起漢堡肉。

看到這一幕的麥雅巫女長大驚失色，大聲喊道：「快幫卡里恩大人拿椅子和桌子來！」

「驚愕！十分柔軟！溢出的肉鮮味夾雜著洋蔥的些許甜味，跟肉汁融合形成了未知的美味，這是肉料理的革命！」

聽見卡里恩神讚不絕口，波奇開心地露出笑容。

但那笑容在見到漢堡肉快速減少之後變成了焦慮。

「要吃小玉的大蝦嗎～？」

小玉注意到波奇的表情，遞出了自己的深盤。

「好硬。」

蝦殼似乎阻擋了刀子。

「我、我來去殼。」

「不需要。殼應該離開。」

拒絕麥雅巫女長提議的卡里恩神用刀背敲了敲蝦殼，蝦殼便自動離開肉身掉到旁邊。

「不敢置信～？」

小玉驚訝地瞪大眼睛。

「美味。紅色湯汁的味道讓蝦的美味有了深度，些微的酸味讓餘韻變得更好了。」

將去殼的蝦肉放進嘴裡之後，卡里恩神露出燦爛的笑容。

「要吃嗎？」

「唔，這裡為何會有精靈？妳應該在管理世界樹。」

「她為了增長見聞正在旅行，已經得到了管理世界樹的高等精靈大人允許。」

卡里恩神在見到舉起蘑菇料理的蜜雅時顯得很訝異，於是我替不安的蜜雅作出解釋。

「理解。既然得到了負責人的允許，那就沒辦法了，接受妳提供的美味。」

卡里恩神向蜜雅招了招手，切了一塊蘑菇料理送進嘴裡。

「美味。雖然樸素，但奶油和鹽以及胡椒充分帶出了蘑菇的美味，廚師該得到稱讚。」

V獲得稱號「卡里恩認可之人」。

不，就算用這種事得到認同也很奇怪吧。

或許是因為波奇、小玉和蜜雅三人提供料理下降了難度，娜娜和亞里沙也端上料理讓卡里恩神試吃並進行交流。

由於卡里恩神與麥雅巫女長要求我製作其他料理，因此我藉此交換神殿圖書館的閱覽資格並拿出食材開始處理。

「美味、美味～？」

「這個非常非常好吃喲！」

「同意。是跟剛才不同的美味。」

不知為何，小玉和波奇與卡里恩神一起享用著餐點。

因為得到了卡里恩神的允許，所以麥雅巫女長和神官什麼也沒說。

「鰻魚飯撒上這個粉會更好吃，我這麼告知道。」

「麻麻的。」

「撒太多了，我拿掉一些吧。」

依照娜娜所說加入大量花椒粉的卡里恩神皺起了眉頭，端著下一道料理過去的露露見狀將多餘的花椒粉移到了小盤子上，遲了一步的麥雅巫女長表情顯得非常遺憾。

「這是用羊筋肉製作的燉肉，口感非常優秀，請品嘗。」

「好硬。妳必須知道這副身體的下顎力量並不大。」

自己喜歡的料理被否定的莉薩看起來有些落寞。

之後我再跟她一起吃吧。

「總覺得，之前保持警戒就像笨蛋一樣耶。」

亞里沙在甩動平底鍋的我身邊發著牢騷。

「那樣也比較好吧。」

畢竟我不想等到有人受了重傷之後才後悔。

或許是託了應付精神魔法的裝飾品的福，用餐期間卡里恩神使用了好幾次言靈，但我家的孩子們幾乎沒有受到影響。

既然效果都得到確認了，如果可以，我希望能得到性能更好的裝飾品。

「說得也是，也許是稍微被先入為主的觀念給蒙蔽了雙眼吧。」

這麼說來，亞里沙似乎曾在夢中聽過「要是遇到除了我以外的神或者『神之使徒』要小心」、「要是繼承我的力量之人被發現，對方絕對會展開攻擊，因此若遇到我以外的神或者『神之使徒』，必須全力逃跑或者全力反抗」之類的話。

但是，實際上卡里恩神見到亞里沙也沒有特別在意的樣子。

雖然用金色假髮藏起了代表轉生者的「紫色頭髮」，但我不認為這種小把戲能夠瞞過可以看穿他人想法的卡里恩神。

說得更進一步，被巴里恩神道謝的時候亞里沙也在旁邊。

基於以上兩個例子，或許在亞里沙夢中說話的那個存在才是應該懷疑的對象。

「——卡里恩大人！」

順著麥雅巫女長的叫聲回頭一看，卡里恩神趴倒在桌子上。

是我用了什麼不適合那副身體的食材嗎？

「無需擔心，把這副身體送到聖域。」

卡里恩神語氣沙啞地命令麥雅巫女長。

「為了優化需要沉睡自轉週期三次左右。你們要知曉，虔誠的祈禱會促進優化……」

卡里恩神像在忍耐睡意似的擠出聲音，話一說完就陷入了沉眠。

總而言之祂似乎要睡上三天，趁這段時間把打算在這個國家做的事都搞定吧。

◆

「真是盛況空前呢。」

「是啊，哥哥。」

因為今天發生了許多事，所以我在哄夥伴們睡著後，前往夜晚的酒館稍微散散心。由於一個人去有點尷尬，因此也邀了睡不著的木雕工匠兄弟一同前往。

我試著稍微豎起耳朵，發現酒館裡雖然有各式各樣的話題，但沒人聊起卡里恩神降臨的事，看來這件事似乎還沒有傳到一般民眾耳中。

「嗨，喬潘，幫我做個會無限湧出酒的酒桶吧。」

「誰做得出來啊，你這白癡！夢話給我回夢裡說！」

我們才剛坐到位子上，隔壁桌和對面的醉漢就開始吵架。

「嘎哈哈哈，你就不要去勉強只有變形才能的男人了。」

「沒錯，只會做無意義變形機關的無能傢伙，怎麼可能做得出有意義的魔法道具呢。」

「要是有這種變形男在，擁有『睿智之塔』的卡利索克搞不好會被人當成變態的聚集地呢。」

——變形？

「難道您就是喬潘特爾博士？」

我抓住一言不發地準備衝向對面那群醉漢的人物的手詢問。

一臉困惑的他身旁AR顯示出了喬潘特爾這個名字。

「是、是這樣沒錯，你是誰？」

「我是在希嘉王國擔任觀光副大臣的佐藤·潘德拉剛子爵。」

「其他國家的貴族大人找我有何貴幹？」

「我因為在巴里恩神國深受您的作品感動，想跟您本人見面談話，才趕來這裡。」

喬潘特爾先生看起來對我的話半信半疑。

「喂喂，貴族大人。比起這個『只會』做出變形玩具的垃圾魔法道具師，我可是能做出更厲害的魔法道具喔。」

「沒錯沒錯，這傢伙是魔法道具協會的汙點。今天他也為了研究無聊至極的變形跑去央求協會出錢，結果被冷淡地打了回票呢。」

看來這些在說喬潘特爾先生壞話的男人似乎也是魔法道具師。

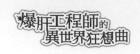

「像那種不明事理的協會，我才不稀罕呢。」

喬潘特爾先生以眼還眼地反駁道。

「既然這樣，由我來出資吧。」

「你？」

我向一臉狐疑地反問的喬潘特爾先生回了一句：「是的。」

「你知道研究魔法道具需要多少錢嗎？十幾二十枚金幣可是不夠的喔？」

「我也對魔法道具有研究所以知道行情，只要您說出想要的金額，我就會準備好。」

我曾經買來拆解他在巴里恩神國賣的「變形」魔法道具，裡面存在著我不知道的機構和我從未見過的魔物素材用法，有很多能夠學習的東西。

如果是一千或兩千枚金幣，我二話不說就會出資，他有這個價值。

「那就金幣三百枚，你要是能準備這麼多，我就去希嘉王國！」

哎呀，還願意來希嘉王國啊。若是那樣，我真想見識一下他和「旋轉狂」賈哈德博士見面會產生怎樣的化學反應。

「那麼，這是三百枚金幣的訂金，詳情等明天再去您的工坊談吧。」

我這麼說完後便把塞滿金幣的袋子放到桌上，結果不光是喬潘特爾先生，連找他麻煩的魔法道具師們都驚訝到下巴要掉到地上似的張大了嘴。

不不，既然是魔法道具師，像這種事應該已經見怪不怪了吧。

「今天真是個好日子啊！沒想到有人理解我的藝術品居然會這麼高興！換個地方吧，我知道一家好酒館！」

我被喬潘特爾先生拉住手臂站了起來，這時我才回想起那對木雕工匠兄弟將被我拋下的事，但他們已經在別桌跟別國的木雕工匠們熱烈地聊著有關雕刻的話題。

「小姐，麻煩妳用這些幫那張桌子買單。若還有剩，就請酒館的大家喝杯酒吧。」

「小哥，真大方呢！」

我把幾枚金幣遞給女服務生，還給了大銀幣當作小費。

這要是能稍微當作受邀來到酒館，卻被我拋下的那對兄弟的一點歉意就好了。

「唷，喬潘。協會那邊果然沒戲唱嗎？」

「別突然就說人家沒戲唱。」

「但還是不行吧？」

我們才剛來到喬潘特爾先生介紹的酒館，幾名跟他年齡相仿的男人便親切地迎接。

根據AR顯示，他們好像也是魔法道具師和煉金術師，還得到了「分解博士」和「爆炸博士」這種感覺不太體面的稱號。

「雖然協會那邊不行，但我還是得到了資助喔。」

喬潘特爾先生這麼說著，並把我介紹給了博士們。

「沒想到希嘉王國的貴族大人會來挖角喬潘啊。」

「真是的，不得志博士會要少一個人了啊。」

據發牢騷的博士們所說，他們好像也是過於鑽研某種分類，導致陷入了別說製作商品，甚至無法得到他人理解的狀況。

接著打聽了研究內容，發現每位博士都在進行非常令人感興趣的研究。尤其是「爆炸博士」，除了實驗時需要龐大魔力以及無法控制等問題之外，他進行的研究先進到就算被軍事國家招聘也不奇怪。

況且他的狀況就像在廚房研究核武器一樣，因此難以得到能證明理論的實際結果。

他用的理論跟我之前在希嘉王國的禁書庫所得到，類似核爆的禁咒非常相似。要是研究有所進展，感覺他會製作出和禁咒相同性能的兵器，實在可怕。所以如果可以，希望他能在我看得到進展的地方進行研究。

「若不嫌棄，各位要不要也來希嘉王國呢？」

聽我這麼說，五位博士都答應移籍到希嘉王國。

委託越後屋商會準備能收留他們的地方，並確保不會造成其他人影響的實驗場地吧。

當天我和博士們還有他們的助手一起喝到天亮，而且在宴會途中成功打聽到解決奇美拉的點子。

「假如無法分離混入水中的果汁，那就加水直到果汁沒有味道為止怎麼樣？」

「你是指注入人的因子來削弱奇美拉的因子嗎？」

「嗯，以前我造訪塔主大人的書庫時，曾在古代拉拉其埃王朝時代的書上看過。」

「那真是令人感興趣呢。」

假如他指的是拉拉其埃王朝時代的書籍，我有頭緒。

久違地跑一趟拉庫恩島吧，畢竟距離卡里恩神醒來還有三天嘛。

◆

「主人，已經把信交給『睿智之塔』的櫃台了。」

「主人，我們在卡利索克最好的旅館訂了房間，我這麼報告道。」

因為喝到天亮，被亞里沙和蜜雅針對喝過頭這件事罵了一頓之後，我拜託亞里沙和娜娜替我跑腿，目的是為了把潘德拉剛子爵的公開逗留場所變更為旅店。

「依那位坐在櫃台高官的說法，『塔主大人正專心處理緊急事件，暫時無法面談』。」

「雖然進不了大圖書館有點可惜，但沒有進行面談算是不幸中的大幸吧。」

畢竟神明大人降臨可說是歷史性的事件，要是我跟這件事有關被傳出去，感覺會變得很麻煩，所以要塑造成待在神殿的我和出現在「睿智之塔」，來自希嘉王國的佐藤・潘德拉剛子爵是不同人的形象。

幸好來到這個國家之後，我只對塔的守衛、卡里恩神以及博士們提過自己叫做佐藤，因此我想應該還能蒙混過關。

而大圖書館那邊，等越後屋商會來卡利索克開分店的時候，再用庫羅的身分取得閱覽許可吧。

「那麼，待在這個國家的期間，儘量別叫我佐藤。」

「嗯，知道了。」

夥伴們之中會用名字稱呼我的只有蜜雅而已嘛。

「那我們去神殿圖書館吧。」

我說完後，便跟夥伴們一同前往昨天才拿到入館許可的神殿圖書館。

為了保險起見，我換上跟昨天一樣的打扮避免被人認出來。

「有好多書喲。」

「哦，Great～？」

神殿圖書館裡放著非常多書櫃，二樓和三樓似乎也有大量的藏書。

我們是來尋找寫在禮拜堂那尊朱鹽像底座的研究主題後續的內容。

「給小孩看的繪本在這邊喔。」

「是喲。」

「要看～」

聽圖書管理員這麼說，波奇、小玉和娜娜三人朝繪本專區走過去。

「我不喜歡宗教系的書。」

「是神殿料理的書耶！總共有八本！」

看來露露似乎找到了感興趣的書。

「有了。」

「主人，蜜雅好像發現了朱鹽像相關的研究書。」

我來到蜜雅和莉薩呼喚的地方，發現用繩子裝訂的書塞滿了三個書架。

「要從這裡面找出來感覺很累人呢。」

「倒也不至於。」

幸好這裡沒有其他人，我伸出魔法版的念力「理力之手」將書櫃連同書籍一起收進儲倉，並使用ＯＣＲ功能搜索文字列的文章找出想看的書籍。

「真是亂來。」

「不過很方便吧？」

「這個我不否定。」

亞里沙聳了聳肩，伸手拿起書籍。

「嗯～用沙珈帝國語寫的部分還勉強看得懂，不過用內海共通語和孚魯帝國語寫的只能看懂一些單字。」

「嗯，難懂。」

這麼說來翻譯戒指好像只能用來交談。

「那麼，要是對我唸的標題有興趣就說一聲，我之後再幫妳們翻譯。」

這麼說完後，我開始逐一唸出標題。

然後將亞里沙她們提出要求以及我本人感興趣的幾本書用「錄影」魔法拍下來，接著迅速看完後將大綱告訴她們兩個。

「嗯——大多是沒有學術根據的內容呢。」

「失望。」

兩人似乎對沒有能當作新咒文靈感的學說感到不滿。

以我個人而言，光是在論文「從原始魔法到現代魔術的變遷與差異」上得知現代魔法是由眾神賜予，在那之前存在著與現代魔法完全不同的「原始魔法」這件事就已很有收穫了。

不過依照論文「關於現代魔術與魔神的關聯」提到，現代魔法並不是由七柱神賜予而是魔神帶來的說法，我覺得有點亂來。雖然文中舉出好幾個遺跡的碑文當作證據，不過在之後的調查中得知那是遠比神代更新的時代製作出來的東西。

在同一位作者的論文「等級與技能在創世時是否不存在？」裡，也寫著名為等級與技能的不可思議能力，在這個世界創世時並不存在，可能是後世由眾神創作，並由魔神帶來的。證據就是自從創世記之後，出現的神只有魔神。

「——哦。這本書怎麼樣？上面寫著『天罰中的眾神魔法』耶。」

「有興趣。」

「咦～該不會又是那種可疑的宗教內容吧？」

「不，天罰似乎真的存在喔。」

雖然用詞有點不同，不過卡里恩神說過「神罰需要花費龐大的神力」，生活在賽利維拉迷宮下層的轉生者骸也說過這樣的話。

「有什麼效果？」

「這附近的古代帝國發生過天地異變和氣候變動的現象喔。」

「古代帝國是指孚魯帝國？」

「依照這段記述來看，好像是和孚魯帝國不同的其他帝國。」

因為與之前骸所說的事情相符，應該就是他建立的帝國吧。

「還有其他觸犯了禁忌的小型都市國家，整座都市的人跟建築物全部被變成『鹽柱』的案例呢。」

這可能是因為從沙土下方挖出了變成鹽的都市。

從現在被近鄰各國當成鹽田使用的註解來看，世道還真是辛苦。

「我在見到搖籃崩壞時也想過，究竟是發生什麼化學變化才會變成那樣，真神祕呢。」

這麼說來，「托拉札尤亞的搖籃」最後好像也變成鹽塊崩塌了。

「化學？」

亞里沙將何謂化學告訴了偏著頭表示不解的蜜雅。

「亞里沙、蜜雅，這本研究書的其他部分好像放在『睿智之塔』的禁書庫，上面寫著試圖用現代魔法重現天罰的研究。」

「嘿～雖然聽起來很危險，但我有點興趣呢。」

「嗯。」

想拿到閱覽資格大概沒那麼容易，但可能性不是零。

我們也翻閱其他有興趣的書，到了中午便結束神殿圖書館的調查。

另外，圖書管理員似乎在繪本專區那邊唸書給看不懂文字的波奇她們聽。之後送些美味的點心給管理員當作回禮吧。

「——使徒大人，原來您在這裡啊。」

離開神殿圖書館的時候，我們遇到了正經神官。

「神官閣下，我不是使徒那麼了不起的存在，把我當普通的木雕工匠或廚師就好了。」

「不，我聽說使徒大人創造了讓卡里恩大人降臨的神體，還作為神的隨從採取行動。請您務必作為卡里恩中央神殿的聖人——」

「比起那個，您應該是有事才來找我的吧？」

因為話題開始往麻煩的方向發展，我在明知沒禮貌的情況下打斷了對方。

「差點忘了，是我的上司大主教大人要我來詢問使徒大人有什麼要求，所以我才來向您請示。」

——要求嗎？神殿圖書館的閱覽許可也已經拿到了，沒什麼想法耶。

「既然如此，能不能給我位於『睿智之塔』的大圖書館以及禁書庫的閱覽資格呢？有人要我們調查一些事情，但是神殿圖書館找不到我們需要的書。」

「什麼！原來您身負這樣的使命啊！我會立刻向大主教大人報告，並取得閱覽許可。」

或許是亞里沙用了容易引起誤會的說法，正經神官匆匆忙忙地跑去找大主教。

卡里恩中央神殿沒有教皇或樞機卿之類的人，因此最高位的聖職者似乎就是大主教。而他好像還兼任神殿長的職務，因此也被人稱作神殿長。

畢竟在走廊上等也很奇怪，於是我們決定去昨天的餐廳邊吃午餐邊等。

「嗚哇，椅子和桌子變成聖遺物了。」

「是的，亞里沙。用過的餐具也被裝飾起來了，我這麼告知道。」

卡里恩神用過餐的桌子周圍用繩子圍成了禁止進入區域，附近有幾個神殿相關人士正一臉嚴肅地祈禱著。

「沒見到有身分的人呢，他們都待在神一開始用餐的那個餐廳嗎？」

「不，他們好像在聖域沉睡的卡里恩神四周進行祈禱。」

我將透過地圖搜索得到的情報告訴了亞里沙。

當我猶豫該在擁擠的餐廳吃午餐，還是去外面吃的時候，正經神官氣喘吁吁地跑回來。

我們明明沒告訴他這個地方，真是了不起。

「使徒大人，抱歉讓您久等了。雖然大圖書館的閱覽資格立刻就拿到了，但是像我這種一般神官沒能取得進入禁書庫的資格，接下來我會請大主教大人向塔主大人問問看。」

「感謝神官閣下和大主教大人。」

我回憶著昨晚神官們的動作向他行禮道謝。

在高級神官專用的餐廳享用完午餐時，正經神官將已經得到禁書庫的閱覽許可告訴了我們，於是我們決定立刻去拜訪。

遺憾的是無法讓所有人同行，因此我只帶了亞里沙和蜜雅兩人，並以尋找食材為名義指示其他孩子去逛街品嘗美食。

「真的穿神官服就行了嗎？」

「是的，因為祭司跟主教大人的服裝不適合用來找書。」

由於這次是以卡里恩神使徒的身分拜訪「睿智之塔」，因此我換上了神官服，而亞里沙和蜜雅則穿著見習巫女的服裝。因為我和亞里沙早已被看過長相，我們便將兜帽拉低遮住眼睛。

我們在正經神官的帶領下穿過「睿智之塔」的門。

走進位於巨塔基礎部分的建築，在入口大廳和通道上到處都能見到學者和學生們相互交換意見的光景。

「根據孚魯帝國時代的書籍，火杖組裝的魔法陣——」

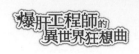

「現代魔力炮和魔導王國拉拉基的魔炮除了魔力供給量外，還有其他重要的差異——」

「我認為只要使用被視為禁忌的死靈術，就能在不消耗人力資源的情況下開闢魔物領域！」

「如果想在沙漠地帶用水石有效率地造水，必須用馬形水怪的鬃毛當作觸媒——」

明明是學問園地，卻有許多關於軍事技術的討論。

大概是因為受到魔物的威脅，所以用來強化都市防禦力的軍事技術，在跟現代不同的意義上與生活息息相關吧。

「快看。」

「這裡也有朱鹽像呢。」

這裡到處都擺放著跟神殿裡一樣的朱鹽像。

「是的，雖然原本是用來進行卡里恩大人試煉的神具，不過現在則是將長老會或者賢人會判斷應該流傳下去的論文序章刻在底座。」

「您還真是了解。」

「因為我在成為聖職者之前，曾在羅布森導師門下擔任學者。」

看來他年輕的時候似乎曾在「睿智之塔」工作過。

「接下來要在進入禁書庫前，請使徒大人和塔主大人見個面。」

「要和塔主見面嗎？」

「是的，塔主大人說要實際見過使徒大人之後才會給予禁書庫的入室資格。」

由於我大致上也預料到事情會變成這樣，因此我老實地說了句「明白了」。

「電梯。」

塔的一樓有好幾座舊式電梯。

「您知道的真清楚呢，塔的歷史書上說這是模仿精靈們的『點梯』製造出來的，在塔裡被稱為升降梯。」

「您指的是波爾艾南之森的精靈嗎？」

「不是的，傳說是布拉伊南氏族的精靈。每隔十幾年，精靈族的賽貝爾凱雅大人都會前來確認保養狀況。」

哎呀，出現了懷念的名字。

沒想到會在這種地方聽到，在迷宮都市賽利維拉擔任冒險者公會長顧問的賽貝爾凱雅小姐的名字。印象中她的故鄉就是布拉伊南之森，應該是同一個人吧。

雖然我想可能是利用了樹精的轉移，不過她的行動範圍真廣泛。

「只要搖響這個鈴鐺，門就會打開。」

當正經神官匡噹匡噹地手動搖響類似門鈴的鈴鐺後，升降梯的門隨之開啟。升降梯並非

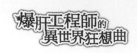

用魔法裝置進行偵測，而是有電梯小姐在裡面。不，對方是男性所以是電梯先生？

「這台升降梯是上層專用的，各位有許可證嗎？」

「有的，在這裡。」

「塔、塔主大人的邀請函！」

看到正經神官遞出的卡片，電梯先生驚訝地叫了出來，隨後將我們帶進升降梯裡。

或許是有很多上了年紀的乘客，升降梯裡放著剛好能夠坐下的長椅。

「電梯向上，第一次搭乘的人請握好扶手。」

電梯先生搖響門鈴之後，便開始讓升降梯上升。

升降梯的操作似乎是在這裡進行的，當我看著電梯先生一邊朝複雜的魔法裝置注入魔力一邊控制上升速度的時候——

「外面。」

「主人，快看這邊。」

我回頭一看，發現能從玻璃圓窗見到外面的景色。

乘坐飛翔木馬經過塔附近的魔女向亞里沙和蜜雅揮揮手之後便離開了。

「真是不錯的景色呢。」

「嗯，非常美妙。」

當然，我指的是風景。

絕不是因為魔女豐滿的胸部，也不是因為她掀起的裙子。

所以蜜雅跟亞里沙，可以請妳們不要說著「有罪」並左右朝我逼近嗎？

當我們做著這些事的時候，升降梯停止爬升，抵達了塔主所在的樓層。

眼前是挑空了三層樓左右的大廳，廳內有數名高等級的魔法使和魔法劍士守候著。

雖然沒有實力跟夥伴們差不多的高手，但等級四十左右的人隨處可見。

在據說是塔主輔佐官的青年帶領下，我們來到了位於螺旋階梯上方的塔主辦公室。

「塔主大人，我把卡里恩神的使徒帶過來了。」

辦公室裡有一名看起來很和善的白鬍子老爺爺，以及非常適合穿緊身窄裙的秘書系巨乳美女。

一般而言老人應該才是塔主，不過ＡＲ顯示卻告訴我那是錯的。

「初次見面，塔主大人。」

我向美女打了招呼後，她很開心似的大笑。

畢竟她的眼神並不一般，就算沒有ＡＲ顯示，也能一目了然地看出她不是個普通秘書。

「挺不錯的嘛。沒想到就算使用了最高等級的認知妨礙道具隱藏身分，還是被你一眼看穿了。」

美女大方地邁開步伐讓老人起身，自己則坐到了豪華的椅子上。她那交叉的雙腿實在很性感，有著讓人很想送她長筒絲襪的曲線美。

「歡迎光臨，使徒閣下。我是塔主菈瑪．卡利索克。這位白鬍子是我的首席弟子卡流。因為外表看起來像個賢者，所以對外的工作大致上都交給他負責。要是遇到了什麼問題，就去向他求救吧。」

年輕的菈瑪女士說年長的卡流先生是她的弟子讓我有股異樣感，但在得知她的實際年齡後就釋懷了。雖然她的外表大約在二十五歲左右，不過ＡＲ顯示她的年齡超過了三百歲。

順便一提，菈瑪女士和卡流先生跟巴里恩神國的索利傑羅一樣擁有賢者的稱號。菈瑪女士的等級是五十七，能夠使用術理魔法與風魔法。卡流先生則是四十九級，使用的是術理魔法與雷魔法，兩人都能說是非常有實力的術者。

「可以請教你想閱覽禁書庫的理由嗎？」

菈瑪女士在開口的同時發出了殺氣。

不過對我毫無影響，而為了應付神明大人，身上依然配戴著應付精神魔法裝飾品的亞里沙和蜜雅看起來也沒事。

「是為了幫助人。」

「原來如此——你們三個的年紀都跟外表不同啊。」

見到我毫不在意殺氣地冷靜回答，菈瑪女士點點頭這麼說道。

「正如您所料。」

我們的年齡與外表不符是事實，因此我不打算反駁。

此時背後傳來了「噗咚」的聲響，我一回頭便看見已經神官昏了過去，傭人們在聽到聲音之後前來照顧他。

將視線轉回來後才發現卡流先生的臉色也很差，菈瑪女士真是不懂得體恤老人呢。

「我明白了，給你們閱覽資格，但是不准你們把從這裡得到的情報外流。原本要用契約魔法束縛你們才合乎規矩，但我沒有自負到認為自己能夠束縛神之使徒。只要你們肯向自己的神發誓，我就相信你們吧。」

「我發誓。」

「我也發誓。」

我的神是指誰呢？

畢竟我沒有宗教信仰，所以不存在信奉的神呢。

「你呢？願意向卡里恩神發誓嗎？」

「是的，我發誓。」

這麼說來，我的設定是卡里恩神的使徒。

「卡流，帶他們去禁書庫——別讓他們接近大量殺戮魔法跟以『神之禁忌』為基礎的研究。」

菈瑪女士這麼向卡流先生命令道。

後半的低語是勉強能用順風耳技能聽到的音量。

以神之禁忌為基礎的研究令人有點在意，但要是不小心得知內容讓卡里恩神知道，感覺事情會變得很嚴重，所以這次我打算忍痛無視。

「唔。」

「沒找到呢。」

「雖然有類似的內容。」

這裡不僅有很多令人感興趣的文件，也有許多亞里沙和蜜雅想看的魔法相關事典、罕見的魔法書和煉金書籍等收藏也相當豐富，其中關於大陸西方的魔物素材的書籍有非常多值得一看的地方。卻沒能找到最重要的治好奇美拉化的方法。

「各位想找什麼呢？」

「我們想找古代拉拉其埃王朝時代的書籍，這裡沒有嗎？」

因為用地圖搜索都沒找到，我想大概是沒有，不過還是姑且向卡流先生打聽。

「既然如此應該不在這裡，而是在大圖書館或塔主大人的書庫吧。拉拉其埃相關的書籍大多是從遺跡碑文上抄來的。那些論文缺少根據，其中也包含了沒什麼可信度的內容，記得不要照單全收。」

依照他的說法前往塔主的書庫之後，找到了目標的書。

「內容跟博士說的完全一樣呢。」

明明想知道更進一步的內容，卻缺少最關鍵的部分。

為了保險起見，我們三人分頭尋找其他資料，儘管得到了對此感興趣的菈瑪女士和卡流先生的見解，但果然還是沒找到把奇美拉變回人類的方法。

找書途中還發現了有關異世界召喚的研究書，不過那是用猜測當作基礎的研究，所以沒能有多少收穫。那方面果然還是只能去沙珈帝國參觀勇者召喚的魔法陣才行。

太陽在我們做這些事的時候下了山，於是我們依依不捨地離開塔，前去與夥伴們會合。

「主人，波奇的蛋……波奇的蛋被……」

眼眶泛淚的波奇甚至連常說的「喲」都忘了，緊緊抱著我。

——蛋？

低頭一看，發現波奇肚子上的托蛋帶不見了。

「在市場被小偷給偷走了，雖然設法抓到了犯人……」

據說是在圍捕犯人的時候，自暴自棄的犯人直接把蛋扔到地面摔碎了。

「那個犯人在哪？」

「主人，冷靜點，表情很恐怖喔。」

亞里沙踮起腳尖戳了戳我的眉頭。

「犯人已交給衛兵了。」

聽說要是犯人付不起賠償金，就會淪為負債奴隸。

「小玉，沒能保護好它……明明是姊姊。」

連小玉也垂頭喪氣的。

聽說小偷偷走波奇的蛋時，小玉正著迷地看著一幅厲害的畫。

「別哭了，波奇。我會再買新的蛋給妳。」

「不要新蛋喲，波奇的蛋已經不在了喲。」

波奇大哭了起來。

「抱歉，波奇。」

看來我有點不夠體貼。

我們來到公園，讓波奇好好地哭了一場。

在哭聲變成嗚咽的時候，莉薩蹲在波奇面前，靜靜地說道：

「波奇，失去的生命無法挽回。」

波奇用哭得紅腫的眼睛看向莉薩。

「波奇，妳覺得自己能做什麼？」

「波奇能做的事，喲？」

波奇不解地偏著頭。

「沒錯，難道妳只能替摔碎的蛋哭泣嗎？」

「墓碑～？」

「墓碑喲？」

「沒錯，我們一起來弔祭摔碎的蛋吧。」

「好喲，波奇要為蛋的人製作墓碑喲。」

波奇用力擦掉眼角的淚水站了起來。

她在位於公園角落的大樹根部挖了個洞，然後把亞里沙收集的蛋的碎片放進去。

「再見喲。」

大家各自撒了一把土，最後放上刻有「蛋的人之墓」的小墓碑。

我們向墓碑獻上祈禱，並在亞里沙的要求下擺上了線香和花。

「——少爺？你們在這種地方做什麼？」

此時出現的是原本身為怪盜的越後屋商會諜報員皮朋。

「好久不見了，皮朋。你來卡利索克了嗎？」

「稍微有點事要辦。」

他的身後有一位穿著黑長袍的紅髮美少女。根據AR顯示，她的名字叫賽蕾娜，好像是「賢者」索利傑羅的弟子，擁有名為「安心冬眠」的獨特技能。因為她沒有任何轉生者獨有的技能，所以應該不是轉生者。大概是透過「轉讓才能的儀式」從轉生者身上得到獨特技能的吧。

「——蛋的人之墓？」

我把蛋碎掉的事告訴了歪頭不解的皮朋。

「這樣啊，那還真是遺憾呢。」

皮朋摸了摸波奇的頭。

「——對了，要不要養這個來代替呢？」

皮朋從道具箱裡拿出一顆蛋遞給波奇。

「不要喲，波奇的蛋已經不在了喲。」

波奇把眼前的蛋推還給皮朋。

「別這麼說嘛。這是顆走失的蛋，它跟媽媽分開了。」

「沒有媽媽喲？」

波奇抬頭看著皮朋。

「是啊，所以直到它找到媽媽為止，能幫我照顧它嗎？」

波奇的視線落在蛋上。

——呃。

AR在一旁顯示了蛋的真面目。

「皮朋，這是？」

「您發現了嗎——這是『白龍蛋』，是貨真價實的龍蛋，不過被一群令人困擾的傢伙給盯上了……」

原來如此，似乎還有一群不懷好意的傢伙。

「慢著，你打算把麻煩事推給我們嗎？」

亞里沙有些傻眼的說道。

「我沒那個打算。」

「等一下，賽蕾娜，交涉由我負責。」

皮朋攔下了走到前面打算解釋的美少女。

「雖然不能詳細說明，不過有一群人想利用『龍蛋』來做壞事。我們會設法解決那些傢伙，因此希望你們在事情解決之前保護這顆蛋。」

「不用幫忙嗎？」

「嗯，沒問題的。要是應付不來，我會去向庫羅大人求救的。」

「是嗎，如果需要幫忙隨時告訴我。」

我對皮朋這麼說，並將我們目前預定訪問的國家以及大致上的行程告訴他。

畢竟我有給他緊急通報用的魔法裝置，他隨時都能將求救信號發給庫羅。

根據皮朋的說法，賢者的一部分弟子失控，跟他一起的女弟子是為了阻止他們才採取行動的。

「事情就是這樣，可以交給妳嗎？」

皮朋向抱著蛋的波奇再次詢問。

「知道了喲，波奇會保管蛋喲。」

波奇像是說給自己聽似的做出回答。

「這次絕對，絕對的絕對會保護好喲。」

「小玉也幫忙。」

波奇握緊拳頭做出宣言，小玉也用嚴肅的表情看著蛋。

「那麼雖然抱歉，就拜託妳們了。」

皮朋說完之後便跟女弟子一起用短距離轉移消失了。

為了不讓「龍蛋」被搶走或者碎掉，今晚就認真地用奧利哈鋼纖維和銀皮纖維製作托蛋帶吧。

不過「龍蛋」的殼本身別說是祕銀合金，甚至比成年龍的鱗片還要堅固，所以或許根本不需要也說不定。

◆

「——轉移結束。」

從皮朋那裡拿到「龍蛋」的隔天，我久違地造訪了拉庫恩島。夥伴們當然也跟了過來。

「哎呀？那是怎麼回事？」

「碼頭毀壞了，我這麼告知道。」

「是遇到了暴風雨嗎？」

察覺到碼頭慘狀的亞里沙這麼告訴我。

「佐藤先生！還有各位！」

「嗨，蕾伊。」

從田地的方向走回來的幼女——拉拉其埃原女王蕾亞妮高興地喊了出來。

在她身後遠處跟著搬運用魔巨人一起回來的妹妹優妮亞也大大地朝我們揮著手。雖然優妮亞的外表比較像姊姊，不過，蕾伊是屬於名為半幽靈的種族，能夠自由變成幼女或者妙齡美女。

「幼生體過得還好嗎，我這麼提問道。」

「嗯，那當然囉。」

被娜娜舉起來的蕾伊顯得很困擾。

「請進，我現在就去泡茶，還有好吃的水果乾喔！」

大家在蕾伊的催促下走進了屋子裡。

「來，這是伴手禮。」

「可愛的玩偶跟照明魔法道具？」

「哇哇！姊姊大人，這個會變形耶！」

我把喬潘特爾工坊製的變形照明器具，和在人偶之國羅多洛克買到的伴手禮送給蕾伊和優妮亞。

「我說，碼頭那裡的狀況很慘耶，是有暴風雨來過嗎？」

「啊，妳說那個？說是暴風雨倒也沒錯啦。」

「那是克拉肯幹的好事，牠好像是被暴風雨沖過來的。沒錯吧，姊姊大人？」

這座拉庫恩島雖然在波爾艾南之森的精靈們幫忙下，張設了名為「彷徨之海」的結界魔法，但由於那並不是物理性的障壁，才會被克拉肯闖進來。

「幼生體沒受傷吧，我這麼提問道。」

「我沒事喔，娜娜小姐。因為我和優妮亞兩人一起去拉拉其埃本島避難了。」

神之浮島拉拉其埃沉在這座島下方——正確來說這座島是拉拉其埃某座山的山頂部分。

「房子沒事真是太好了。」

「是啊，或許因為這裡瘴氣稀少不適合棲息，牠似乎在暴風雨結束後就立刻離開了。」

那真是不幸中的大幸。

「主人，應該加強幼生體的保護，我這麼建議道。」

「說得也是，這裡的防衛設施更充實一點會比較好。」

「沒問題喔，要是有個萬一，我會保護姊姊大人！」

「謝謝妳，優妮亞。不過畢竟可以去拉拉其埃避難，不必那麼擔心也沒關係。」

雖然蕾伊這麼說，但果然還是會擔心。因此我裝設了跟飛空艇上同樣的「堡壘防禦」生成機構，連接到房子的動力源聖樹石爐上，用來當作保護兩人的家和田地的防衛設施。

「那麼，來啟動試試看吧。」

因為是飛空艇的備用零件，所以很順利地啟動了。

「好厲害好厲害！」

「Yes～」

「主人的魔法裝置是世界第一喲！」

優妮亞高興地跳了起來，小玉和波奇也跟著跳來跳去。

發現托蛋帶因為跳躍引起的反作用力晃來晃去，波奇連忙停下動作按住了蛋。

「很像拉拉其埃的『天護光蓋』，但有點不一樣吧？」

見到進行啟動測試的堡壘，蕾伊似乎發現了與「天護光蓋」之間的差別。

「這個叫做堡壘，沒有天護光蓋那麼強的防禦力，畢竟天護光蓋理論上無法小型化。」

「原來是這樣。」

或許是不清楚具體理論，蕾伊微微地偏著頭。

「這下就算克拉肯或魔族闖進來也沒問題了。」

「謝謝你，佐藤先生。」

「感謝你，主人・佐藤。」

我向開口道謝的蕾伊和優妮亞告知了堡壘的使用方式和注意事項。

雖說基本上無須保養，不過堡壘非常消耗魔力嘛。

「大家，午餐準備好了～」

我們在露露的呼喚下回到屋內，享用握壽司和加了蛤蜊的清湯。

「露露小姐的料理真好吃。」

「姊姊大人做的料理也很好吃喔。」

「謝謝妳，優妮亞。」

這對姊妹還是老樣子感情很好。

「話說回來，佐藤先生今天只是來玩的嗎？應該有什麼要事吧？」

在飲用飯後的煎茶時，蕾伊這麼開口問道。

畢竟去波爾艾南之森的路上順道過來這裡時，大多只有我自己一個人。

「其實呢——」

我說出自己想前往位於拉庫恩島地下的拉拉其埃本島，尋找治療奇美拉化資料一事。

「那樣的話，直接問拉拉其埃中央控制核就行了。那裡存放著拉拉其埃的所有知識。」

我和蕾伊一起前往中央控制室，從中央控制核得到了治療奇美拉化的方法——將被稱作「人類因子」的東西抽出進行培養再注入，這種不科學的內容。若跟我說要培養複製肉體，再移植頭腦，我還比較能理解。

既然有詳細的魔術理論和直到成功為止的實驗紀錄，我想應該是真的。

遺憾的是，依照拉拉其埃現有的設備無法重現，不過我知道了只要把精靈們製造用來調整娜娜她們人造人的調整槽進行改造就能處理。

「謝謝妳，蕾伊。這樣一來有很多人能得救了。」

「呵呵，能幫上佐藤先生的忙就好。」

蕾伊開心地露出笑容。

我順便向曾與眾神有過交流，拉拉其埃王朝的後裔蕾伊詢問與神明大人來往的方式。

「來往方式？控制核，有什麼頭緒嗎？」

「女王蕾亞妮，為了防禦神帶來的精神干涉，建議裝備女王服裝。雖然也有拉拉其埃高層人物配戴的簡易裝備，但是效果不如女王服裝。」

中央控制核將卡里恩神使用的言靈稱之為精神干涉。

讓夥伴們配戴能應付精神魔法的裝飾品果然是正確的。

「佐藤先生，這能算回答嗎？」

「嗯，非常有參考價值。」

「不過，為什麼突然問這個？」

我將卡里恩神降臨的事告訴了感到好奇的蕾伊。

「這還真是厲害！即使在拉拉其埃王朝的漫長歷史中，也幾乎沒有關於眾神降臨的紀錄呢。」

雖然試著問她要不要見個面，不過她敬畏地謝絕了。

「也就是說，需要能應付精神干涉的裝備對吧？」

蕾伊這麼說完，便依照人數從拉拉其埃的寶物庫裡拿出名為「魯格手環」——能夠應對精神干涉的裝飾品給我們。她還想把最有效果的女王服裝交給我，但再怎麼說都不太好就回絕了。

「謝謝妳，蕾伊。這樣就能安心地和卡里恩神交流了。」

我向蕾伊道謝之後回到地面上。

因為時間還有很多，我便跟蕾伊和優妮亞聊起大陸西方各國的旅行故事，並端出她們感興趣的西方各國料理招待她們。

「好辣，姊姊大人！這邊的料理很辣，要小心喔！」

「謝謝妳，優妮亞。這邊的很甜，妳吃吃看。」

「這邊的薯芋加蜜也很甜很好吃喲。」

「蝦好吃～？」

「真的耶，每道菜都非常好吃。」

「幼生體，我來幫忙剝蝦殼，我這麼告知道。」

跟夥伴們待在一起的蕾伊和優妮亞看起來非常開心。

今後要更頻繁地過來這裡才行。

我一邊稍作反省，一邊享受著在拉庫恩島的一天。

法國

「我是佐藤。就算是被人稱作料理難吃的國家，也有許多美味的料理。就算一開始不合自己口味，到了即將離開的時候也會因為舌頭習慣了味道，變得能美味地享用呢。」

「什麼都不說就離開真的好嗎？」

「肯定，神不會受到人類的情況影響。」

我們和卡里恩神一起離開都市國家卡利索克，沿著半島沿岸的航線前往謝利法多法國。

卡里恩神在我們前往拉庫恩島的後天醒來，拋下被言靈鎮住的神官們離開了國家。當時我拜託卡里恩神用言靈命令神殿的人不要洩漏我跟夥伴們的行蹤，所以不會有後顧之憂。

為了保險起見，我跟卡里恩中央神殿要了一套神官服與外套，在甲板上閒晃時都會穿著這套衣服。

「我還想去禁書庫和大圖書館稍微逛一下呢。」

「嗯，遺憾。」

「之後再去就好啦。」

從拉庫恩島回來直到卡里恩神醒來之前，我在禁書庫和大圖書館拍了不少感興趣的書，所以有三成左右的藏書隨時都能閱覽。

因為過於匆忙，沒能吃到都市國家卡利索克的名產果凍「知識的神泉，熔岩製法，花園風味」，下次來的時候一定要和大家一起享用。

「主人，你打算什麼時候進行奇美拉化的治療呢？」

「首先我想從動物實驗開始。」

直接上陣會太可怕。

「喵！」

小玉的耳朵抖動了一下。

「龍！赤龍大人出現了！」

主船桅的觀察員大喊著。

在他發出喊聲後不久，赤龍瞬間從我的雷達外圍逼近。

牠轉眼間就衝過高速帆船旁邊，在遠方回頭朝我們看了過來。

「怎、怎麼回事？為什麼赤龍大人會襲擊我們！」

「完全沒聽說過內海的守護者會襲擊船隻啊！」

船長和商人害怕地彼此發出驚叫。

「是因為波奇拿著的蛋嗎？」

「或許是吧。」

雖然波奇手上的是「白龍蛋」，不過若牠是因為感知到「龍蛋」而產生興趣也不奇怪。

如果不是在眾目睽睽的情況下，我就能用天驅飛上天說服赤龍了。

「不好了喲！」

「緊急情況～？」

波奇聽見亞里沙的發言嚇了一跳，為了保護蛋縮起身子。小玉也從妖精背包中拿出小盾進行裝備，站到能保護波奇的位置。

能從兩人身上感覺到絕對要保護蛋的強烈意志。

「過來了！」

赤龍迅速接近。

當我走到前方，打算假若情況危急就用方陣來進行防禦的時候，有個人擋住了我。

——是卡里恩神。

站在我前面的卡里恩神全身纏繞著朱紅色的氣息。

「不敬。你應該立刻離開。」

祂沒有大喊，也不是強硬地下命令，而是平淡地開了口。

——ＧＹＺＡＢＢＢＳＺＺＺＺＺＺＺＺ。

赤龍發出大吼飛離了現場。

「牠在說什麼？」

「剛才的不是龍語，只是單純的咆哮喔。」

赤龍在有些距離的地方盤旋了幾圈後，便朝著天空的另一端飛去。

感覺像被神明大人的權威給逼退了？

◆

「能看見海角了，那就是半島的前端嗎？」

「是的。那就是從北岸延伸到這裡的雙子半島前端。對面也能看到陸地吧？那個是從南岸延伸的英雄半島喔。」

與赤龍擦肩而過的隔天，我們抵達了兩座半島相距最近的內海危險地帶之一。

「這裡是危險地帶嗎？」

當亞里沙這麼說的瞬間，船身劇烈地搖晃了起來。

「呀！」

「唔！」

因為露露和蜜雅快要跌倒了，於是我扶住她們。

「呀——船好晃啊——」

亞里沙語氣平板地說著並朝我抱了過來。

雖然有點裝模作樣，但在船身穩定下來之前就讓她暫時保持這個姿勢吧。

「搖晃得不自然，我這麼告知道。」

「難道船的下方有魔物嗎？」

「喵～？」

「海裡什麼都沒有喲？」

娜娜和獸娘們在船舷探頭看著海面。

波奇因為受到托蛋帶妨礙無法攀上扶手，便拜託莉薩抱起自己。

「請不必擔心，方才只是海上的風浪而已。」

「哎呀，或許鱗片小姐的擔憂是正確的也說不定喔。」

在附近的一位商人說的話，被操控帆的其中一名船員否定了。

「正確是指？」

「水手之間有這麼一個故事。據說海底棲息著一種長達內海兩端，名為利維坦的巨大神獸。」

商人聽了之後笑著說這是迷信。

「Great～？」

「如果有這麼大，大家不管怎麼吃都吃不完喲！」

見到小玉和波奇被刺激食慾的模樣，商人和船員都露出了微笑。

「卡里恩大人知道利維坦的存在嗎？」

儘管我這麼拋出話題，但卡里恩神或許不太感興趣，只是小聲說了句：「你說呢？」就結束了對話。

明明好奇心旺盛，對於不感興趣的事物卻冷淡到令人吃驚。

「喂！一直亂講話會被利維坦吃掉喔！給我專心點！」

「好的咧～！要是因為我們的失誤導致觸礁，那可不是鬧著玩的。」

挨罵的船員用當地方言發出吆喝聲重回崗位。

這附近的水域下不僅有許多岩礁，還會遇到像剛剛那樣的海浪，因此不能放鬆警戒。

不僅如此——

「是海賊！海賊出現了！」

我們還在浮著無數島嶼的狹窄半島間海域遇到了海賊，他們划著速度驚人的槳帆船衝了過來。

「主人，整治海賊的時間到了，我這麼告知道」。

娜娜一本正經地說道。

在娜娜的後方可以見到臉色蒼白的船長。

「不行了，魔力爐的狀況不好。來不及展開魔力障壁。」

照這樣看來，迎擊用的魔力炮似乎也用不了。

因為感覺到船員們也很拚命，所以我決定稍微幫個忙。

「佐藤。」

「蜜雅和亞里沙用魔法阻止海賊接近，露露瞄準指揮划槳節奏的太鼓手。莉薩妳們負責解決上船的人，娜娜則和我一起阻止他們攻擊船。」

夥伴們在我的指示下開始迎擊。

露露的狙擊轟飛了太鼓手的太鼓，打亂了划槳節奏使得船的速度降低，並在受到亞里沙和蜜雅的近距離魔法攻擊之後翻覆了。

主船桅的監視員發出其他敵人出現的警告，蓋過了船員們發出的歡呼聲。

「有飛龍！飛龍群過來了！」

這次是飛龍群啊。

難怪會被稱作危險地帶。

「不必擔心，飛龍的目標是那些落海的海賊們。」

正如船長所說，飛龍們朝著海賊們急速下降。

我用手上的魔弓射穿了正要用後腳爪子攻擊海賊們的飛龍眼睛。

「不會吧？這種距離都能射中嗎？」

「真厲害，就算是碰巧的也很驚人呢。」

正當船員們發出驚嘆聲時，我接連射穿了第二、第三隻飛龍的眼睛打倒牠們。

「喂，你在做什麼？萬一飛龍轉移目標，你要怎麼負責！」

「就是啊！別管那些威脅航路安全的害蟲自相殘殺了！」

船長和商人開始指責我。

卡里恩神則是一副無所謂的表情。

「因為對孩子們的教育不好。」

我這麼說完，連續射穿了飛龍的眼睛。

其他隻飛龍大概學到了教訓，牠們從途中開始就不用會降低速度的後腳攻擊，而是改用嘴巴去叼，並以會衝進水中的急速下降進行攻擊。

即使有幾隻龍飛了過來，但都被莉薩她們的魔刃炮和露露的狙擊擊落，並在見到亞里沙朝空中釋放的特大火魔法爆炸之後嚇跑了。

或許是沒有遭受損失，我不聽船長命令的事最後沒被追究。

「沒想到小姑娘是能使出那種驚人魔法的魔法使大人啊。」

「嘿嘿，還好啦。」

亞里沙因為最後使用的誇張魔法留下深刻印象，得到了船長和商人們的稱讚。

回收完附近落水的飛龍屍體後，遠方見到了疑似軍艦的影子。

「船長！那是法國的軍艦！」

「那麼，收拾海賊的事情就交給他們吧。」

船長用信號旗向法國的軍艦告知事情經過之後就離開了。

「是肉喲！」

「飛龍的肉可不能吃喔？」

「沒那回事～？」

「沒錯，飛龍肉雖然腥味很重，但是很有嚼勁，吃起來非常有滿足感。」

「是、是這樣嗎，那麼等卸完貨之後一起吃吧。」

船長受到獸娘們對飛龍的敘述影響，說出了這樣的話。

「有興趣。你應該提供未知的美味。」

「我倒是不太推薦就是了……」

連卡里恩神都想吃了。

「提供美味。」

「我明白了。」

見到祂表情堅定地這麼說，我也沒辦法拒絕。

總覺得卡里恩神被我家孩子們影響，設定不斷朝著貪吃鬼角色邁進。

我們一邊眺望著遠處的英雄半島，一邊越過了島嶼地帶，並沿著雙子半島抵達了謝利法多法國。

◆

「這裡就是謝利法多法國啊。」

露露環顧著港口的人們。

這是個和巴里恩神國相似的國家。服裝比起中東風格更接近古代希臘風，不過穿著素色服裝的人很多，士兵和高官也都穿著顏色樸素的服裝，給人一種「灰色國度」的印象。

根據地圖情報，人族超過總人口的八成，剩下的部分則是獸人和鳥人。或許是因為有烏里恩中央神殿，擁有烏里恩神的天賦「斷罪之瞳」的人比其他地方來得多。

「好、好硬。普通的解體菜刀連傷痕都劃不出來耶。」

「要拿大劍或斧頭來切嗎？」

「喂喂，別開玩笑了。像這種毫髮無傷的飛龍屍體，可遇而不可求啊。不管要花多少金幣我都要買下來！」

商人們都聚集在被卸下來的飛龍周圍，畢竟飛龍的皮可以做出優良的防具嘛。

「露露，能幫忙支解嗎？」

「我明白了」。

「這種小姑娘怎麼可——」

漁民在見到露露從妖精背包裡拿出修長的大鮪魚刀之後啞口無言。

總不可能拿出黃金色的奧利哈鋼製菜刀，所以用的是乍看之下像普通鐵製的真鋼合金特製菜刀。

「——嘿！」

伴隨著可愛的低語聲，飛龍被輕而易舉地解體了。

見到這幅光景，我開始產生露露是否也能在近身戰上有所發展的想法。

「像這種感覺可以嗎？」

「嗯、嗯。非常的感謝，很完美。」

見到露露過於華麗的解體技巧，漁民先生說話的措辭產生了混亂。

我因為被扯袖子而回頭一看，發現對方不是我家的年少組而是卡里恩神。

「你應該儘快提供美味。」

她好像想吃飛龍。

實在沒辦法，我請人分給我解體完成的肉，並向對飛龍肉起了興趣的漁民借用爐灶準備做菜。

「露露，可以來幫忙嗎？」

「好的，請交給我吧。」

露露抬起纖細手臂做出用力動作的模樣真是可愛。

總之，就做簡單的肉串和可以掩蓋腥味的番茄燉肉這兩道菜吧。

因為飛龍的肉到處都是筋且腥味很重，所以在切掉筋之後用去腥的香草搓揉一會，接著靜置一段時間。

「瘴氣應該除去。」

卡里恩神全身帶著朱紅色光芒並用手臂輕輕一揮，殘留在飛龍肉上的瘴氣頓時消失得一乾二淨，比我全力展開精靈光時還要快。

「湯的準備結束了。」

「那麼，這個就拜託妳了。」

我將適合燉煮的部位交給露露，自己則著手烤起肉串。

做成給獸娘們吃的肉塊和薄切肉捲兩個種類吧。前者重視嚼勁，後者則是以易於食用為優先。

我將烤好的肉串分給卡里恩神和夥伴們。

「果然肉是最強的喲。」

「硬硬的好吃。」

「飛龍的嚼勁讓人欲罷不能呢。」

獸娘們對飛龍肉讚不絕口。

「……微妙。」

卡里恩神一臉期待地把肉送進嘴裡，但表情立刻變得像被灌了苦藥的小孩一樣。嗯，果真不出所料呢。

雖然我也分給了港口裡興致勃勃地想吃飛龍肉的人們，但除了幾個人之外，大多數人的反應都跟卡里恩神一樣。硬要說的話，薄切肉捲比較受歡迎。

「主人，麻煩您做最後的收尾。」

在露露的呼喚下，我開始幫番茄燉肉調味。

儘管已幾乎沒有必要多做調整，不過再稍稍加點鹽感覺更完善。我試吃了點肉，發現已經沒有腥味，能夠普通地下嚥。

「肉很有嚼勁，番茄的酸味引出了肉的鮮味。」

「美味美味～？」

「飛龍的番茄燉肉也非常好吃喲。」

獸娘們的反應在意料之中。

「嘿——還不錯嘛。」

「是的，亞里沙。想不到這是飛龍肉，我這麼告知道。」

亞里沙和娜娜的反應也不錯。

因為蜜雅在嘴前擺出交叉手勢表示拒絕，於是番茄燉肉最後遞給了卡里恩神。

「請慢用，這個很好吃喔。」

「……不加肉比較美味。」

卡里恩神這麼說完之後，補上一句「改良的成果應該得到稱讚」並吃完了整道料理。

或許祂是在激勵我也說不定。

◆

「連建築物都是灰色的呢。」

把解體飛龍的拍賣事宜委託給港灣職員後，我們在卡里恩神的帶領下沿著主要幹道前往烏里恩中央神殿。

「看來是建材本身的顏色呢。」

「原本好像是純白色的石頭喔。」

建設中的房子就像剛下的雪一樣純白。

大概是因為氣候問題才變成灰色的吧。

「娛樂很少，我這麼告知道。」

「板著臉。」

正如娜娜所說，街道上盡是些實用取向的商店。也如同蜜雅感受到的，無論是路上行人還是購物中的人們表情都十分僵硬。

「確實，笑容不夠呢。」

大多數人給我一種通勤尖峰時段的日本人的印象。

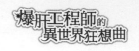

「調味料很少，但有很多沒見過的蔬菜。」

「蘑菇也一樣。」

「呵呵，蘑菇也有很多種類，去多買一點吧。」

雖然謝利法多法國與都市國家卡利索克都在同一座半島，且位在隔著陡峭的山脈分隔的相反位置，但是在卡利索克成為主食的栗鼠尾薯卻完全不見蹤影。這個國家似乎是以名為謝利法薯的細長薯類以及叫利法豆的褐色豆類為主食。

「主人，那是在做什麼呢？」

道路旁的公園裡聚集著很多人，不知道在做什麼。

人群圍繞的中心站著幾名看起來很有身分地位的人和幾名衛兵，以及一名身穿簡陋服裝的男人。

「主文，被告巴戈服勞役三年，理由——」

專心聆聽後，順風耳技能聽見了這樣的聲音。

「好像是審判。」

「是類似裁判官的審判嗎？」

「好像不是喔。」

根據地圖情報，現場沒有裁判官。幾乎所有的裁判官都在位於都市中心的中央司法宮工作，其中過半數的人都陷入了「過勞」狀態。

「那麼就是『斷罪之瞳』的持有者？」

「不，好像也不是。」

現場似乎也沒有烏里恩神的天賦——技能「斷罪之瞳」的擁有者。

「那就是普通的審判了吧，會不會有人喊『我有異議！』之類的呢？」

雖然我覺得這是偏見，不過看來亞里沙也知道那個因為逆轉而出名的審判遊戲。

「街頭審判。」

「主人，又發現審判了，我這麼告知道。」

走在主幹道途中，不時就能見到有人在十字路口或是公園召開小型的法庭。

「真不愧是法國，是喜歡審判嗎？」

這種訴訟國家感覺很難居住。

等姑且逛過一遍之後，快點出發前往下一個國家吧。

「哈哈哈，畢竟這裡是烏里恩神的腳下嘛。」

路過的紳士這麼告訴我們。

據說烏里恩神司掌「審判與斷罪」。

主幹道一直延伸到一座充滿綠意的公園，對面有一座彷彿將金字塔的頂端部分切除後的建築物。

「喵喵喵？」

「發現遺跡的人喲！」

小玉感到驚訝，而波奇是把那座建築物當成遺跡了吧。

根據AR顯示，那是一棟名為中央司法宮的建築物。根據觀光省的資料，那是法國政治的中心，似乎也是司法相關事務的總部。

「那裡就是目的地？」

「否定。烏里恩的神殿在對面。」

左邊有一座莊嚴的建築物。

我們無視這座大公園中隨處可見的街頭審判前往神殿。

穿過公園之後，我們來到神殿的正面。雖然剛剛被公園的樹木遮住沒有發現，建築物正面裝飾著銳角狀的物體，感覺相當地前衛。

巨大的正門上方有著用紅色石材製成的烏里恩神聖印，那麼這裡應該是烏里恩中央神殿沒錯吧。

「禮拜堂就是普通的禮拜堂呢。」

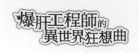

「亞里沙，似乎並非如此喔。」

露露指著的方向有在街頭審判也看到過的，打扮像裁判官的人成群結隊地朝禮拜堂的鐵門深處走去。

「那邊有什麼呢？」

卡里恩神自顧自地走在歪頭不解的亞里沙前面，祂前進的方向就是亞里沙她們所在意的鐵門。

「請留步。這裡只有參加神前審判的人，以及有事先預約的旁聽者才能進入。若是旁聽者，請出示預約券。」

在鐵門前站崗的神官們擋住了卡里恩神的去路。

「無禮。**頭抬得太高了**，你們應該知曉阻攔神的去路乃是罪惡。」

卡里恩神用一句話就讓神官們同時跪倒在地。就算對象是烏里恩神的神官，她似乎也一樣有影響力。

我往身後瞥了一眼，雖然我家的孩子們露出了奇妙的表情，但並未依照言靈跪拜。除了夥伴們之外，在卡里恩神聲音範圍內的所有人都跪了下去。看來蕾伊給的「魯格手環」十分有效。

我們穿過跪在地上的神官身邊走過鐵門。

「什麼啊，不就是普通的法庭嘛。」

即使亞里沙這麼說，但是這裡寬敞到非比尋常。

這跟我知道的法庭規模不同，感覺大到能夠召開國會。

但這裡或許不是卡里恩神想來的地方，她的表情有點不高興。

「上面。」

「主人，有東西浮在空中，我這麼告知道。」

「主人，那是什麼呢？看起來好像秤。」

蜜雅、娜娜跟露露發現的，是包在透明球體裡面的黃金天秤。看起來像飄在空中，但實際上好像是被高透明度的四個構造體支撐著。

裝飾在天秤上那看似紅寶石的寶石，是一種我沒見過，叫做紅法石的種類。

「你們是第一次參加天秤審判嗎？那是烏里恩大人的神器——『測量罪孽之天秤』烏里盧拉布。」

在我們身後做出回答的是一名非常適合小鬍子的紳士。他的職業欄上寫著旁聽評論家，稱號欄則是有著「旁聽專家」這個稱號‧不是審判評論家而是旁聽評論家嗎……真不愧是異世界，職業種類真多。

「黃金的天秤嗎——天秤座的話那就是老師父了呢……若是現在或許還有返老還童跟女

兒身版本也說不定。」

亞里沙小聲地說著妄想。

雖然我知道原出處，但妳稍微給我自重點。

「既然叫天秤審判，也就是會用那個天秤進行審判嗎？」

這麼說來，觀光省的資料中好像寫著「司法國家」謝利法多有奇怪的審判方法。

「正是如此。那個神器能夠測量出裁判官的『識破』或天賦『斷罪之瞳』無法看出的罪孽喔。」

評論家先生一副這樣就做完解釋的模樣，雙手抱胸重重地點了點頭。既然是個評論家，真希望他再說得詳細點。

「那真是厲害啊。」

我隨口附和。

即使不太懂，不過這應該是用在「識破」無法看穿的謊言，或者是「斷罪之瞳」無法判斷善惡的麻煩審判中吧。

詳情就等卡里恩神辦完事之後，再去問問神殿的人們吧。

「巫女長大人？」

「巫女長大人居然會參加天秤審判，真是稀奇。」

「是發生了什麼事嗎？」

周圍的人們開始騷動起來。

沿著他們的視線看去，發現有一支巫女小姐的隊伍正朝這邊走過來。

帶頭的是一名有著嚴冬清晨般氛圍的四十歲左右的女性，她似乎就是烏里恩中央神殿的巫女長。

她們走到卡里恩神面前，在祂開口之前就跪拜下去，並稱卡里恩神為「尊貴的大人」。

「烏里恩大人傳喚，能勞煩您移步前往神殿的聖域嗎？」

「肯定。妳應該迅速帶路。」

卡里恩神完全不顧因為審判而聚集在這裡的人們的混亂，在巫女的帶領下離開了現場。

「同行的各位請在這裡等候。」

我們在聖域入口被美麗的神殿騎士擋了下來。

真遺憾，我們好像不能進入烏里恩神的聖域。

「否定。你們是必須的。」

「既然尊貴的大人這麼說了，你們也一起來吧。」

在遵從卡里恩神的巫女長催促下，我們也走進了聖域。

與之前去過的巴里恩神國那座聖女宮的聖域很相似。

「現在，開始聖別儀式，請各位在這裡稍待一會。」
「不需要。用我的力量就能完成淨化。」
散發朱紅色光芒的卡里恩神揮動手臂產生光帶，灑落在巫女們的身上。
即使燦爛的光芒消失，巫女們身上依然帶著些微的白光。
「神啊，我等崇拜的公正之神啊——」
巫女長仰望天空開始了儀式。
當漫長的祝詞結束時，紅色的光芒從天而降。
是比卡里恩神的聖光還要濃厚的鮮豔紅色。
——《問》《卡里恩》《顯現》。
些許東西在化為語言之前，如同蘊含不同意義的塊狀意識般降了下來。
「神體。可以藉由低消耗顯現。」
卡里恩神抬頭看著紅光，表情洋洋得意地說道。
——《想要》《神體》《顯現》。
「肯定。你該準備神體。」
「是指與卡里恩大人的神體相同的東西嗎？」
見我這麼開口確認，卡里恩神點了點頭。

「我明白了，只要給我一點時間就能準備好。」

畢竟在波爾艾南之森得到的世界樹樹枝大小足以做出好幾艘方舟，而且也有不少為了加工而剪裁的部分，因此無論要製作多少與卡里恩神一樣的神體都沒問題。

──《期待》《神體》《顯現》。

烏里恩神這麼宣言之後，紅光逐漸退回了天上。

看來，我們和烏里恩神的接觸就此暫時告一段落。

「請問有沒有可以進行作業的地方──」

「這裡就行了。」

儘管巫女們顯得很困擾，但沒辦法忤逆神說的話，只能不情不願地點頭答應。

因為覺得很抱歉，於是我主張「這裡不適合作業」，請她們幫我另外準備了工作室。

距離午餐時間大約還有三個小時，在那之前做好雕像吧。

「我要在這邊進行作業，大家有什麼打算？」

「畢竟留在這裡也只會礙事，我就去烏里恩中央神殿周圍閒逛好了。」

「小玉要一起雕刻～」

雖然波奇有些猶豫，但還是敗給了亞里沙說的「去找找有什麼點心可以買吧」這句話。

接下來我和小玉兩人賣力地雕塑了神體木像好一陣子。

由於沿用了卡里恩神那時用過的設計，所以意外地輕鬆。

根據在繪本上看到的神話，烏里恩神的名字必定被放在卡里恩神的前面，因此我試著將其做得比卡里恩神的神體雕像更有姊姊風範。雖然外表一樣，但我對身體曲線費了點巧思改得更為女性化。

「——大概是這樣吧？」

我檢查起大致上完成了的雕像。

畢竟是法國信奉的神，表情做得比較嚴肅。

一旁的小玉正發出「喵喵喵喵」的聲音刻著雕像。或許是同時使用好幾種屬性石施展了忍術，神像洋溢著超脫雕像的躍動感，深具魅力。

神像手裡拿著的盤子所流出的光——不對，那看起來像光芒的是炒麵。高麗菜和肉也確實飛在空中。也就是說，另一隻手上握著那類似短杖的物體是筷子嗎！

邊跳舞邊吃著炒麵的少女——真是大膽的創新作品呢。

「嗯，這就是人類的不自由，真是饒富趣味。」

跟著聲音回頭一看，我製作的雕像受肉化為少女的姿態動了起來。

「您是烏里恩大人嗎？」

「肯定。」

烏里恩神用帶著紅光的手一碰頭髮，修長的頭髮隨即被剪下，變成了類似鮑勃頭短髮的髮型。

散落到地面的純白頭髮並未恢復成原本的雕像，而是維持著普通頭髮的模樣。

要是把頭髮交給烏里恩中央神殿的人感覺會被供奉為聖遺物，總之我伸出「理力之手」將其回收到儲倉中，之後再送給他們吧。

「你應該當我的使徒，卡里恩也這麼說。」

「我沒說。是烏里恩的妄想。」

否定烏里恩神的，是使用轉移回到這裡的卡里恩神。

因為亞里沙立刻用遠話傳來「卡里恩神消失了」的報告，所以我將卡里恩神在這裡的事告訴了她。

「這個人適合當我的使徒，烏里恩應該放棄。」

「否定。一起讓他當使徒就好，這樣就解決了。」

兩神相聚七嘴八舌。

雖然也有造型相似的原因在，但這樣看起來就像一對雙胞胎。

「我不是能當神之使徒——」

我的拒絕似乎慢了一步。

>**獲得稱號「卡里恩的使徒」**。

>**獲得稱號「烏里恩的使徒」**。

希望妳們不要爭相賦予稱號。

「你應該主動說出姓名，卡里恩也這麼說。」

「我沒說。不過同意烏里恩的話。」

「我是希嘉王國的觀光副大臣，佐藤·潘德拉剛子爵。」

雖然之前有跟卡里恩神報過名字，但我毫不在意地重新說了一次。

◆

「那是什麼？」

與夥伴們會合之後，我們為了滿足剛剛顯現的烏里恩神的好奇心，決定在謝利法多法國散步。

「是街頭審判嗎？內容——好像是內衣小偷。」

「揭露惡行，降下正義的裁決是好事。」

烏里恩神用認真的表情點了點頭。

這麼說來，據說烏里恩神是掌管「審判與斷罪」的神呢。

「美味的香氣。」

「味道是從那邊傳來的喲！」

波奇對卡里恩神說的話有所反應，她帶著大家走向攤販。

最近她似乎養成了在奔跑之前，用手護著腹部托蛋帶的習慣。

「就是這裡喲！」

我們在波奇的帶路下來到販售利法豆的攤位。

「雖說是煮毛豆，但是連豆莖一起煮還真是豪邁呢～」

「豆莖含有鹽分，一起煮能節省成本喔。」

哦——真不愧是異世界，也有這種植物啊。

「一根賣一謝米爾。」

「——謝米爾？」

「就是指銅幣，叫作謝米爾銅幣，銀幣則是艾米爾銀幣。」

「是這樣啊，我現在才知道。」

我用在港口兌換的銅幣買了幾根豆莖。

因為每根豆莖上都有許多毛豆莢，假如每人一根，感覺會多出很多。

聽說這個國家不能在路上邊走邊吃，於是我們繞到露天攤位的後方，一起享用毛豆。

「恰到好處的鹹味真好吃呢。」

嗯，好吃。會讓人想喝冰鎮啤酒呢。

我們一面眺望著路上的行人，一面品嘗毛豆。

「這就是味覺，真是有趣。」

「這是美味，烏里恩應該正確表達意思。」

看來少女神們也很喜歡毛豆。

這時我感覺到視線回頭一看，發現是一群飢腸轆轆的孩子們正在稍微有段距離的地方看著我們，於是我將多出來的毛豆分送給他們。

這個國家似乎禁止乞討，要是被衛兵發現好像不僅會被抓去審判，還會被要求勞動。

「喵！」

叼著毛豆莢的小玉抬頭朝馬路方向看了過去。

「主人，請後退。」

莉薩沒拿魔槍而是手持毛豆莖擋在我前面。

她的面前是兩個披著外套，身材一大一小的人。拉低的斗篷底下露出了長有蜥蜴人牙齒的嘴巴。身材高大的那位扛著用布包裹的戰斧。

『就是他們嗎？』

壯漢蜥蜴人開口的瞬間我就獲得了技能。

>獲得技能「德拉格國語」。

一開始能夠聽懂一部分是因為他們說的話很類似內海共通語。

不過他們的口音比這一帶的人更重，姑且還是分配技能點讓技能產生作用吧。

『是的，戰士塔蘭。在他們之中的某個人身上。』

根據AR顯示，他們好像是德拉格王國這個北方國家的人。從觀光省的資料來看，那是位於從這裡也能看到，在東西狹長的高聳山脈對面的北方三國之一，似乎作為被綠龍守護的國家而著名。

——綠龍啊。

總覺得我們和龍很有緣分呢。

『喂，你們幾個。』

壯漢揮舞戰斧將包裹的布揮落在地，朝我們走了過來。

『把偷的東西還來，這麼一來就讓你們毫無痛苦地死去。』

哎呀，他說出了危險的話。

『初次見面，戰士塔蘭。』

『老子沒空搭理躲在女人背後的膽小鬼。』

聽見壯漢失禮的發言，莉薩身上冒出殺氣。

這麼說來她還戴著精靈的翻譯戒指，所以能聽懂他們說的話。

『表情不錯嘛。』

壯漢的等級有四十二，難怪態度這麼囂張。

雖然他不是莉薩的對手，不過在路上打架不太好吧。

『我們沒有偷過東西，請問你們找的是什麼呢？』

我走到莉薩旁邊這麼詢問，壯漢卻露出凶惡的笑容說出一句：『死到臨頭還敢裝傻。』

下個瞬間，他朝我們揮下戰斧。

「——太慢了。」

莉薩閃過斧頭，用豆莖掃向壯漢的眼睛。

壯漢發出一聲慘叫想要抽回斧頭，但我不會讓他如願。砸進地面的斧頭已經被我用腳踩住前端無法動彈。

「到此為止。要是還敢抵抗，別怪我不客氣。」

莉薩從妖精背包拿出魔槍多瑪，用槍尖抵著壯漢的喉頭。

「透過語言跟暴力的交流沒有效率，卡里恩也這麼說。」

「我沒說。但是有同感，佐藤應該儘早說出自己沒有『綠龍蛋』。」

對這場糾紛感到事不關己，專心吃著毛豆的兩位神明這麼提供了建議。

波奇將手抱在托蛋帶上保護著「白龍蛋」，而小玉則像要成為波奇的盾般站到她面前，亞里沙則對她們說：「波奇的蛋跟這件事無關喔。」

姑且用地圖搜索了一下，但已知的地圖裡並不存在「綠龍蛋」。

由於露天攤位的老闆與觀察情況的圍觀群眾此起彼落地說著：「龍蛋？」因此我用風魔法「密談空間」來阻斷聲音。不知為何，神的語言能夠跨越語言隔閡讓所有人都聽得懂。

『說漏嘴了吧！如果不是竊賊，是不會講出「綠龍蛋」這個詞的！』

壯漢洋洋得意地說著。

神明大人的話語任何人都能聽懂，這次卻在壞的方面產生了作用。

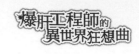

「你很無禮。把神稱為竊賊罪大惡極，卡里恩也很生氣。」

「烏里恩說得沒錯，你必須贖罪。」

卡里恩神一說完，蜥蜴人們就無視自己的意志磕頭跪倒在地。

壯漢維持著吃驚的表情，說不出話來。

「雖然很抱歉，但在懲罰之前能讓我先詢問一下嗎？」

「肯定。准許了。」

烏里恩神就算生氣依然允許了我，於是我選擇詢問身材嬌小的蜥蜴人而不是壯漢。她似乎是名女性，還是綠龍神殿的巫女小姐。

『正如剛才這位大人所說，我們並沒有你們所尋找的「綠龍蛋」。你們為何認為「綠龍蛋」在我們身上呢？』

「這個女人的思緒裡有一種叫龍針計的魔法道具。翻譯很麻煩，你們應該迅速回答佐藤的提問。」

龍巫女一言不發，但卡里恩神替她告訴了我。

『龍針計是尋找龍蛋的魔法道具嗎？』

『——龍、龍針計能……能夠尋找……龍的部位。』

無法違抗神的言靈，龍巫女表情苦悶地說著。

『你偵測到的是這個吧。』

我說完之後，透過儲倉從懷裡拿出黑龍的鱗片給她看。

要是拿出他們偵測到的「白龍蛋」感覺會惹上新的麻煩，因此我用了能夠被龍針計檢測到的道具蒙混過關。加油啊，詐術技能。

『怎麼會……』

『成年龍的鱗片嗎，也難怪龍針計會有反應。』

兩人表情懊悔地說著。

『你們對竊賊有什麼頭緒嗎？』

要是知道名字或身分，就用地圖搜索並告訴他們結果吧。

『不知道。竊賊是一群黑衣人，男的會用誇張的魔法，女的則拿著似乎是從迷宮得到的魔法鞭四處破壞。而當那些傢伙搞破壞的時候，其他黑衣人就趁機從祠堂偷走了「綠龍大人的蛋」。』

——黑衣人。

該不會真的是皮朋他們追蹤的賢者索利傑羅的弟子之一？

話說回來，「白龍蛋」之後是「綠龍蛋」嗎……從赤龍的模樣來看，「赤龍蛋」或許也被偷走了。

「偷走龍蛋到底想做什麼呢？」

「美味？」

再怎麼說也不可能吧。

我不認為那些人會為了美食與成年龍為敵。

「那麼是把蛋孵化，透過雛鳥認親之類的方式來馴服龍？」

「這倒是有可能。」

雖然我認為賢者的弟子光靠自己成不了氣候，但要是能夠使役龍，無論機動力還是戰鬥力肯定都會得到大幅提升。

『你們有什麼線索嗎？』

『即使很無禮，但我認為那位小姐說得對。』

壯漢似乎跟亞里沙有同感，巫女也輕輕地點了點頭。

「審問結束。進行斷罪。」

烏里恩神帶著紅光的手一揮，兩人的頭上隨即出現了彷彿斷頭台的光刃。

在一旁觀望事情經過的行人和攤位老闆見狀大驚失色地往後退。

「慢著，神明大人。」

亞里沙制止了烏里恩神。

「為了這種無禮之徒消耗貴重的神力太浪費了。」

烏里恩神露出感興趣似的表情催促著亞里沙，她似乎察覺到了亞里沙委婉求情的用意。

「讓他們為神明大人們獻上感謝和虔誠的祈禱就行了。我想想，就在每次鐘聲響起的時候怎麼樣？」

「那不是懲罰，而是人為了在人界生活**必要的義務**。」

「那要求勞動怎麼樣？給他們宣揚神的偉大，並促使人們向神獻上祈禱的職責。」

「那是神官們光榮的工作，不是該讓罪人做的事。」

「既然如此──」

「要求他們達成任務怎麼樣？」

眼見亞里沙開始詞窮，於是我出言相助。

「任務？」

「是的，您覺得賦予這些人任務──也就是神之試煉如何？賦予他們完成試煉的使命，以此來進行贖罪。」

聽我這麼說，烏里恩神用困惑的表情低語著：「試煉。」

或許賦予試煉也是帶有榮譽的行為也說不定。

「烏里恩應該趕快決定，美味正在等待。」

「——美味。那很重要。」

兩位少女神表情嚴肅地互相點頭後，眼神冷淡地看著蜥蜴人。

「賦予你們試煉。揭露惡行，做出正義的審判。」

烏里恩神說完之後消除了斷頭台。

接著，少女神們彷彿事情就此告一段落似的快步離開了現場。

當眾人不知道該如何反應時，少女神們異口同聲地回頭說道：「提供美味。」

『偉大的神啊！我們應該揭露何種惡行！』

「試煉已經賦予，你們應該自行尋找。」

壯漢拚命說出的話語被烏里恩神輕描淡寫地帶過。

因為覺得被冷淡對待的壯漢有點可憐，我用腹語術悄悄地對他說：『似乎有些人正企圖利用龍蛋作惡，去揭露那些人的惡行就行了吧？』這麼一來就能在進行試煉的同時，搜索他們正在找的「綠龍蛋」了。

「「提供美味！」」

由於少女神們看起來有些焦慮，我立刻追了上去。

聚集在周圍的群眾，則被烏里恩神使用言靈宣告「你們應該迅速離開」給趕走了。

我們一面參觀這個國家的著名景點，一面前往向當地人問到的名店。

德拉格王國的兩人離開後，用手護著蛋的波奇或許終於放心了，她安心地呼了口氣。

「乾癟——口中的水分被奪走導致很難入口。這就是美味？」

「那道薯料理似乎跟豆湯一起吃會比較好呢。」

「很鹹。味道單調，這家店的廚師應該效仿你們不斷精進。」

我們來到有著華麗大門裝飾的老牌餐廳，但或許是這個國家的人對吃飯的要求很低，料理的調味很隨便不太好吃。

這麼說來，巴里恩神國的樞機卿請我吃內海料理全餐的時候，謝利法多法國好像只有出現名酒「神的憐憫」而已。

烏里恩神說了句：「下一個。」便從座席上起身，直接快步離開店家。而我們也結完帳追了上去。獸娘們似乎覺得沒有吃完不太好，於是她們非常迅速地將剩下的飯菜塞進嘴裡。

在那之後我們又跑了好幾家食堂和餐廳，卻沒有吃到能讓少女神們滿意的料理。

「我對這個國家的料理很失望。」

「毛豆很好吃喲？」

波奇立刻開口幫腔。

「同意。除此之外都不行。」

烏里恩神表情遺憾地搖了搖頭。

「我們應該出國尋求美味，卡里恩也這麼說。」

「我沒說。不過同意烏里恩的話，佐藤應該準備船隻。」

少女神們似乎很不滿。

「我明白了。可是，不回中央神殿一趟真的可以嗎？我想神殿的人們恐怕正在為烏里恩神降臨的祭典做準備喔？」

「否定。你應該知曉神不會被人類的情況影響。」

她們比想像的還要頑固，看來謝利法多法國的料理非常不合她們的胃口。

「說到祭典，好像會出現珍藏的料理和特別的供奉舞蹈吧？」

亞里沙看準時機幫腔。

「……就給他們機會，要知道這是最後一次。」

「我會轉達給神殿的廚師。」

太好了，我剛剛用空間魔法「眺望」確認，發現巫女小姐和神官們都在拚命準備祭典。保險起見，我用「遠話」向神殿的高層轉達了烏里恩神的要求以及她在餐廳的情況。畢竟廚房正在準備的料理看起來跟剛才烏里恩神打回票的完全一樣，我不得不開口制止。

「祭典大概要到傍晚才會準備好，在那之前我們去市場閒逛順便參觀名勝景點吧。」

少女神們接受了我的提議，於是我們決定在市場尋找有謝利法多法國風格的伴手禮，同時參觀著名景點。

我在市場大量購買了口感乾澀的謝利法薯和適合裹腹的利法豆。

雖然也想找之前喝過的名酒「神的憐憫」，但光是販售酒類的商店就已經很少了，更別說在這些店也完全買不到「神的憐憫」。據說那種酒好像是烏里恩中央神殿釀酒廠製造的，等祭典的時候再向神殿人員打聽能不能分一些給我吧。

「有很多嚴肅的書呢。」

書店裡面有很多厚度跟六法全書差不多的法律書和歷史書，我隨便買了一些著名的書。

儘管波奇她們有找到繪本，但內容卻艱澀到難以稱作是兒童向的書刊，所以最後沒有買下來。波奇表示：「對蛋的人的教育不好喲。」

「沒有魔法書。」

「也沒有料理書籍呢。」

明明記載判例的書堆積如山，卻幾乎沒有對日常生活有用的書。

店主將架上沒有魔法書的理由告訴了我們。

「購買魔法書需要提前預約，並且得到中央司法局的允許喔。」

聽說是為了預防犯罪，只有國家登記的魔法使才能得到許可。

即使因此犯罪事件變得很少，卻似乎也導致民間連生活魔法使都人手不足。

因為連魔法書都有這樣的制約，所以任何人都能使用的「魔法卷軸」沒有在城裡流通。

「美味。」

「這是蜂蜜芋薯乾。」

雖然價格昂貴，不過能找到少女神們喜歡的食物真是太好了。

在市內觀光時撞見了幾次街頭審判，亞里莎先對「遭人尾行而提起訴訟的女性」深感同意而參加辯護，又漂亮地解決了「因職場霸凌而掉進陷阱的獸人」的不正當解雇和薪水欺詐案件，烏里恩神還揭露了審判官和原告勾結，種種事情接二連三。

「看來祭典的準備已經結束了呢。」

準備好轎子的巫女小姐從對面趕了過來。

是一群跟著神官和神殿騎士的大團體。

我們將兜帽拉低，混進隊伍悄悄地同行。

◆

「美味。獻上更多美味。」

「烏里恩也該觀賞舞蹈。」

大聖堂舉辦的烏里恩神降臨祭——兼卡里恩神來訪祭，因少女神們心情大好而顯得盛況空前。

能對烏里恩神的胃口真是謝天謝地，用遠話多管閒事也算有價值了。

「使徒大人也來一杯。」

擔任主教的老人把酒杯遞給我。

我對這種散發香甜氣味的黃金色酒有印象。

「這是『神的憐憫』對吧？」

「真不愧是使徒大人，原來您知道啊。沒有比這個更適合在神明大人降臨的祭典上喝的酒了。」

我對主教閣下的說法表示同意，品嘗起極品的蜂蜜酒。

「有股美味的香氣，卡里恩也這麼說。」

「我沒說。不過，對味道感興趣。」

正在被巫女們和大主教款待的烏里恩神和卡里恩神用瞬間移動出現在我面前。

「兩位大人也要喝嗎？」

雖然外表未成年，但祂們是神明大人，喝酒也沒什麼問題吧。

為了保險起見，我選用了大小剛好能喝一口的小酒杯。

「肯定。快提供美味。」

烏里恩神和卡里恩神接過我遞出的酒杯一飲而盡。

「美味。釀酒工匠應該受到稱讚，卡里恩也這麼說。」

「同意烏里恩的話——有種輕飄飄的奇妙感覺，這是第一次體會醉酒。」

少女神們的臉頰染上紅暈，身體搖搖晃晃的。

明明只是酒精濃度低的蜂蜜酒，但祂們似乎喝了一小杯就醉了。

「愉快。這就是醉酒，這就是開心的感覺，卡里恩也很開心。」

「同意。會不經意地露出笑容，醉酒實在有趣。」

少女神們再次喝起了酒。

或許是每當祂們的酒杯空了，巫女們就會像察覺到祂們的想法般幫忙倒酒，這使得場內氣氛不斷升溫。

「你們也喝吧。應該享受醉意，卡里恩也這麼說。」

「我沒說。這是烏里恩的妄想，身體輕飄飄地想跳舞。」

受到烏里恩神的言靈影響，神官們大杯大杯地喝著酒，有些巫女和神官也配合正在跳舞的卡里恩神手舞足蹈。

「晃來晃去～？」

「波奇是魅惑的舞者喲。」

波奇和小玉跟著卡里恩神一起跳舞，蜜雅演奏起輕快的樂曲。露露也在亞里沙和娜娜的邀請下害羞地跳著舞。波奇把托蛋帶移到頭上的模樣，看起來十分有趣。

莉薩靜靜地獨自享用著宴會料理，不過尾巴卻愉快地跟著節奏擺動著。

像這樣使用言靈我倒是很歡迎喔？

——就在這麼想的下一瞬間。

「好熱。拘束服礙事。」

「烏、烏里恩神大人！」

哎呀，烏里恩神突然脫掉了上衣。

「你們也脫吧。發熱的身體接觸外部空氣很舒服。」

「你們也跳吧。跳舞會使酒醉感加深，非常快樂。」

連卡里恩神也把衣服脫掉，拿著衣服甩來甩去大笑著。

受到言靈影響的神官和巫女們也紛紛脫下衣服翩翩起舞，看起來簡直就是奇怪的儀式。

我們家的孩子們倒是沒問題，她們跟著跳舞但衣服仍好好穿著。雖然波奇、小玉和娜娜三人一度被周遭影響想要脫衣服，但被其他孩子制止了。

我用縮地接近在成了奇怪儀式現場的大聖堂中，四處轉移穿梭的少女神們身旁。

「烏里恩大人、卡里恩大人，這是美味。」

我把蜂蜜味的醒酒魔法藥遞給兩位少女神。

少女神們一口氣把魔法藥喝下去。

我算準祂們清醒的時機，幫少女神們披上了從儲倉裡拿出的衣服。

「讓你們看到誇張的醜態了。你們應該忘記剛才發生的所有事情，卡里恩也這麼說。」

「肯定。醜態應當忘記。」

收到言靈的人們露出了恍惚的表情。

「神明大人，請命令男性睡著，並讓女性穿上衣服吧。」

受亞里沙所託的烏里恩神照著她的話，讓所有女性穿好衣服並離開之後，再讓男性醒過來穿上衣服。當然，為了顧慮到男性的羞恥心，我也用「理力之手」幫他們蓋上衣服以避免重要部位曝光。

神明大人似乎也有羞恥心，而我們隔天一早就離開了謝利法多法國。

多虧被當作烏里恩神使徒的福，我得到了大量沒在市面出售的桶裝名酒「神的憐憫」。

雖然最後有點亂七八糟的，不過這也算很有收穫吧？

音樂之國

「我是佐藤。雖然我毫無音感與音樂天賦，不過我經常會和戀人或朋友們去演唱會或是演奏會。另外，由於我唱歌不好聽，去KTV時大多都是當聽眾呢。」

「風真舒服呢。」

亞里沙倚著主船桅瞇起眼睛說著。

從謝利法多法國踏上旅途之後，我們以占領東南海域的龐大島嶼，繆西亞王國港口為目的地航行中。

這次為了預防衝突，我們乘坐的是我悄悄放到海上的浮游帆船。

「目的地真的去哪裡都行嗎？」

「肯定。希望是有美味與喜悅的地方。」

卡里恩神點頭回答了我的問題。

還以為祂們會想去距離最近又有中央神殿的國家——像札伊庫恩中央神殿所在的皮亞羅

克王國，或是特尼奧中央神殿所在的奧貝爾共和國其中之一，不過少女神們好像只要能遊山玩水就行了。

「音樂很棒。能夠滋潤內心，烏里恩也應該聆聽。」

卡里恩神陶醉地聽著蜜雅的演奏。

亞里沙說著：「這是人類創造的文化極致喔。」並咕呵呵地發出笑聲。因為原出處相當有名，所以我也能理解她的反應，但還是希望她不要露出有損少女尊嚴的表情比較好。

「美味。酒能夠潤喉，卡里恩也應該喝。」

烏里恩神自顧自地喝光了蘭姆酒。

祂似乎在不知不覺間得到了酒精耐性，如今再怎麼喝臉都不會發紅。

「這個果汁比較好喝，我這麼告知道。」

「香蕉的果汁也很好喝喲！」

娜娜與波奇紛紛推薦起自己喜歡的果汁。

「美味。烏里恩也應該喝。」

「既然卡里恩這麼說——美味。」

烏里恩神將拿在手上的蘭姆酒杯子塞給了我。

看來果汁更合祂的胃口。

「神界沒有酒或者果汁嗎？」

「沒有。神界是充滿光芒的世界，與被物質支配的人界有所不同。」

「就像高次元世界？」

「次元沒有高低之分，只有構成世界的次元數量和構成要素不同。」

「哼——雖然我聽不太懂複雜的話題，若神界真的是那種世界，也沒有東西吃呢。」

「那麼，得趁現在品嘗更多的美味食物了！」

亞里沙表示同情，露露則是充滿幹勁。

「Fish～？」

「好大的魚喲！」

在船尾放線垂釣的莉薩釣到了一條巨大的鰹魚。

小玉衝刺跳到鰹魚身上，跟鰹魚一起跳動著。為了保護蛋而慢了一步的波奇也伸出手想要壓住牠，但身材嬌小的兩人似乎壓制不住巨大的鰹魚。

「我來助陣，我這麼告知道。」

娜娜一把壓了上去，露露則迅速綁住了鰹魚。

看來船上的午餐就是鰹魚料理了。

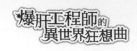

◆

「這裡就是繆西亞王國嗎？」

「沒錯，那邊可以看見的大型建築物似乎是傳聞中的大音樂堂。」

這裡的大音樂堂是蜜雅想來的地方。

真不愧是音樂之國，連港口的棧橋上都有街頭音樂家在演奏音樂賺取收入。

波奇在剛上岸時說「對胎教很好」而聽著音樂，後來還是迅速敗給聞起來很香的味道，衝向了烘焙點心攤販的所在位置。波奇果然是胃口大於風情呢。

「奇妙的聲音。」

蜜雅仔細傾聽著不知道從哪傳來的音色。

「光是聽著就會莫名地感到快樂，非常神奇耶。我是說真的喔？真好奇是什麼樂器，亞里沙和佐藤知道嗎？」

「聽起來像弦樂器，到底是什麼呢？總覺得在哪裡聽過呢～」

「感覺有點像豎琴，不過豎琴應該發不出這麼厚重的聲音才對……會是什麼呢？」

聲音似乎來自大音樂堂，但我並未使用空間魔法「眺望」事先偷看答案，而是決定和大家一起去觀看真相。

畢竟少女神們與波奇和小玉都忙著享用跟攤販買來的烘焙點心，完全沒有聽進去嘛。

「哼哼嗯，哼哼～」

蜜雅大概很喜歡到處都有街頭音樂家演奏音樂的繆西亞王國，從上岸之後就經常興致勃勃地哼著歌。

雖然兜帽在她開始小跳步時差點掀起來，但還不必開口提醒。

「──樂聖大人？」

「那不是索露妮雅大人嗎？」

見到蜜雅長相的人們看著她說出了樂聖的名字。

看來是把蜜雅當成了樂聖，這恐怕是因為樂聖也是精靈吧。

「糖果攤位。」

「波奇去買喲！」

「烘焙點心的攤販。」

「小玉去買來～」

這個國家的甜點產業相當繁榮，到處都能看到賣點心的攤位和攤販。

「這個甜味和砂糖有點不同呢，吃再多都不會覺得膩，餘韻很清爽。是因為原料沒有使用奶油嗎？」

露露專心地研究著。

「那邊好像有店鋪，稍微去逛逛吧。」

因為發現了看似食品批發商的商店，我和露露一起走了過去。

「砂糖？砂糖珊瑚的話倒是有。我們這裡是批發商，所以買賣都是以大袋子為單位。只要去中心街就能找到零售店，你們去那邊買比較好吧？」

看店的男性在讓我們試吃的同時親切地對我們說道，但總覺得製作點心時會很方便，於是我大量購買了以大袋子為單位的砂糖珊瑚。在離開港口的情況下帶著這些似乎會被課很重的關稅。

依照男性的說法，砂糖珊瑚似乎是一種只會生長在附近島嶼的有毒珊瑚。無害化的精製方法由王家獨占，一旦不小心靠近精製廠就會被衛兵逮捕。真是危險，差點就被香味吸引，像拉拉基的砂糖工廠時那樣在不知情的情況下接近了。

「那是什麼？」

離開批發店走在大街上時，卡里恩神似乎有了發現。

「那是點心店喲！能聞到甜甜的香味，肯定沒錯喲！」

「可愛～？」

確實是一間宛如糖果屋般的店鋪。

「看起來像咖啡廳呢。」

「進去坐一下吧。」

少女神們沒等我說完就往店裡衝了過去。

還是老樣子，一旦產生興趣就不顧一切。

「哼哼哼～」

「店裡也有演奏家耶。」

有位拿著看似低音大提琴般大型弦樂器的演奏家，正在可愛的店內角落演奏著悠閒的曲子。根據ＡＲ顯示，他好像是老闆。

看來是一家頗受歡迎的店，有許多客人在享用點心和下午茶。

雖然大多是年輕女性，不過上了年紀的男性客人也不少。

「「提供美味。」」

少女神們隨便的點餐方式讓服務生顯得很困擾，於是我將所有推薦的點心都點了一遍。

這裡有很多跟攤販或攤位上一樣的點心種類，即使價格較為昂貴，但也添加了許多奶油和奶油糖霜所以較為溼潤，並沒有攤位點心那種乾澀的口感。

夾著當地水果蜜餞的可麗餅以及法式薄餅也很好吃，但沒加上鮮奶油有點可惜。

這時候重頭戲端了上來。

「Fantastic～？」

「這是拉糖呢，吃掉感覺很可惜耶。」

用加工成絲線般的糖製作的拉糖就像藝術品般精緻。

「呵呵，因為拉糖是種脆弱的甜點，欣賞完之後請馬上品嘗喔。」

將拉糖端過來的服務生對我們微笑便離開了。

「美味。這家店應該受到祝福，卡里恩也這麼說。」

「我沒說。但是同感，這裡具有那種價值。」

少女神們揮動帶著朱紅色與紅色光芒的手，店內和廚房隨即落下了光的帷幕。

無論是客人、服務生還是老闆，都驚訝地瞪大眼睛看著這突如其來的奇跡。

雖然不清楚有什麼效果，不過這件事一旦讓少女神們的信徒們知道，感覺會有比現在更多的客人慕名而來。看來這家店往後也會很安穩呢。

◆

「大音樂堂。」

蜜雅帶著充滿期待的表情，注視著大小宛如巨蛋球場般的大音樂堂。

在咖啡廳享用完點心之後，我們來到了造訪這個國家的主要目的地「大音樂堂」。

大音樂堂的前面聚集了很多人。

「主人，我去買入場券。」

莉薩這麼提議，我便將事情交給她處理。

小玉如同滑動的影子般跟在莉薩身後，這大概是忍者修行的一環吧。

「——停辦？演奏會停辦是怎麼回事？」

順風耳技能聽見了四周的聲音。

「怎麼會！我明明這麼期待這場演奏會……」

「據說聖樂器似乎還沒有調好音。」

「這是真的嗎？雖然調音師跟著樂聖大人一起出門了，但應該還有幾位調音師的徒弟在啊。」

「聽說用來調音的『夢響音叉』被偷了。」

「哎呀，真可怕。」

難得造訪大音樂堂，卻聽不到演奏會，太遺憾了。

帶著這種想法，我用地圖搜索試著尋找「夢響音叉」，但無論是這個國家還是已知地圖都找不到，恐怕已經被犯人收進道具箱或是「魔法背包」裡面了吧。

「主人——」

莉薩帶著跟我剛才用順風耳技能聽見的同樣情報走了回來。

「佐藤。」

有人用力拉住了我兩側的衣袖，一邊是露出遺憾表情的蜜雅，另一邊則是感覺在生氣的卡里恩神。

「你應該想點辦法，烏里恩也這麼說。」

「我沒說。卡里恩不該模仿我。」

少女神以平常相反的立場提出了困難的要求。

「我節奏感不好所以沒什麼自信，但還是去問問看有什麼能幫忙的吧。」

畢竟有調音師的稱號以及等級升到最高的「魔法道具調校」技能和「演奏」技能，大概能幫得上忙吧。

「蜜雅，妳願意幫忙嗎？」

「嗯，交給我吧。」

能得到喜歡音樂的蜜雅幫忙等於得到了百人之力。

我們前往連接大音樂堂事務局的工作人員專用入口。

「不好意思，這邊是工作人員專用的通道。如果要退演奏會門票，那邊的售票亭正在受理，請去那邊排隊。」

入口的警衛用客氣的語氣擋住了我們的去路。

依賴少女神們的言靈也不太好，我打算用詐術技能努力看看。

「借過。」

在我開口之前，蜜雅先一步掀起兜帽提出要求。

「樂、樂聖大人！」

「為、為什麼索露妮雅大人會在這裡！」

「不是——」

「請進。各位！樂聖大人回來了！」

蜜雅還來不及否定，警衛們已經開門衝了進去。

「走。」

蜜雅毫不猶豫地朝通道深處走去。

算了無所謂，省了一番工夫。

「您應該不是——索露妮雅大人吧？」

「嗯，蜜雅。」

蜜雅回答了從走廊跑過來的美女的問題。

「您看起來也是位精靈大人，請問是索露妮雅大人的同鄉嗎？」

「不是。」

見蜜雅搖了搖頭，美女露出了困惑的表情。

「初次見面，我叫佐藤，她是波爾艾南之森的蜜薩娜莉雅。我們聽說聖樂器的調音遇到困難，想著是否有能幫上忙的地方才趕了過來。」

美女小聲地說著：「波爾艾南之森的……」

「我明白了，精靈大人或許能夠調整好，請助我們一臂之力。」

看來似乎是詐術技能和精靈的名聲取得了勝利。

「抱歉這麼晚才自我介紹，我是堂長菈菈貝爾。」

美女在幫我們帶路的同時進行自我介紹。

對此亞里沙小聲地說了句：「真像魔法少女的名字呢。」

「這就是聖樂器貝魯拉盧爾。」

我們被堂長帶到聖樂器所在的大廳。

雖然後方的亞里沙迸出一句：「好可惜！」但我因為不知道出處就無視了她。

「Great～？」

「像蜘蛛巢一樣喲。」

「蜘蛛巢需要橫的絲線，我這麼指正道。」

聖樂器似乎是一種有著修長而呈放射狀伸展琴弦的豎琴。

最長的弦大約有五十公尺，琴弦集中在五個位置，每個位置都有彈奏者正坐著調音。

在前面拿著指揮棒的人是在指揮調音嗎？

「每個地方各有兩百五十六根弦，不僅是弦的張力，聲音也會依照流過弦的魔力量而產生變化。」

堂長向我們這麼說明。

「不行不行！一個地方倒還好，要把五個地方全部調整好是不可能辦到的啊！」

正在指揮調音的男性胡亂搔著頭並發出大喊。

「倒下了。」

「不好喲！」

男性「砰」的一聲倒了下來。

助手連忙跑到男性身邊。

「快點送去醫務室！」

得到堂長指示的工作人員將男性抬了出去。

或許是過度操勞，協助調音的演奏者們也紛紛癱坐在椅子上。

在吩咐工作人員照顧彈奏者之後，堂長再度看向我們。

「讓各位看到難堪的場景了，我們一直以來都是仰賴『夢響音叉』來進行調音的，沒了音叉就成了這種連音都調不好的模樣。」

「這麼說來，聽說『夢響音叉』是被人給偷走的？」

「是的，是被一名使用鞭子的黑衣人給搶走的。」

——使用鞭子的黑衣人。

與在德拉格王國偷走「綠龍蛋」的竊賊一樣。

「使用鞭子的黑衣人是女性嗎？」

「您知道嗎？」

「不，因為德拉格王國也發生了同樣的事件，我才在想會不會是同一位犯人做的。」

——複數的龍蛋再加上「夢響音叉」。

雖然不知道他們有什麼企圖，但不斷在我們造訪的地方引發事件讓人想不在意都難，只能祈禱賢者索利傑羅沒留下什麼負面遺產了。

「佐藤。」

蜜雅拉了拉我的袖子。

看來她想叫我快點去調音。

於是我這麼告知堂長，便朝沒人在的聖樂器下方走過去。

「聖樂器貝魯拉盧爾必須戴上這個手套——『演奏者的指尖』才能彈出聲音。」

堂長坐到位子上，實際演奏給我們聽。

是非常有深度的美妙聲音。

「那就麻煩您調音了——」

我被如此催促後坐到座位上，戴上了白色手套。

有種被手套吸走些許魔力的感覺，好像就是藉此當作引子來讓聖樂器中儲蓄的魔力傳遞到弦上，使其產生附帶魔力性質的振動。

我在演奏技能和魔法道具調校技能的幫助下試著彈了幾下弦。

雖然沒有魔劍或魔法道具那樣的淤塞，但是弦的品質似乎參差不齊，我不清楚這究竟是刻意的還是劣化的緣故。

「蜜雅，能用這個演奏嗎？」

「嗯，交給我」

應該是看了堂長彈奏之後記住的吧，蜜雅用很有把握的動作操作聖樂器。

她先和我剛才一樣逐一將弦彈過一遍確認之後，接著彈起了經常彈奏的精靈樂曲——並在中途停了下來。

「這根、這根還有這根弦，然後是這個和這個同時彈奏時這根弦——」

她找出了跟我剛才發現的同樣幾根不良琴弦，以及配合起來稍微不搭調的幾組琴弦。

「這邊的組合沒問題嗎？」

「嗯，有意的。」

還好有問過蜜雅。

差點就調整了沒必要更動的地方，讓狀況惡化了。

我以蜜雅的情報為基礎，在演奏技能和魔法道具調校技能的幫助下對聖樂器進行調整，要是我自己有音感，應該可以一次搞定，但沒那種概念也就沒輒了，於是我和蜜雅兩人三腳地完成了調音。

「這樣大概可以了。蜜雅，試試看吧。」

「嗯。」

在堂長的催促下，我跟大家一起坐到觀眾席確認演奏。

——哇喔。

我調整時聽起來就像在腹部響起的沉重聲音，到了蜜雅手上卻成了完全不同的樣子。厲害，這就是聖樂器真正的能耐嗎……

明明能明確地分別出每個音，但所有單音又不會互相衝突，而是如立體般的調和，編織出富有深度、不同次元般的音樂。

流暢的音節宛如浪潮般包覆住我的身體，悅耳的旋律充實了我。

四位演奏者不知何時坐上原是空席的座位，也配合著蜜雅的演奏開始彈奏音樂。

面對連樂譜都不知道的精靈民族樂曲，卻能用即興演奏加以配合的技術，他們正可謂是專業的演奏者吧。

波奇和小玉還有娜娜都配合著常聽的樂曲哼起歌來，其他夥伴們也在亞里沙的邀請下唱起了歌。

後方也傳來了配合曲子哼唱的清澈歌聲，從服裝來看，他們好像是聲樂隊的少年少女。

雖然失去了起初的莊嚴感，不過這種熱鬧的風格比較適合這首歌原本愉快的曲調。

不知何時開始，連卡里恩神和烏里恩神都合唱了起來，能夠魅惑眾人的歌聲與蜜雅的演奏相輔相成，替人們帶來了感動。這就是人神共演嗎——

我仰躺在椅子上，仔細聆聽這彷彿滲透全身的美妙演奏。

——嗯，真是段奢侈的時光啊。

◆

「掰掰～」

「後會有期喲！」

我們一邊用力地朝著在港口揮手的人揮手回應，一邊出航。

「「「蜜雅大人～」」」

蜜雅的粉絲們在遠處揮動著巨大的旗子。

調整完聖樂器的隔天開始為期三天左右，蜜雅在堂長的請求下擔任演奏會的主奏，被人譽為繆西亞王國樂聖再臨而讚不絕口，甚至出現了粉絲俱樂部。

「雖說點心很好吃，但觀光就差強人意了呢。」

「倒也不盡然啦。」

畢竟街頭音樂會也很棒，享用美味點心的同時聆聽演奏也別有風味。

蜜雅只是即興彈奏，附近的孩子們就會自然地跟著開口合唱也非常有意思。

「接下來要去哪？」

看不見繆西亞王國的港口之後，卡里恩神開口詢問接下來的目的地。

雖然表情很認真，但祂那舔著在繆西亞王國買的大支棒棒糖的模樣實在毫無威嚴。

「我想想，依照航線來看，應該是歡樂都市維洛里斯──」

「不行。」

「就是說啊！絕對不行！」

我只是被歡樂都市這個名字吸引了興趣才提出來的，結果被鐵壁組合迅速阻止了。

「有興趣。」

「我要求說明歡樂是何物，你應該立刻回答。」

少女神們顯得興致勃勃。

「不行，不能對那種東西感興趣。」

「嗯，充滿瘴氣。」

亞里沙和蜜雅拚命地進行說服。

兩人的說服最後有了回報，航線就此偏離了歡樂都市維洛里斯。

我們在礦山之國購買祕銀礦石，時而在海藻和鳥的島嶼品嘗海鳥與海藻的火鍋，時而擊退來襲的海賊並持續著旅程。

「煙好多～？」

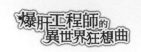

「煙從山頂上冒出來喲！」

前方可以看到火山島。

「那就是接下來的目的地喔。」

據說那裡就是波奇說過想見面的武士大將所在的黑煙島。

因為在礦山之國北方的修羅山上沒有見到劍聖，所以我很期待黑煙島的武士大將。

我們的船穿過阻礙接近黑煙島的岩礁和漩渦，逐漸靠近黑煙島的港口。

黑煙島

「我是佐藤。根據住在能夠看見火山噴煙之地的朋友的說法，火山噴發的危險性自不必說，在日常生活中也會留意火山口上空的風向。聽說是因為難得洗好的衣物會被掉落的火山灰弄髒。」

「這裡也有戰爭的痕跡啊。」

「內海沿岸國家的人類之間，真的經常發生戰爭呢。」

港口附近的建築物上，到處都能看到燒焦，以及被炮彈擊碎的痕跡。

這座島嶼是以沙珈帝國出身的武士大將為中心的武門派實質掌權的自治領。

根據觀光省的情報，因為能在火山口採到很多作為戰略物資的火石，也有金礦脈。雖然農作物的收穫量很少，不過海產非常豐富，所以似乎能夠自給自足。

「是巴里恩無私的愛導致的。」

烏里恩神小聲地嘟噥道。

「從結果上來看，守護也會助長戰爭。」

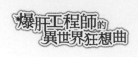

卡里恩神這麼補充道。

巴里恩、愛跟守護——是指「巴里恩神的燈火」嗎！

她們的意思應該是能讓航行於內海的船舶遠離魔物的「巴里恩神的燈火」，卻成了誘發國家之間戰爭的原因。

但這與其說是巴里恩神的錯，不如說是那些為了富足而企圖發動侵略戰爭的傢伙不好。巴里恩神國會對各國紛爭進行仲裁，可能也和這件事有關也說不定。

「主人，有小船正在接近，我這麼報告道。」

一艘由四、五名划槳手乘坐的小船從港口方向快速地接近了我們。

乍看之下像小規模的海賊，不過ＡＲ顯示他們是港灣職員。

「和服。」

「真的耶，還有束袖帶和頭巾，衣服也很和風呢。」

雖然聽說有許多從沙珈帝國移民過來的武士，但連服裝都是和風真是出乎意料。

「此處乃黑煙島！是只允許強者登陸的修羅之島！」

——你以為這是漫畫嗎？

我不禁在內心吐槽。

這種像世紀末救世主漫畫中會出現的設定就不必了，請務必給我溫馨的奇幻路線。亞里沙則顯得非常興奮，開心到說不出話來。

「吾名乃莉薩．基修雷希嘉爾扎！希嘉王國潘德拉剛子爵的親信，亦是討伐賽利維拉迷宮『階層之主』的祕銀冒險者！乘船之人亦皆為一騎當千之強者！」

莉薩單手拿著魔槍多瑪，興致勃勃地回答。

這樣的莉薩很罕見，使我忍不住用「錄影」和「錄音」的魔法拍下了她的英勇模樣。

「好！放下繩來，由武士大將麾下第一家臣，天然李隨流真傳的泉六大人來會會妳！」

名字聽起來像權六的中年武士在小船上大喊著。

莉薩向我詢問：「可以嗎？」於是我點頭同意。

一放下繩子，中年武士就宛如猴子般敏捷地攀上浮游帆船的甲板。雖然他在發現除了我之外的人都是女人與小孩時吃了一驚，但並未做出任何表態地走到莉薩面前。

「是武士大人喲！」

近距離看到中年武士的波奇看起來很開心。

「——那麼，堂堂正正地一決勝負！」

亞里沙換上了看似歌舞伎黑子的打扮，當起了中年武士和莉薩決鬥的主持人。

我想那應該是在扮演遊戲角色吧，她究竟是什麼時候換上的？

「什麼！」

一轉眼就分出了勝負。

莉薩運用瞬動瞬間進入攻擊範圍，用槍貫穿了中年武士的刀鍔，阻止了他想要使出的居合斬。

「此般毫無還手之力，可是對上大將和劍聖大人以來的頭一遭啊！」

中年武士哈哈大笑。

他向正在下方等待的同伴說了一句：「是強者！」小船就老實地離開了浮游帆船並在前面帶路，中年武士則似乎要和我們同乘前往港口。

「跟莉薩戰鬥時不能用居合拔刀喲！波奇也是一直被阻止喲。」

「哦哦，小小年紀便會使用居合啊。」

「是喲！是卡溫德教波奇的喲！」

「卡溫德？莫非是新陰流的天才，變幻無常的卡溫德嗎！」

沒想到沙珈帝國的武士卡溫德先生會有這種稱號。

「既然能接受那位卡溫德大人的指導，想必妳非常有才能吧。」

「卡吉羅老師和魯德路也教過波奇喲。」

「帝都示現流的魯德路大人和元祖示現流的卡吉羅大人嗎！這兩位可都是示現流的名人啊！」

武士的世界似乎很小。

我們一邊向中年武士打聽武士流派和名人的話題一邊入港。

因為沒有能夠停靠遠洋船的棧橋，所以我們讓浮游帆船在港口附近下錨，搭乘小船前往港口上岸。

與大多是春天或初夏氣候的其他都市不同，這個港口如同盛夏般炎熱。

我脫掉長袍捲起袖子，夥伴們也把上衣收進了妖精背包裡。

「港口除了倉庫之外大多是小木屋呢。」

「雖然鎮上也有大型木造建築，但是數量稀少，或許是黑煙島的建材比較貴吧。」

我們在中年武士的帶領下，穿梭於黑煙島複雜的狹窄道路之間。

目的地是武士大將的宅邸。

「路上堆著沙喲。」

「真的耶？附近有沙丘嗎？」

「那是火山灰，平日風都會朝現在這個方向吹，不過偶爾也會吹往村子裡。」

原來如此，這種看上去像細沙的東西是火山灰堆積形成的啊。

「因為可以製作成良好的研磨劑，內海的商人偶爾會過來採購。」

中年武士講出了意外的特產品。

「「提供美味。」」

「全都是烤小魚和烤烏賊，沒關係嗎？」

少女神們提出要求，但這附近都是些販賣簡單料理的路邊攤。

「肯定。即使外表相同，美味也不一樣。」

「同意卡里恩的話，美味很深奧。」

既然祂們都這麼說了，我們便前往波奇老師的鼻子認為好吃的路邊攤購買料理，並一邊大口享用料理，一邊跟等著我們吃完料理的中年武士前往宅邸。

◆

「歡迎強者到來，老夫便是武士大將信元。」

穿著和服年約四十歲以上的武士頭男性，用充滿威嚴的聲音報上名號。

我們來到位於低矮石牆上，外表類似武家豪宅的客廳裡。這裡似乎連習慣也很日式，必須在玄關脫下鞋子後再進入屋內。除了我和亞里沙之外，不習慣這種行為的成員都顯得不知所措，而我們現在也坐在由稻草編織而成的坐墊上。

「初次見面，信元閣下。我是希嘉王國的佐藤・潘德拉剛子爵。」

我也介紹起自己，並簡單介紹了莉薩和其他夥伴們。

「那位鱗族姑娘就是輕鬆擊敗泉六的高手嗎……」

武士大將露出如同猛獸發現獵物時的表情。

「想切磋就去院子裡，要是弄壞牆壁或道場會被茹梅罵喔。」

一位留著白色鮑伯頭短髮，身穿洋裝倚著外廊紙拉門的老年女性這麼說著。

根據AR顯示，她的名字是布爾梅．祖雷堡。擁有「劍聖」和「勇者隨從」等稱號。除了劍術這類近距離戰鬥系的技能外，還有雷魔法以及「神聖魔法：巴里恩教」之類的技能。

恐怕她就是我們沒能在修羅山見到的劍聖本人吧。

從家名來看，她一定是希嘉八劍首席「不倒」祖雷堡先生的親戚。

「就這麼辦。跟我來吧，莉薩。」

武士大將站了起來。

莉薩回過頭向我要求許可，於是我點頭同意。

「明白。」

「波奇也要決鬥喲。」

「小玉也想～？」

「我也想和武士．大師一決勝負，我這麼告知道。」

當莉薩站起來之後，前衛陣容也一臉高興地站起身。

「波奇，如果要激烈運動，我先幫你保管蛋吧。」

「好喲。這是非常重要重要的蛋，請妳好好保管喲。」

「了解，交給我吧！」

「……真的真的沒問題喲？」

「啊哈哈，真的沒問題，放心吧。」

波奇一邊感到不放心，一邊把綁在肚子上的托蛋帶交給了亞里沙。

畢竟在修行時大概也很礙事，明天開始由我來幫她保管吧？

「——美味呢？」

卡里恩神拉著我的袖子問道。

「怎麼？肚子餓了嗎？茹梅！幫客人準備料理！」

拿著刀走到外廊的武士大將，朝著家裡面大喊。

遠處便傳來了女孩子說著「好——」的開朗聲音。

「酒呢？」

「請您稍待，等勝負結束後再喝。」

「了解，開始觀望戰鬥。」

烏里恩動作誇張地點了點頭，並在外廊就坐。

祂那不斷晃動雙腳的模樣，令人完全無法想像祂的真實身分是眾神之一。

「首先從莉薩開始。」

「──了解。」

武士大將拔刀平舉擺出架勢。

他的等級有五十一，所以莉薩也不能太過大意。

「開始了。」

當落葉擋住兩人視線的瞬間，莉薩以電光石火般的速度出招。

武士大將勉強擋下了莉薩宛如怒濤的攻勢。

「──唔！」

武士大將因為意料之外的攻擊大吃一驚。

看上去像暫時後退的莉薩，卻在轉身瞬間用尾巴使出了掃腿。

即使如此武士大將仍然迅速後退避開了尾巴。

兩人在不大的院子裡不斷交換位置，展開了激烈的攻防。

就算被莉薩壓制，武士大將仍能在千鈞一髮之際架開她的攻擊，藉此製造反擊的破綻。

雖然速度和力量之類的身體能力是莉薩占上風，但老練程度以及最重要的長年經驗積累則是武士大將這邊壓倒性地有優勢，至少目前在對人戰中他確實略勝一籌。

我在和矮人自治領的杜哈爾老先生交手時就曾想過，高齡戰士身上的老練經驗的確有許多地方值得借鑑。

「那女孩不錯嘛。」

劍聖走到我身邊這麼開口搭話。

無論從挺直的背脊，還是生氣勃勃的壓迫感來看，她都不像已經八十八歲的人。

「你們是從希嘉王國來的？那麼應該知道希嘉八劍吧？那女孩要是打贏信元，我就幫你們寫介紹信。」

——不需要。

「到時候你們就去把我家那個被什麼希嘉王國最強，還是『不倒』之類的話捧上天的蠢兒子揍一頓，挫挫他的銳氣。」

哎呀，原來不是推薦成為希嘉八劍的介紹信，而是為了進行決鬥的介紹信啊。

身為兒子的哲夫先生是個肌肉笨蛋，而他的母親好像也是同一種人。

「原來劍聖閣下是哲夫．祖雷堡先生的母親大人啊。」

「母親大人這種拘謹的叫法就免了，也別用劍聖或我早已捨棄的家名來稱呼，直接叫我布爾梅就行。」

布爾梅女士用爽朗直率的語氣說著。

話剛說到一半，有人從背後扯了扯我的襯衫。

「不滿。」

回頭一看，發現卡里恩神正一臉不滿地抬頭看著我。

她背後有一位面有難色的陌生少女。根據AR顯示，她的名字叫茹梅，好像是武士大將的女兒。

客廳的桌上放著褐色的飯糰和清湯。

「不好意思，要是廚師長拉德帕多先生在，就能端出更像樣的食物了，但很不巧的，他去海岸採集食材了。」

「請問我能借用一下廚房嗎？」

「好的。雖然沒什麼好食材，若不介意，請隨意使用。」

因為得到了允許，我便帶著露露前往廚房。

為了保險起見，發動空間魔法的「眺望」和「遠耳」來確認莉薩她們的情況吧。

「這是使用火石的爐灶呢。調味料有鹽和酒，然後黑色的看起來是味噌。這邊的是壺底油嗎？」

「那是拉德帕多先生過濾之後的魚醬，沒有腥味很好吃喔。」

露露興致勃勃地確認起廚房狀況。

原本打算用自己的食材和調味料，不過露露看起來很開心，我便直接在後面守望著她。

「是誰在老子的廚房偷吃東西啊！」

一名半裸的男性衝進了廚房。

「拉德帕多先生，歡迎回來。」

「唔唔唔，茹梅！難道是妳！」

「才不是什麼『難道是妳』呢，都是因為拉德帕多先生不在，才打算請客人幫忙製作料理的。」

這位刻意突顯肌肉的悶熱男性似乎就是廚師拉德帕多先生。

他頭上戴著的海帶不知道是時尚裝扮還是在海邊沾回來的垃圾，實在無法判斷。

「客人？」

「是來自希嘉王國的客人。」

茹梅小姐向拉德帕多先生說明之後，朝我轉了過來。

「佐藤大人，這位就是我們家的廚師，『千變萬化的廚師』拉德帕多先生。雖然在外面他似乎大多被人稱為『變態廚師』，但除了外表和言行舉止以外他只是個普通人，請溫柔地對待他。」

茹梅小姐用算不上打圓場的話語替拉德帕多先生打了圓場。

「茹梅！妳這不就是在說老子是個怪人嗎！」

「我就是這個意思。」

看著兩人演相聲的這段期間，莉薩和武士大將的切磋已經分出勝負。院子的方向傳來了歡呼聲，結果好像是打成平手。因為勝利就在眼前卻無法取勝，莉薩看起來非常不甘心。

「那麼，拉德帕多先生，請幫客人做點料理吧。」

「如果是來武者修行的粗人，用午餐剩下的湯和飯糰打發他們就行了。他們都是些只要能吃飽就不會抱怨的傢伙。」

「否定。冷湯勉強算美味，但味道沒有深度。」

卡里恩神插嘴道。

「妳就是客人嗎？對味道還挺講究的嘛。」

「提供美味。」

「這是對廚師發起的挑戰啊！給我等著！老子馬上做出讓妳無話可說的美食！」

聽到拉德帕多先生的發言，卡里恩神滿足地點了點頭。

「等、等一下，拉德帕多先生！那不是晚餐的食材嗎？」

「那又如何！要是無法滿足客人的舌頭，其他人沒晚餐吃也沒關係啦！」

「有關係！你知道大家修行和工作後肚子有多餓嗎！」

看來廚房的主導權似乎是由茹梅小姐掌管，拉德帕多先生也無法一意孤行。

「要是食材不夠，就由我們去買吧。」

「哦，這樣啊！那就拜託你了！來幫忙，茹梅！」

「不好意思，竟然讓客人您做這種事。」

「沒關係喔。」

由於露露對拉德帕多先生的料理很感興趣，因此不夠的食材決定由我一個人去採購。

「佐藤。」

蜜雅在我走向玄關的途中追了過來，她似乎要陪我一起出去買東西。

「客人，在這附近走動的外地人經常被一些蠢貨纏上。我派僕人跟您同行，讓他負責提東西和開路吧。」

守衛親切地派了隨從給我們，於是我們跟看起來很頑皮的少年一同前往能夠購買食材的漁民碼頭。

少年穿著和服外衣與草鞋，似乎是個見習武士，插在繩子腰帶上的是木刀而不是真刀。

可能是對蜜雅一見鍾情了吧，他紅著臉不斷轉頭偷瞄蜜雅。

「我說，你的主人很強嗎？」

在走下通往港口的荒廢小路時，閒得無聊的少年向我搭話。雖然他不斷地偷看著蜜雅，不過應該是在問我吧。

「家主就是我喔，與信元先生切磋的是我的夥伴們。」

看來他以為我是負責跑腿的隨從。

「咦？希嘉王國會讓大人物去購物嗎？我們的老爺和大老爺，都不會自己去購物耶？」

或許是嚇了一大跳，他甚至忘了偷瞄蜜雅，直接朝我看了過來。

「在希嘉王國也一樣喔。」

「你還真奇怪呢。」

少年露出一副打從心底傻眼的表情。

嗯，像我這種人可能超出了這個陸地上的常識吧。

託少年陪同的福，我們沒引起任何糾紛就買到了不夠的食材。即使有遇到幾次被蜜雅的清純可愛吸引的男孩子瞎起鬨，但都被少年紅著臉趕走了。

「我說，買那麼多黑渦大鯛真的好嗎？」

「沒關係，你也很想吃吧？」

「嗯，那當然。我們這些僕人每到正月就能喝到切剩的鯛魚骨熬的味噌湯喔。」

少年很開心似的說道。

「唔，蘑菇。」

「蘑菇長在山上喔，因為只要上山就能採到，所以村子裡沒有賣。如果想吃，我去幫妳採回來吧。」

似乎是因為終於和蜜雅講到話而感到高興，少年講話速度異常地快。

「拜託了。」

「知道了！包在我身上！我會連蔬菜一起摘回來的！」

少年臉頰泛紅地往山的方向跑去，連自己要帶路的事都忘了。蜜雅的魅力真可怕。

雖然想去幫他，但要是奪走少年表現的機會就不好了，我便決定先回宅邸。

「歡迎回來，客人。我應該有叫平助跟著您——看來是拋下工作了啊，那個混蛋。」

宅邸守衛因少年忘記工作而感到生氣，不過我們以有事請他幫忙為由來說服守衛息怒。

前衛陣容和武士大將的切磋已經結束，現在是劍聖布爾梅女士的指導時間。

「突擊的速度不錯。但是，要多注意四周！」

「是喲！」

布爾梅女士用流暢的劍技架開了波奇的一擊。

「貓耳雖然很懂得觀察周圍情況，但攻擊太輕了。既然選擇二刀流增加攻擊次數，那就該多學點不同技巧！」

「系。」

小玉從死角發動攻擊的雙劍，全都被布爾梅女士的剛劍掃開。

儘管等級應該是波奇和小玉比較高，但跟人交手還是布爾梅女士更勝一籌。

「還沒結束喲！」

「One more try～」

波奇和小玉毫不氣餒地持續發起挑戰。

「美味。燉煮的調味恰到好處。白飯煮得不如佐藤，但只要配上湯汁就能增加風味。」

「白飯嗎……由於這座島上沒有米，因此只能從加爾雷恩同盟的貿易船購買。如果有其他好米的話能分一點給我們嗎？」

卡里恩神在外廊享用放在小桌子上的美食。

後半段的話是一旁的廚師拉德帕多先生對我說的。

「嗯，沒問題。不過都是希嘉王國歐尤果克公爵領的品種，那樣可以嗎？」

「哦哦！那不是最高級品嗎！不會有人看到這個還敢抱怨的！」

露露從試吃用的飯碗中舀了點這座島的人們所食用的米飯餵我，看來細長品種的米似乎是這附近的主流。

「濁酒太濃，米酒有點辣，但是美味。是蜂蜜酒和蘭姆酒的勝利。」

「要喝嗎？也有燒酒喔。」

「肯定。允許你倒進杯子裡。」

上半身全裸地擦著汗的武士大將和烏里恩神喝起了酒。

「拉德帕多先生，別玩了快點去準備晚飯！不然直到天黑都做不完喔！」

茹梅小姐從廚房走了過來。

「我知道我知道。少爺，買到食材了嗎？」

「是的，在這裡。」

我把裝有食材的「魔法背包」交給擺出炫耀肌肉姿勢的拉德帕多先生。

「哦哦，挺有眼光的嘛。沒有任何食材有瑕疵，而且還有六條黑渦大鯛！這真是令人幹勁十足啊！」

半裸的拉德帕多先生興高采烈地跑向廚房，被丟下的茹梅小姐也連忙追了上去。

露露也說了要幫忙調理後便走向廚房。

「累止了～」

「軟弱無力喲。」

小玉和波奇趴倒在外廊上。

看來布爾梅女士的指導似乎結束了。

「波奇，還給妳。」

「亞里沙，謝謝喲。」

波奇從亞里沙那裡接過托蛋帶綁到肚子上。

儘管十分疲勞，隔著托蛋帶撫摸龍蛋的波奇看起來很幸福。

接著波奇抬頭仰望著我。

「主人，波奇要變得更強大喲。」

「小玉也要變強～」

像在說夢話的兩人，肚子響起了巨大的聲響。

「馬上就要吃飯了，在那之前先用這個墊肚子吧。」

我這樣說著，往兩人的嘴裡塞了鯨魚肉乾。

「力量百倍喲。」

「Delicious～」

兩人雖然昏昏欲睡，卻還是咀嚼著肉乾。

「未知的美味。」

「提供美味。」

卡里恩神和烏里恩神突然冒了出來。

「看起來很好吃啊，也分給老夫吧。」

連武士大將都單手拿著杯子朝我伸出手來，於是我一一將肉乾分發給他們。

「嘿——味道挺特別的呢，感覺和葡萄酒很搭。」

為了補充水分，布爾梅女士一邊用啤酒杯大口喝著燒酒，一邊咬著肉乾當下酒菜，看起來相當豪邁。

「主人，疲勞到達了巔峰，我這麼告知道。需要直接補充魔力，我這麼宣言道。」

最後與布爾梅女士交手的娜娜趴到了我的背上。

看來她似乎累壞了。

「有罪。」

「等、等等！娜娜！禁止親密接觸！」

鐵壁組合馬上提出意見。

「我正在補充主人成分，距離補充完畢還有三千六百秒——」

「好久！太久了！」

「唔，魔法藥。」

娜娜罕見地向我撒嬌，於是我坦率地直接幫她補充魔力。

最近已經習慣了，所以只要身體有接觸，就算是這種不自然的狀態我也能輸送魔力。

旁邊傳來睡著了的呼吸聲。

「波奇助和小玉助睡著了啊。佐藤，這兩個孩子會變強的。」

武士大將好像很喜歡波奇和小玉。

「我回來了，請您再指導幾招。」

莉薩從後門回到了這裡。

看來她被叫去山上跑步。

「今日到此為止，明天開始跟布爾梅婆婆學習吧。如果是妳，與其跟老夫學，不如找布爾梅婆婆能學到更多的東西。娜娜，你也去跟布爾梅婆婆討教吧。」

「──婆婆？小鬼還真是變得跩起來了呢？」

「妳在老夫還是小鬼的時候就是個老婆婆了吧！」

「少胡說八道，我第一次見到你的時候才三十歲呢。」

武士大將和布爾梅女士感情融洽地吵起架來。

「布爾梅閣下，能否跟您討教一下？」

「別勉強老人啊，今天應付小妹妹們和那邊的金髮已經很累了，明天再當妳的對手。」

「明白了。」

莉薩罕見地露出無精打采的樣子，尾巴也變得沒有精神。

看來久違地使出全力戰鬥讓她十分享受。

「莉薩，妳要是願意，我來當妳的對手吧？」

「真的嗎！」

莉薩瞬間露出了宛如花朵盛開般的興奮表情。

「只到吃晚餐為止喔。」

「是！主人！」

我借用院子和莉薩簡單地切磋了一番。

即使等級相差好幾倍甚至還用上了「預判：對人戰」技能，她的每次攻擊依然令人直冒冷汗，不敢大意。

直到夕陽西下拖出修長的影子為止，我和莉薩都在盡情享受戰鬥。

「——莉薩。」

我向因為疲勞跪倒在地的莉薩伸出了手。

「不知不覺妳變強很多呢。」

莉薩握住我的手，臉上掛著盡興滿足的笑容，不過立刻又恢復了嚴肅的表情。

「非常感謝您。但是還差得遠呢，我甚至連讓主人流汗都做不到。」

莉薩還真是自律啊。

我扶著她一起回到外廊。

——咦？

明明原本除了夥伴們以外只有幾個人在，但在不知不覺間卻多了很多人在看著我們。所有人都興奮地與身旁的人交談著。

由於對莉薩的成長感到開心，讓我忘了這是在大庭廣眾之下。

「原來如此，『主人比我強』原來不是抬舉，而是字面上的意思啊。」

「明天你可要跟我交個手喔？」

「當然，還有老夫。」

看來，明天有跟布爾梅女士和武士大將的切磋在等著我。

◆

「佐藤閣下，澡堂在這邊。」

雖然沒流多少汗，但據說武士大將的宅邸有天然湧泉的露天浴場，因此我決定在晚飯前泡個澡。

武士大將和青年們都說夏天泡什麼澡，就到附近河川沖洗汗水了。

充滿熱氣的浴場裡到處放著天然石頭，還用竹製的柵欄當作隔板，充滿了日式風格。

「夏天泡溫泉也不錯呢。」

我將身體浸泡在用岩石圍成的溫泉裡，因為溫泉獨特的舒適感而忍不住發出讚嘆。

雷達上顯示有光點正在接近，看來並非所有人都去了河川那邊。

「打擾啦。」

預料之外的聲音令人不禁差點回頭，但我全力忍了下來。

「——呼。真是的，明明有這麼好的溫泉還特意跑去河邊，不知道是哪根筋不對勁。」

劍聖布爾梅女士在有點距離的位置泡著溫泉，並滿意地嘆了口氣。看來她是溫泉派的。

從肩膀來看應該是包著浴巾，她不是全裸派的人真是太好了。

「主人，在嗎？」

夥伴們一窩蜂衝了進來，她們跟布爾梅女士一樣包著浴巾。

波奇為了不讓龍蛋泡到熱水，把托蛋帶捲在頭上。

「有、有罪？」

「喂喂，主人！就算你再怎麼喜歡年長的，這年齡差也大過頭了吧！」

雖然蜜雅是疑問句，亞里沙卻直接開口抱怨。

「不，亞里沙。要說年齡差距，雅潔的差距更大，我這麼告知道。」

娜娜用莫名其妙的說法替我打圓場，不過雅潔小姐就算超過一億歲也還是很可愛。

這麼說來，蜜雅也比布爾梅女士來得年長吧。

「我對年紀比自己曾孫還小的小鬼頭沒興趣，妳們就放心吧。」

布爾梅女士看起來也並未感到不快。

「特意浸泡在大量的水中實在奇妙，卡里恩也覺得很奇妙。」

「我沒說——禁止烏里恩用話語誘導。推測泡在溫暖的熱水中可以促進血液循環。」

少女神們也進來了。

自從透過神體顯現之後，祂們至今似乎沒有洗過澡。

兩柱神祇嘩啦嘩啦地走過浴池來到我們面前，將身體浸入溫泉裡。

「熱水滑溜的感觸很有快感。」

「因為這是溫泉嘛。如果是普通的熱水，就沒有這種黏性了。」

我這麼對一臉好奇地用手舀起溫泉水的卡里恩神說道。

與一臉複雜的烏里恩神不同，卡里恩神似乎很喜歡溫泉。

「緊貼身體的衣物不舒服。」

——呃。

烏里恩神脫掉了浴巾。

未發育完整的少女裸體一口氣映入了我的眼簾。

在鐵壁組合遮住裸體之前，我先一步從烏里恩神身上移開了視線。畢竟以希臘神話中阿提米絲神的各種傳說為首，目擊女神入浴的場景不會有好事發生可是固定橋段。

「這真不錯。熱水就像在幫身體按摩般，卡里恩也應該脫掉。」

「肯定。烏里恩的發現很偉大，裸體進入溫泉才是正義。」

雖然我對少女神們的話有同感。即使如此，還是希望祂們混浴時能遵守穿衣的禮儀。

好好享受完溫泉之後，我們換上似乎是侍女為我們準備的浴衣，接著回到客廳。

◆

「各位等很久了嗎？」

客廳早已擺好了餐點，看似飢餓兒童的飢餓武士們迫不及待地等著我們回到這裡。

波奇和小玉睡眼惺忪地用鼻子聞著味道。

空腹感和睡魔肯定正在兩人的腦裡大戰。

「老夫等人也才剛回來。」

我們就座後，武士大將立刻拿起大杯子站了起來。

「好了，宴會開始囉！」

「「「是！」」」

宴會在武士大將的口號下開始了。

莉薩叫醒波奇和小玉讓她們吃飯，雖然兩人起初還很睏，但在見到烤全豬端上桌之後猛然睜眼醒了過來。看來能撼動她們兩人靈魂的果然是肉。

「美味。比剛才更美味。廚師應該得到稱讚。」

「葡萄酒也美味，卡里恩也這麼說。」

「我沒說。烏里恩必須知曉沒有澀味的葡萄果汁更加美味。」

正如讚不絕口的卡里恩神所說，變態廚師拉德帕多先生製作的日式料理堪稱極品。

「這是哪個國家的料理？」

「這個嗎？這是沙珈帝國耳族自治領『東之島』的鄉土料理。據說是數百年前的勇者大人想要重現家鄉口味而做出來的喔。」

果然是勇者流傳下來的日本料理。即使之前就聽說過那裡有耳族的保護區，不過還是第一次知道是在島上。

儘管跟我知道的日式料理有些微妙的不同，但那應該是調味料或者烹飪器具不同所導致的吧。

「這都是多虧了露露閣下分給我的最高級醬油和味噌。」

露露為了向他請教料理技法，把味醂、胡椒和山葵等調味料分給了他。

「主人也快點吃啦，每道料理都很好吃喔。」

「說得也是，那我就不客氣了。」

各式各樣的山珍海味被分別擺在三個小桌子上。

雖然卡里恩神也稱讚過，不過燉煮料理的確很好吃。尤其是燉魚搭配白飯更是一絕。

武士們也因為少見的美食齊聚一堂而忘我地享用著。

「好吃嗎？那是用我採回來的野菜和蘑菇做的喔。」

「嗯。」

出門購物時幫我們帶路的少年，正在向蜜雅展現自己的功勞。

即便蜜雅的反應有些冷淡，少年似乎光是看到蜜雅不斷吃著自己採集的山珍就滿足了。

隨後因為聽見一位鬍子武士說：「平助！你不吃的話我就收下！」他感到焦急，一邊抱怨一邊飛也似的回到了座位上。大概是因為處於成長期，比起愛情還是食慾比較重要。

「莉薩閣下！剛剛的槍術實在了得！明天請務必指點在下。」

「娜娜閣下的劍技也非常出色是也。即使不是武士技巧也算是劍士，讓我們一起以最棒的技術為目標吧！」

用餐到一個段落之後，拿著濁酒和杯子的粗鄙武士們便開始前去向莉薩和娜娜搭話。雖然兩人拒絕了勸酒，不過切磋的請求都立刻答應了。

「美味。這是什麼？」

「這是牡丹餅，那個綠色的是用毛豆做成的毛豆麻糬。因為露露閣下分了些砂糖給我，所以試著做給小姐們吃了。」

「美味。你應該受到祝福。」

卡里恩神說完之後，一道朱紅色的光芒包住了拉德帕多先生的身體。肌肉上的汗水閃閃發光，看起來十分悶熱。

根據ＡＲ顯示，他的稱號欄上多了一個「祝福：卡里恩神」。這大概算是卡里恩神的謝禮吧。

在卡里恩神的推薦下，烏里恩神似乎也很喜歡日式點心，吃得十分享受。

雖然夥伴們也受邀一起品嘗，但波奇和小玉兩人在吃烤全豬時，吃到一半就筋疲力盡地睡著了，應該是累垮了吧。我便拜託茹梅小姐分了一些給我，明天早餐時再拿給她們吧。

隔天便正式開始了修行的日子。

深受武士大將喜愛的波奇開始跟他進行一對一的特訓，莉薩和娜娜則從劍聖布爾梅女士那裡學習技術。小玉起初還和波奇在一起，但之後便跟對小玉的忍術感到吃驚的忍者首領一起前往山上展開忍者修行。

我每天都會與武士大將和布爾梅女士切磋幾次，其餘時間就跟亞里沙還有蜜雅一起閱讀向武士大將借來的武士魔法祕傳書。據說武士魔法似乎是武士們為了在實戰中使用而創造出來的各種屬性魔法，令人遺憾的是沒有具備「武士魔法」這個技能的人。

露露則是和拉德帕多先生交流料理技術，希望別學到他的變態性格呢。

少女神們似乎很中意溫泉，祂們時而會隨性地泡溫泉，時而試吃露露她們試作的料理，或者去島內的礦山參觀、眺望山羊群等等，享受著島上的生活。

等祂們在島上玩膩之後再出發吧？

正當我抱著這種悠哉想法的某一天，事件找上門了。

◆

「大將！港口出現了賊人！」

渾身是血的武士衝進了屋子裡。

「蜜雅！」

「嗯，[redacted]……」

蜜雅開始了治癒魔法的詠唱。

確認地圖後，發現港口出現了無數的紅點。雖然大多是二十級以下的傭兵或浪人之類的蝦兵蟹將，不過其中也包含了三十到四十級出頭的強者。

那些傢伙正以驚人的氣勢衝上通往宅邸的坡道。

「大將！賊人正往這邊前來是也！」

輕裝的武士站在瞭望台上大聲喊著。

「在正門迎擊！」

「大將！他們分成了三路！」

「泉六！你帶著第一隊去左方！婆婆帶著第二隊往右方！其他人跟老夫來！」

穿上甲冑的武士們兵分三路上前迎擊。

「主人，我們怎麼辦？」

我在地圖上確認高等級敵人的配置和技能構成。

布爾梅女士和武士大將所在的兩個地方應該問題不大，但是一邊指揮一邊戰鬥感覺會很辛苦，尤其是布爾梅女士那裡還有高等級的魔法使。

「莉薩去泉六先生那邊，娜娜去布爾梅女士那裡，波奇去正門！」

畢竟大家也都穿著白銀鎧，我讓宅邸內的前衛陣容前往各地支援。

「遵命！」

「是的，主人。」

「了解，交給我吧。」

「收到喲。亞里沙，請幫波奇保管蛋的人喲。」

波奇把蛋交給亞里沙後，跟待機的武士們一起追上武士大將。

「露露、亞里沙、蜜雅，妳們三人跟我一起上瞭望台。」

「了解。小玉沒事吧？」

「沒問題的，忍者首領跟她在一起，而且他們還在與敵人出現位置相反的深山裡。」

小玉和忍者首領一同前往深山進行忍者修行了。

「——是障壁。」

宅邸周圍展開了據點防衛用的防禦障壁。

這裡的地下似乎有能夠支撐障壁的大型魔力爐。

「大將閣下吩咐我們過來，這裡就交給我們吧。」

「明白了。如果發現敵方增援，敲響銅鑼通知我們。」

我們和看守的武士換班，從瞭望台上進行魔法支援以及狙擊。

因為這次的對手是人類，所以讓露露使用的不是金雷狐槍而是火杖槍，我自己則是用能夠壓抑威力的短弓。

「蜜雅，麻煩妳召喚希爾芙到上空支援，亞里沙就適當使用魔法支援。」

「嗯。■■……」

「既然也有障壁了，要用強化魔法嗎——」

正門發出閃光，部分的障壁碎裂了。

過沒多久左右兩邊的障壁也有魔法攻擊爆發，障壁產生了龜裂。

「露露，從正面障壁破碎的地方狙擊拿著弓和法杖的傢伙！」

「是！主人！」

我優先對付拿法杖的人。

雖說有波奇的方陣，但那招的效果範圍很窄，要是受到大範圍的魔法攻擊導致武士中出現犧牲者就糟糕了。

「別以為只有你們會用魔法！[redacted]熱線。」

武士大將把武器放在腰間擺好架式，從沒拿刀的另一隻手中釋放出炎魔法的紅色熱線。

「沒錯！說到武士就是那招了！迪——」

爆炸聲掩蓋住了因為看到那一幕感到興奮的亞里沙的發言。

我知道原出處，所以就算沒聽見也大致明白她想說什麼。

「用堪稱武士靈魂的刀對付這種小嘍囉太浪費了！跟上大將！武士隊，炮擊！」

武士大將的部下們也使用類似的魔法攻擊門前的敵人。

不會用魔法的武士則開始用長弓進行迎擊。

「看來那邊不要緊呢。」

「佐藤，右邊。」

宅邸的右邊冒出了爆炸聲與煙塵。

障壁似乎被打破了。

「好像是用攻擊魔法當作障眼法，趁機翻過圍牆進來的。」

看來已經被敵人入侵了。

劍聖布爾梅女士和娜娜配合著對付破壞障壁的高等級敵人。

「武士們也挺有實力的嘛。」

「嗯，以近身戰為主的雜兵，他們應該應付得來。」

我一邊和亞里沙對話，一邊擊倒用弓和火杖的敵人。

畢竟遠距離攻擊要是命中要害，很可能會出現犧牲者。

「……■風精靈創造。」

蜜雅發動精靈魔法，風的擬似精靈希爾芙顯現在她身旁。

「讓它分裂成小希爾芙進行回復支援吧，可以分出幾隻在空中警戒嗎？」

「嗯，沒問題。」

隨著蜜雅一聲令下，希爾芙分裂成許多小型希爾芙，奏響著風聲對武士們展開支援。

「主人，看左邊！」

露露發出了警告。

身穿黑衣的大劍使把障壁連同圍牆一同擊碎闖了進來，並將武士們打飛。

目前是武士大將的首席家臣泉六先生在當他的對手。

「啊，被打飛了。」

泉六先生吃了一記斜砍，連刀一起被大大地打飛出去，直到撞壞附近的小屋才停下。

雖然大劍使打算追擊，卻被露露的狙擊給制止了。

大劍使忿忿不平地抬頭看了過來。

「——大劍變形了！」

亞里沙高興地說著。

大劍使手裡的漆黑大劍從中間開始左右分開，並在那之間閃爍著紅光。

這種場景在漫畫或動畫中很常見，但沒想到會在這個世界看到。

「總覺得有點不妙呢。」

「沒問題。」

蜜雅制止了亞里沙準備使用隔絕壁而伸出的手。

那是因為——

「瞬動——螺旋槍擊！」

莉薩身上帶著紅光朝大劍使衝了過去。

雖然大劍使立刻朝莉薩射出了赤紅的熱線，但已經太遲了。莉薩槍上纏繞的螺旋氣流將大劍挑起，熱線空虛地飛向天空的彼方。

即使如此，大劍使還是想堅持到最後一刻，在被螺旋槍擊削去防禦障壁的同時捨棄大劍往後退。

「——烈。」

莉薩氣勢十足地放聲吶喊，纏繞著魔槍的魔力奔流宛如散彈般釋放並射穿了四周。

散彈接二連三地擊中大劍使，將快要粉碎的防禦障壁澈底打破，貫穿了鎧甲和長袍。

我沒看過這招，應該是在這座黑煙島修行期間創造出來的新招吧。

大劍使儘管渾身是血，卻依然從道具箱中拿出備用的大劍跟莉薩對峙。

勝負只在一瞬間——

莉薩和大劍使同時用瞬動衝出去，彼此都使用了必殺技，紅光四散。

結果大劍碎了，被莉薩用魔槍刺穿肩膀和雙膝的男人趴倒在地。

不愧是莉薩，總是不會讓人失望。

「那邊的黑衣人好像也被布爾梅女士和娜娜打敗了。」

雖說對方是用冰系上級魔法的強敵，但由於娜娜和布爾梅女士利用瞬動高速接近，護衛毫無還手能力瞬間就被擊倒，這才讓那個敵人不得已，換成發動速度快的下級魔法來阻止兩人接近。

戰術是正確的，但是挑錯對手了。

能以和火杖相比也毫不遜色的速度接連施法攻擊的確很有實力，但布爾梅女士和娜娜就像掃開箭矢般將魔法斬落並逐漸逼近。

他直到最後都能不吃螺絲持續詠唱也確實勇氣過人，但終究還是露出了絕望的表情被擊倒，就算是敵人也讓人覺得有點可憐。

「正門的武士大將也把黑衣人打倒了。」

沒在正門跟黑衣人交手的波奇表情有些不滿。

除了黑衣人以外的強者姑且都被波奇打倒了。

「佐藤。」

蜜雅指著後門。

雖然在這裡看不見，不過看來是將三方的強烈攻擊當作佯攻，好讓本隊從後門入侵。

我發動空間魔法「眺望」，透過俯瞰視野確認那邊的狀況。

「需要轉移到能夠射擊的地方嗎？」

「不必，那邊沒問題的。」

因為我見到了從山裡回來的小玉把入侵者都拖進影子裡的光景。

與小玉一起進入山裡的忍者首領則是悄無聲息地靠近了在宅邸外待命的敵方觀測員，將其暗殺了。這裡的人對賊人還真是毫不留情。

「戰鬥也差不多該結束了吧？」

眼見形勢不對，那些看似被僱來的多數賊人都逃出了宅邸。

武士們分組展開了追擊。

「佐藤，海岸。」

在四周警戒的小希爾芙發現了從海岸那邊接近的巨大魔巨人。

那並不是人型魔巨人，而是宛如四足步行要塞的魔巨人。

我敲響銅鑼警告武士們。

「基迦特來了，你們已經完蛋了。」

被莉薩打倒的大劍使這麼說著。

然而，那個叫基迦特的巨大魔巨人突然發生爆炸，魔巨人的腳被連環爆炸炸飛，大炮及其他結構也不斷被爆炸捲入遭到破壞。

最後，巨大魔巨人在猛烈的爆炸中停止了活動。

◆

「——少爺。」

瞭望台上出現了兩個人影。

露露反射性地將槍口對準那兩人。

「等、等一下！是我，是我啦！」

在越後屋商會擔任諜報員的前怪盜皮朋拚命地表明身分。跟他在一起的應該是之前託付「龍蛋」時也在場，身為「賢者弟子」的少女吧。

「那個巨大魔巨人是皮朋你們打倒的嗎？」

「嗯，我只不過是幫了一把。」

皮朋將視線轉向少女。

「抱歉來晚了，本來想在這些傢伙攻進這裡之前阻止他們的，但是處理基迦特花了不少時間。」

因為少女想向武士大將道歉，於是我帶著她和皮朋走下瞭望台。

「佐藤，那女孩也是俘虜嗎？」

「不是的，她是——」

「——賽蕾娜！原來是妳搞的鬼嗎！是妳向武士們通風報信說我們會發動襲擊的吧！」

被布爾梅女士和娜娜組合擊敗的黑衣冰魔法使打斷了我跟武士大將的對話。

「是卡姆西姆嗎……巴贊在哪裡？」

突然冒出了沒聽過的名字。

如果卡姆西姆是冰魔法使的名字，那巴贊是誰呢？

「那個叫巴贊的就是賽蕾娜正在追捕的『賢者弟子』。」

皮朋小聲地告訴我。

「巴贊去解除封印了。來幫我吧，賽蕾娜。巴贊違背賢者大人的教誨只是時間早晚的問題，我是為了得到能夠制止他的浮游要塞才過來這裡的。」

「——浮游要塞？你是說拉拉其埃時代被譽為無敵的浮游要塞在這裡嗎？」

他們開始氣氛嚴肅地自顧自聊了起來。

「沒有。」

「——咦？」

「所以說，這座島上沒有那種東西。」

賢者弟子們的視線都聚集在說出這句話的武士大將身上。

「誰會被你用這種話騙啊！我們可是從地下社會流傳的謠言中，得到了浮游要塞隱藏在這座島上的明確證據——」

「將那些所謂的證據散布出去的人正是老夫，是老夫命令忍者們把謠言和證據傳到地下社會的。」

「為、為什麼要做那種事……」

「那還用說，當然是——」

武士大將揚起了嘴角。

「——為了讓相信傳聞的惡徒攻打此處。若想變強，最好的辦法便是與強者賭上性命一決雌雄。畢竟，那種相信傳聞便攻打此處的惡徒，就算斬了也不會良心不安啊。」

「明明都無恥到這種程度了，少在這裡裝纖細。」

「要你多嘴，老太婆。」

或許是武士大將的發言太有衝擊性，名為卡姆西姆的冰魔法使像在說夢話似的不斷重複說著「騙人」。

「獵物～？」

小玉從我腳下的影子探出頭來，接著從中「嘿呀」一聲把一名很有魅力的黑衣女性拉了上來。

她似乎因為在影子裡變得衰弱，整個人搖搖晃晃的。

即使如此，我還是以防萬一地拿掉她的面罩並綁住手腳。雖然長相不算是美女，不過莫名地性感，感覺在夜晚的街上會很受歡迎。

「連凱爾瑪蕾特都被巴贊收買了嗎……」

「沒想到會敗在乖乖牌的賽蕾娜手上，我也不中用了呢。」

這個女人似乎也是賢者的弟子。

儘管列出名字的人只有三位，但包括不知名的黑衣人在內，感覺都是些問題兒童。

「放棄吧，凱爾瑪蕾特。只要有一顆『蛋』在我們手上，巴贊想要集齊儀式所需的三顆是不可能的。」

「啊哈哈哈！還真是笑死人了！」

「有什麼好笑的！」

「當然好笑啦，這時候巴贊早已收集完成了。我在德拉格王國得到了綠龍蛋，現在我的部下也已經將蛋送到巴贊那了。」

「怎、怎麼會……」

現在是龍族的產卵時期嗎？

還是說蛋會以年為單位維持原貌呢？

龍的生態變得更神祕了，但現在不是思考種事的時候。

賽蕾娜表情認真地跑到武士大將面前。

「閣下，同門的過失是我們的責任，能把這些人交給我處置嗎？」

「真是自私啊，老夫怎麼可能答應。」

武士大將對賽蕾娜說的話嗤之以鼻。

「——閣下。」

「囉嗦。若是再敢開口，就算是佐藤的熟人，老夫也絕不輕饒。」

聽武士大將語氣如此堅決，賽蕾娜只能帶著苦澀的表情退後。大概是無法繼續辯解吧。

「欸，那位看起來人很好的少年。」

極具魅力的女性扭動身體，綁在胸前的繩帶隨即脫落，胸部若隱若現。

那好像是為了被抓住時進行色誘準備的機關。

視線差點忍不住被深深的乳溝吸引。

——察覺危機。

女人利用被綁住的雙手夾住胸部，一道漆黑的液體自胸部的縫隙中噴出。

雖然被我輕鬆躲開，但那個液體卻灑到了躺在背後的冰魔法使身上。

「咕啊啊啊啊啊啊啊啊啊啊啊啊啊！」

「卡姆西姆！」

冰魔法使發出慘叫，賽蕾娜大聲叫出他的名字。

「啊～啊，明明是難得的殺手鐗……算了，既然灑到了卡姆西姆，也算勉強成功吧？」

「愚蠢之徒！」

武士大將的刀砍下了女人的首級。

因為我不擅長應付血腥場面，真希望別在我面前上演這種暴力場景呢。

「主人！」

我聽到莉薩緊張的聲音回過頭去。

因為被斬首吸引了注意力導致我反應慢了一步。

冰魔法使的身體從內部裂開，連同黑衣一起內翻，肌肉纖維和骨頭都裸露在外。

——黑線。

冰魔法使往外翻的身體射出了如同黑色閃電的黑線，AR顯示他的狀態變成了「汙穢」，這一定和侵蝕勇者的「魔神詛咒」——曾經在希嘉王國被召喚出來的「魔神的產物」的殘渣是同一種東西。

「嗚，淋到了煉獄詛咒嗎！」

賽蕾娜和冰魔法使拉開了距離。

剛才從那個女人胸口噴出來的黑色液體，應該就是她說的詛咒吧。

賽蕾娜口中的「煉獄詛咒」肯定就是利用魔神殘渣加工製成的咒具。

雖然是因為背後全是紅色光點才避開的，萬一不小心碰到，可能又會上演手臂變黑之類的事情了。

「賽蕾蕾蕾蕾蕾蕾娜啊啊啊啊啊啊啊啊啊啊！」

曾是冰魔法使的異形怪物發出咆哮，揮動如同觸手般變長到詭異的手指和頭髮，掃向周圍的人和建築物。

「——離遠一點！」

聽到我的警告，夥伴們和布爾梅女士跟怪物拉開了距離。

來不及逃跑的武士們被變成冰刀的觸手砍中，能從切斷的地方見到他們正在被魔神殘渣侵蝕。

——休想得逞喔？

我用時常發動的「理力之手」把武士們拉到身邊，將想鑽進他們體內的魔神殘渣抓住並扯下來。

「嗚嗚嗚嗚嗚嗚嗚嗚！」

背上被人用冰冷刀刃抵住的不適感充斥著全身。

魔神的殘渣正從我抓住它的手展開侵蝕。

「主人！」

「突喲！」

觸手瞄準停下動作的我發動攻擊，但是都被莉薩和波奇揮開，多虧小玉和娜娜讓武士們躲進了安全範圍，我才能夠獨自脫離險境。

趁怪物將注意力放在我們身上的空檔，布爾梅女士和武士大將從它背後使出了必殺技。

怪物不僅被砍下首級而且身體撕裂受到嚴重的傷害，但它卻如同影片畫面倒帶般恢復了原狀。

「沒、沒事吧？」

「……別擔心。」

我對擔心的亞里沙這麼說，並在手上纏繞聖刃抵禦魔神殘渣。

視野角落的主選單擅自跳了出來，隱約見到技能一覽的某個項目被切換成有效。

現在的我沒有力氣去深究那是什麼，但不適感卻突然消退，打算侵蝕我手臂的魔神殘渣都被集中到指甲上，並擅自脫落。

為了不讓它掉到地上侵蝕地面，我立刻將其收進了儲倉。

「主人！怪物巨大化了，我這麼告知道。」

怪物失去人形，急速擴大成巨大的形態不定物體。

勇猛果敢的武士大將和布爾梅女士也為了不被怪物捲入而拉開距離。

「主人，我們也去支援劍聖大人和武士大將閣下吧？」

「──不，一般的攻擊大概對那傢伙不管用。」

我一邊調整呼吸，一邊煩惱究竟該不該在大庭廣眾之下使用神劍。

——抗拒之物。

不知道是誰這麼說了。

「骯髒。那個不應該存在於這個世界，卡里恩也這麼說。」

「沒錯。那個會汙染世界，腐化天理，不該存在於人界。」

頭髮上滴著溫泉水的兩位少女神一絲不掛地與怪物對峙著。

平時總是難以捉摸的兩人在見到怪物後厭惡地皺起眉頭。

「不知羞恥。」

「先穿好衣服再耍帥啦！」

蜜雅和亞里沙幫少女神們披上了浴衣。

「衣服只不過是裝飾。」

「優先事項是消滅那個。」

「戰士們啊，此乃神諭。」

「殲滅不應存在於世上的汙穢吧。」

烏里恩神舉起的右手發出紅色光芒，卡里恩神舉起的左手則亮起了朱紅色光芒。

「戰士們啊，吾以烏里恩之名，賜予汝等討伐汙穢的斷罪之刃。」

「戰士們啊，吾以卡里恩之名，賜予汝等抵禦汙穢的神聖守護。」

隨著少女神們的話語，在場所有能戰鬥的人，他們的武器和防具都冒出了紅色與朱紅色的光輝。

根據AR顯示，似乎是被賦予了「神之加護」。

「哦哦哦，全身充滿了力量！」

「真厲害，讓我想起了自己的全盛時期。」

武士大將和布爾梅女士朝怪物砍了過去。

兩人就算被觸手砍傷也毫不退縮，一邊砍斷觸手一邊接近怪物。

他們看起來並未受到魔神殘渣侵蝕，應該是因為神之加護的力量吧。

「主人，我們也出手吧。」

「主人，戰力不足，我這麼告知道。」

雖然莉薩和娜娜這麼催促我，但可不能忘了保護後衛陣容。

「守護萬無一失，能突破卡里恩防守的只有龍神。」

「烏里恩多嘴。但是不必擔心。就算是分靈，也不會被那種程度的殘渣給突破。」

烏里恩神和卡里恩神都這麼掛了保證。

那麼，就沒有後顧之憂了。

「知道了，我們上。」

我拔出掛在腰際的龍牙短劍，與莉薩和波奇一起去對付怪物。

原以為會是一場跟對抗魔王差不多的激戰，但烏里恩神賦予的「斷罪之刃」力量太過優秀，怪物還無法再生就連同魔神殘渣一起被淨化殲滅了。

雖然這麼說很失禮，但我因為神明大人的力量比想像中更強而嚇了一跳。

我從以前就一直覺得很不可思議，為什麼消滅魔王需要召喚勇者呢？姑且不論狗頭那種例外，總覺得只要讓寄宿眾神之力的英雄去戰鬥，應該就能輕鬆擊敗普通程度的魔王了。

◆

「偉大的神啊，感謝您的協助。」

少女賽蕾娜語氣恭敬地向少女神們道謝。

「**從外敵手中保護世界**是神的職責。」

「不過，接受妳的感謝。你們也該向我們獻上感謝和虔誠的祈禱。卡里恩也這麼說。」

「我沒說。烏里恩太輕浮了，應該更加注重威嚴。」

就算卡里恩神這個貪吃神這麼說也沒什麼說服力。

儘管布爾梅女士和武士們對祂們是真正的神明大人一事感到驚訝，但立刻就被言靈鎮壓下去避免事情鬧大。言靈真是方便啊，還真有點想要。

「抱歉啦，少爺，要再麻煩你們暫時保管『蛋』一段時間。」

「這倒是無所謂，不過皮朋你們之後有什麼打算？」

「我們要去皮亞羅克，先前提到的弟子——巴贊很可能去了那裡。」

皮朋這麼對我說道。

「需要我一起同行嗎？」

雖說我沒有興趣自找麻煩，但是在巴里恩神國的事件中還欠皮朋一個人情。

「閣下，這是我們一派的問題。我雖已經放棄阻止皮朋多管閒事了，但還是不希望再有其他人介入。」

「同意這個女孩的發言。你是我們的使徒，不應該擅自離開，卡里恩也這麼說。」

「我沒說。但是，同意需要嚮導。」

賽蕾娜面有難色，少女神們則表示反對。

「可是那個叫巴贊的傢伙所在的地方，說不定還會出現帶著剛才那種魔神殘渣的人。」

「無需擔心。若是出現人界之人無法處理的災害，自會降下神諭。」

卡里恩神自信滿滿地說著。

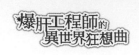

「明白了，我不跟你們去了。」

既然卡里恩神這麼說，那就相信祂吧。

「皮亞羅克王國方面就交給我吧，不過似乎也有可能在加爾洛克市或奧貝爾共和國。」

「這樣啊，我們預計會去奧貝爾共和國，我會幫你留意的。」

「嗯，抱歉。等這件事告一段落之後，我再請你喝個痛快。」

「比起這個，在面對巴贊之前務必聯絡庫羅大人。要是遇到剛剛那種東西，我們凡人可解決不了。」

「嗯，我會的——雖然我不覺得少爺是凡人就是了。」

皮朋說完之後朝著少女賽蕾娜走過去。

這下皮朋他們跟那位弟子對峙前應該會聯絡我，我打算在變成最壞的情況之前用無名的身分去幫他們。

畢竟如果用無名的身分就能毫無顧慮使用神劍，就算沒有神明大人的幫助也沒問題。

「閣下，日後我一定會來償還我等同門的過失。」

少女這麼說完之後，和皮朋一起離開了宅邸。

「波奇助，看來你們和麻煩的傢伙有段因緣啊。」

武士大將把自己大大的手掌放在波奇頭上。

「有因緣的不是我們，而是剛才那位朋友——」

「既然是朋友的因緣，那麼也一樣是你的因緣。」

布爾梅女士打斷了我說的話。

她揮了揮失去「神之加護」的劍，似乎是在回憶當時的感覺。

「總是仰賴神明大人，你們也會覺得沒面子吧？」

夥伴們聽布爾梅女士這麼說都點了點頭。

「那就稍微助她們一臂之力吧，你怎麼看——」

「——嗯。」

布爾梅女士和武士大將用眼神進行了交流。

「要進到山裡去囉，波奇助！老夫就把適合消滅怪物的必殺技傳授給妳吧！」

「那莉薩和娜娜跟我來吧，我教你們能夠破壞障壁和破壞魔法的範圍招式。」

「小玉呢～？」

小玉因為過於隱藏氣息而被武士大將和布爾梅女士遺忘，她看起來有些落寞。

「小玉閣下將由在下傳授所有忍術奧義。」

忍者首領出現在小玉的面前。

「代價是請教在下小玉閣下的忍術，閣下願意嗎？」

小玉用視線向我確認，於是我點頭答應。

「系。」

「那麼，我們走吧。」

兩位忍者消失在山裡。

在三個地點進行的奧義傳授修行持續了三天三夜。

修行的不光是前衛陣容，亞里沙和蜜雅也學會了我不斷改良的魔法，露露也和變態廚師拉德帕多先生熱心地研究料理。

少女神們則是十分滿足地享受著溫泉，以及露露和拉德帕多先生的新作料理。

在奧義傳授結束，從黑煙島啟程的那天——

我們在停靠於棧橋的小船前依依不捨地道別。

「波奇助，妳要變得更強大啊。」

「是喲，波奇會變得更加更加強大喲！」

武士大將和波奇用力地握著彼此的手。

「莉薩、娜娜，可別死掉了喔。我還有不少東西想教妳們，一定要活著回來。」

「是的，布爾梅。我已經學到了具有攻擊性的防禦技巧，我這麼告知道。」

「我一定會把從布爾梅閣下這裡學到的技術融會貫通。」

布爾梅女士抱住了娜娜和莉薩。

昨晚修行回來時那充滿殺氣的模樣簡直就像假的一樣，充滿了傷心的氛圍。

「露露閣下，下次在希嘉王國再會吧！」

「好的，請務必光臨迷宮都市或是王都的宅邸。」

依舊半裸突顯肌肉的拉德帕多先生和露露充滿留戀地說著。

在料理上意氣相投倒無所謂，但我希望露露今後也不要受到拉德帕多先生的性癖影響。

「神明大人，這是您喜歡的溫泉蛋和溫泉饅頭，請帶著當點心享用吧。」

武士大將的女兒茹梅將伴手禮交給了少女神們。

「蜜、蜜雅大人。」

擔任見習武士的少年平助表情緊張地來到蜜雅面前。

其他武士們戰戰兢兢地在少年的身後守望著。

「我、我會變強。變得比泉六大人跟信元大人還強。」

「嗯。」

「所、所以——請妳一定要再來這座島。」

聽到後半段，在一旁觀望的武士們都很失望。

一定是認為純情的少年會向蜜雅告白吧。

「約定。」

「嗯！」

當蜜雅伸出小指之後，少年露出宛如花朵盛開般的笑容與蜜雅立下了再見的約定。

「那就出發吧。」

在亞里沙的催促下，小船從棧橋出發了。

我們從小船登上了浮游帆船。直到離港為止，武士宅邸的人們都不斷朝我們揮著手。

「主人，下一個目的地是哪裡？」

我向提出疑問的亞里沙做出了回答：

「是花與戀愛之國，特尼奧中央神殿所在的奧貝爾共和國。」

花與戀愛之島

「我是佐藤。說到花的都市就會想到巴黎，但朋友卻說佛羅倫斯才適合稱為花之都市。雖然朋友熱情地做了解釋，但我認為不一定非要分出哪邊最符合花之都市這個名稱，因為兩邊都是很棒的城市。」

「好多島。」

我們乘著全速航行的浮游帆船，離開黑煙島的隔天就抵達了特尼奧共和國，也就是奧貝爾共和國領海的島嶼群。

我使用探索全地圖魔法，得到了「花與戀愛之國」奧貝爾共和國的情報。

這裡沒有任何需要警戒的賢者弟子，也沒有魔族、魔王信奉者或者轉生者之類的人。

我悄悄放下心中的大石，瀏覽起得到的情報。

這個國家大多數是人族、鳥人族以及鰭人族──也就是人魚。值得特別一提的是男女比例。就像青少年向的漫畫一樣，女性的數量接近男性的十倍，這些男性幾乎都是水手或外國的商人。

根據觀光省的資料，似乎是國內農業和畜牧業並不發達，因此大多男性都出國賺錢了。

「好香～？」

「有很多花盛開喲。」

小玉和波奇環顧著花朵盛開的島嶼，陶醉地瞇起眼睛。

「應該不會像砂糖航路的島一樣，是透過香味引誘生物來當作苗床或養分吧？」

「沒問題，這裡都是普通的花。」

我笑著對表情不安的亞里沙這麼說道。

「這裡的每座島都充滿了春天氣息呢。」

「是的，露露。非常舒適，我這麼告知道。」

露露和娜娜好像也很喜歡這裡。

「小玉，妳去瞭望台上，可能會有海賊從島嶼後面冒出來。」

「系系系～？」

「波奇也要去喲！波奇是監視專家喲！」

莉薩下達指令後，小玉和波奇敬了個禮朝著船桅跑去。

小玉很快就爬了上去，而波奇則是把托蛋帶移到頭上再追上小玉，一起鑽進了瞭望台的圍欄裡。

當我抬頭看著她們的時候，有人拉了我的袖子。

「「提供美味。」」

是肚子餓的少女神們。

「既然風這麼舒服，在甲板上烤可麗餅吧。」

我請露露做好製作可麗餅的準備，接著把卡里恩神喜歡的加入蜂蜜的果實水，和烏里恩神中意的甜蜂蜜酒倒進玻璃杯裡。

「「美味。」」

少女神們喝得很開心。

想提出問題就該趁現在。

「——抗拒之物。」

我喃喃自語似的說出的話，讓少女神們做出堪稱過敏的反應。

祂們用彷彿看透一切的深邃眼神注視著我。

「兩位在黑煙島見到被漆黑汙穢侵蝕的人時曾這麼說過，那東西是這麼稱呼的嗎？」

「那是禁忌。」

「不是人類應該知曉的事。」

禁忌嗎……這麼說來，電波塔、鐵路跟活字印刷好像也是禁忌？禁忌的範圍意外地大。

「是嗎——兩位也說過『從外敵手中保護世界是神的職責』，抗拒之物是指外敵嗎？」

「你的問題太多。你不應該插手人類不該知曉的事物，卡里恩也這麼說。」

「我沒說。是烏里恩的妄想。但是，剛才的問題**屬於禁忌**。」

「——卡里恩！」

烏里恩神語氣尖銳地蓋過了卡里恩神的話。

——原來如此。

通過烏里恩神的制止可得知，雖然卡里恩神說的「禁忌」乍聽之下是指「抗拒之物」，不過大概是在針對「是否為外敵」這件事吧。或許卡里恩神是在委婉地告訴我「抗拒之物」就是外敵，是危害世界的存在也說不定。

「聽說鐵路和電波塔以及活字印刷也屬於禁忌，那也是因為相同的理由嗎？」

「……別讓我一直重複，人界之人不該知曉神界的情報。卡里恩也這麼說。」

「我沒說，但是同意。禁忌自有被稱為禁忌的理由。你必須知曉了解那些理由也**等於觸犯禁忌**。」

——知曉理由也等於觸犯禁忌？

也就是說，一旦知道那些理由，就會造成跟觸犯禁忌一樣的影響嗎？

說起鐵路、電波塔以及活字印刷的共通點——

卡里恩神「啪！」的一聲拍手發出巨大聲響。

「你應該停止思考，再想下去會對世界造成危害。我等也不希望降下天罰，烏里恩也這麼說。」

「同意卡里恩的話，神力應嚴加節制不得浪費。」

這方面的考察就等我們和少女神們分頭之後再想吧。

雖然不知道會怎麼樣，但畢竟我也不想遭受天罰。

「好大的島～？」

「很多船喲！」

船桅的瞭望台上傳來了小玉和波奇活潑的聲音。

我將思緒從少女神身上移開，才發現夥伴們正擔憂地看著我。

看來我稍微讓她們擔心了。

◆

就算讓船速恢復到正常速度，還是在可麗餅的材料用完前抵達了奧貝爾共和國的港口。

「這裡也有遠洋船在等待入港呢。」

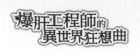

「好像是不卸貨的船在港灣下錨，用小船著陸的形式。」

放下小船坐上去之後，有許多人魚聚集過來把小船拉到港口的棧橋上。雖然後來被要求支付每人一枚銅幣，不過價格十分合理。因為還沒兌換貨幣，所以我用其他國家的銅幣來支付，但人魚們依然毫不猶豫地收下了。

雖說內海共通語能夠和人魚們交談，但由於在對話途中獲得了奧貝爾國語技能，於是我分配了技能點數讓技能產生作用。

「去特尼奧的神殿。」

烏里恩神剛踏上棧橋就這麼宣言，並快步走了出去。

特尼奧中央神殿位在面對海灣的低矮山崖上，從這裡也能看得很清楚。

「就是那個嗎？」

「漂釀～？」

「像寶石一樣漂亮喲，要讓蛋的人也看到喲。」

波奇從腰上解開托蛋帶，把蛋抱在胸前。

「因為素材是翡翠，所以的確是寶石吧。」

我們把應付港灣職員的事交給了亞里沙和莉薩，深深拉下兜帽遮住眼睛，並追在少女神們身後。

「神官先生，要買花嗎？」

「神官先生，要不要來點奧貝爾的名產花點心呢？」

「神官先生，花酒也很好喝喔？」

大街上並排的商店前到處是盛開的花，與臉上掛著燦爛笑容招呼客人的漂亮大姊姊們。

「唔。」

「主人，要是繞遠路會跟丟神明大人祂們喔。」

蜜雅跟露露拖走了被當地名產吸引目光的我。

話說回來，少女神們沒有被甜點和酒吸引還真罕見。

「漂亮。」

蜜雅在道路對面發現了巨大的建築物。

根據地圖情報，都市中央的白色宮殿似乎是奧貝爾共和國的議會堂，是一座適合設在「花與戀愛之國」中心的雅致建築物。

我們穿越建築物前方並沿著稍有坡度的道路往上爬，特尼奧中央神殿就在眼前。

「歡迎來到特尼奧中央神殿。」

「願您能有一段美好的戀情。」

「願特尼奧神的祝福與您同在。」

我們在可愛的見習神官們的美妙聲音迎接下，走進了特尼奧中央神殿。

或許是因為我穿著卡里恩中央神殿的神官服，總覺得有點格格不入。

「請留步，這前方只有神殿相關人員才可進入。」

快步趕往神殿深處的少女神們被美少年神官給擋了下來。雖然聖留市那位加爾雷恩神殿的神官先生也長得很美型，但眼前這位有股性感的魅力。

「無禮之徒，勿阻擋神前進之路。」

「頭抬太高了，你應該跪下道歉。」

當少女神這麼說完，受到言靈影響的美少年神官頓時跪在地上讓兩人通過。

路上出現的神官們也受到祂們的靈壓影響，像推骨牌般一個個跪下並讓出道路。

「特尼奧神也需要木雕像嗎？」

「否定。不需要雕像，見特尼奧是為了報告。」

卡里恩神冷淡地回答。

報告——恐怕是指報告「抗拒之物」出現的事吧。

我已經悄悄刻好了特尼奧的雕像，不過照這樣看來我是白費力氣了。算了，等哪天去公都見賽拉和巫女長小姐的時候，再捐給特尼奧神殿就行了。

「恭候多時，尊貴之人。」

當我們來到空氣清澈的地方，一群因為身著有些透明的法衣而略顯色氣的巫女小姐們早已在此等候。

這間神殿的巫女小姐跟神官，無論男女大多長得很漂亮或有著美豔的樣貌。

「請來這裡。」

巫女長小姐用悅耳的清澈嗓音招待少女神們前往聖域。

雖然是掀起面紗之後才知道，沒想到巫女長小姐的種族是長耳族。長耳族在沙珈帝國的耳族保護區以外明明屬於稀有種族，但無論是勇者隨從薇雅莉還是憂鬱魔王靜香也好，我和長耳族還真有緣。

「「我要見特尼奧。」」

「明白了。」

少女神們往特尼奧中央神殿的聖域走去。

因為遭到巫女小姐們的制止，我們留在外面等候。與在謝利法多法國的時候不同，卡里恩神並未要我們同行。

「守望我們的偉大之神啊。」

呼喚神的聲音隱約傳了出來。

在外面稍微等了一會兒，綠色的光芒便從門內滲出，這是一種能讓內心變得溫暖的清淨光芒。

「佐藤。」

蜜雅呼喚著我。

當我們在沐浴聖光的時候，門從裡面被打開。

「黑髮的少年，請你過來。」

不是巫女長的另一位巫女呼喚著我。

「快，巫女長大人無法長時間與特尼奧神進行神交。」

巫女拉住我的手，強行將我拉進了聖域。

「雕像。將神體給特尼奧。」

卡里恩神似乎知道我有私底下製作雕像。

雖然剛剛才被說不需要導致我心情有些複雜，不過總比白做工來得好吧。我心念一轉，將雕像從道具箱裡拿了出來。

因為特尼奧神給我的印象比少女神成熟，所以我試著刻了個公都的賽拉長大後模樣的美女雕像。

接著依照少女神的吩咐把雕像送到聖域的中心。

「特尼奧。」

「準備完畢。」

少女神們在聖域中心降下綠色光芒的地方仰天呼喚。

從天上灑落的光之粒子不斷增加，使聖域充滿了即使擁有光量調整技能也無法直視的光芒。

「這就是肉體……」

即使依然充滿光芒，但我因為光量調整技能，比周圍的人早一步恢復了視線。

眼前站著一名四周飄散綠色粒子，戴著光芒面紗的美女。祂非常符合我的喜好，要是沒遇見雅潔小姐，感覺我會立刻向祂求婚。不光是外表，氣質也非常出眾。

「有些樸素呢。」

美女伸手在綠色的頭髮上一摸便產生了豐富的波浪，耳邊的鬢髮自然地向後面聚集綁了起來，具備了能讓宴會上的所有男性一見鍾情的魅力。

「特尼奧真靈巧。」

美女對烏里恩神的呢喃微微一笑。

果然，這位美女毫無疑問是特尼奧神。

「這副神體是那邊的人族準備的吧？」

「沒錯，他是優秀的木雕工匠。」

「料理的實力也相當不錯。」

因為不清楚該不該回應才沒說話，烏里恩神和卡里恩神便替我做出了回答。

「真是辛苦了，有什麼希望得到的獎賞嗎？」

特尼奧神對人族也用敬語，肯定是平常只用敬語說話吧。

「如果可以，能否告訴我『抗拒之物』和禁忌的情報——」

我壓低音量用巫女們聽不到的方式詢問。

「否定。應該說過那是不允許的。」

「你必須知道，正因為不被允許，禁忌才被稱為禁忌。」

少女神們搶在特尼奧神開口之前予以否定。

「——抗拒之物？祢們講了這個？」

「說漏嘴了。但沒有詳細說明，卡里恩也這麼說。」

「我沒說。那是烏里恩的失誤，烏里恩應該被特尼奧罵。」

原來如此，說那句話的是烏里恩神啊。

「那邊的人族——」

「——請叫我佐藤。」

「請忘記吧。」

特尼奧神無視我說的話下達命令。

能隱約感覺到言靈的氣息。

「沒用。言靈對這個人沒有效果。」

「增加神力也無效，意義不明。」

少女神們不滿地說著，真希望祢們別偷偷諷刺我。

「這下可麻煩了……」

特尼奧神揮手讓巫女們離開了。

「如果不能外傳，我會保密，能告訴我那個到底是什麼嗎？我遇到過幾次『抗拒之物』——魔神殘渣和『魔神的產物』。」

我不會說打倒過，畢竟那是勇者無名的功勞。

「我明白了。」

「「特尼奧！」」

「沒關係。但屬於禁忌的事項無法詳細說明，這樣可以嗎？」

我對特尼奧神點了點頭。

「那是外敵。」

該不會這樣就當作解釋了吧？

「這個我知道，也就是說魔神以及擁有其力量的人，例如魔族都是『抗拒之物』——外敵的意思嗎？」

「不對。」

——咦？不是嗎？

「魔族是**世界的要素之**一，魔神亦是一柱神明。」

「被跟盜神一視同仁令我很不愉快，卡里恩也這麼說。」

「我沒說。禁止用蔑稱稱呼魔神，祢必須知道歧視會損害神格。」

照這個情況來看，烏里恩神討厭魔神，卡里恩神則是擁護魔神吧？

得知盜神是魔神的蔑稱或許算是一種收穫。

「那麼『抗拒之物』並不是世界的要素——而是從外面世界來的侵略者嗎？」

「講述『抗拒之物』的定義和詳情屬於禁止事項。」

雖然特尼奧神沒有回答，但從至今為止得到的情報來看應該不會錯。

要是亞里沙在這裡，大概會因為聯想到「讓世界變得更熱鬧」這部超有名輕小說中的未來人而忍不住偷笑吧。

「換句話說，因為會對排除外敵的工作造成影響，所以鐵路、電波塔以及活字印刷才被當作禁忌嗎……」

「回答這個問題屬於禁止事項。」

特尼奧神平淡地答道。

「可以請教一下，是否還有像鐵路、電波塔和活字印刷那樣，被視為禁忌的東西呢？」

「回答這個問題屬於禁止事項。」

即使很想避免胡亂開發導致受到天罰，卻沒能得到答案。

試著統整一下——

世上存在著被眾神稱為「抗拒之物」——從其他世界來的侵略者。眾神有從侵略者手中保護世界的職責，這樣想應該沒問題吧。

鐵路、電波塔與活字印刷被視為禁忌，有很高的可能性是它們對眾神的職責造成了某種不良影響，但目前無法確認事實真相。

——大概是這種感覺吧。

「已經沒有問題了吧？」

「最後再問一題，我有可能拜訪神界嗎？」

特尼奧神打算結束話題，但由於直到現在都沒有得到明確的答案，所以我趁機把想問的事問個清楚。

「有可能。」

——哦哦，真的假的！

「不過，為此必須得到我們所有神明的認可。」

「事實上是不可能的。虛無飄渺的希望反而更加殘酷，卡里恩也這麼說。」

「我沒說。過去曾經有人實現過。」

「那是神。無法與此人相提並論。」

也就是說至今為止完成試煉的只有一柱啊。

從對話走向來看應該不是指七柱神，大概是龍神或魔神的其中之一吧。

「特尼奧大人，想得到認可該怎麼做呢？」

「接受眾神賦予的試煉。達成那些試煉，得到證明便算是獲得神的認可。」

總覺得有點像遊戲裡的連續任務。

——咦？證明？

這麼說來，我記得自己曾在巴里恩神國得到「巴里恩的證明」這個稱號。

打開主選單的稱號欄查看，的確有這個稱號，也就是說再收集六個證明就行了嗎？

「特尼奧大人，可以請您賦予我試煉嗎？」

「目前沒有需要完成的試煉。」

特尼奧神用燦爛的笑容說著冷淡的話語。

「談話到此為止。人族的時間有限，不建議你把人生浪費在無法實現的夢想上，卡里恩也這麼說。」

「我沒說。如何使用時間是當事人的自由，浪費也是一種人生。烏里恩認為所有事物都應該有意義的想法過於死板。」

「不死板。卡里恩的思想很危險，特尼奧也這麼說。」

特尼奧神用溫柔的目光守望著烏里恩神和卡里恩神的爭執。

總覺得祂就像祂們兩位的母親，或是年長很多的姊姊一樣。

◆

「「「願偉大的特尼奧神榮光長存！」」」

「「「特尼奧大人，萬歲！」」」

「「「向特尼奧大人獻上感謝！」」」

特尼奧中央神殿舉辦了特尼奧神降臨的祭典。

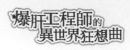

或許是因為面朝大海的緣故，有幾艘小艇和帆船浮在靠近神殿的海岸邊，和進入神殿庭院的幸運兒一起向特尼奧神獻上祈禱與感謝。

「「「願烏里恩神榮光長存！」」」

「「「願卡里恩神榮光長存！」」」

烏里恩神和卡里恩神也分別坐在特尼奧神的左右兩邊一起被供奉著。

巫女長和神殿長拜託我們作為使徒出席，因此我們和眾神身後的聖職者們一起坐在高台的最後方。雖然一開始他們提議要我們坐在神明的身邊，但我把位置讓給了巫女長和神殿長等崇拜特尼奧神的人。畢竟對於他們來說，這是能跟神明交談，千載難逢的機會呢。

「樂聖索露妮雅將為特尼奧大人獻上感謝的曲子。」

在神殿長用風魔法傳播聲音的同時，莊嚴的曲子開始奏起。

「精靈。」

「她好像是布拉伊南氏族的精靈啊。」

樂聖用的似乎是巴里恩神國見過的孚魯帝國時代的聖樂器——類似心形雙豎琴的樂器。

儘管在巴里恩神國遇到的聖樂器演奏者也很有實力，但她更是獨樹一格。

是個凌駕於波爾艾南之森見過的演奏者之上的優秀演奏家。

獻給眾神的曲子結束後，蜜雅興奮地站了起來。

「想說話。」

「等等，蜜雅。我帶妳去樂聖那裡吧。」

即使有精靈視就能見到樂聖，但我感覺她會在回程因為迷路而不知所措。

「找到了。」

我們立刻找到了樂聖。

因為沒人能接近她的身邊。

樂聖的弟子們正想阻止靠近的蜜雅，於是我撩起蜜雅的頭髮露出作為精靈特徵的微尖耳朵，對方便誤以為蜜雅是樂聖的熟人而放行了。

「誰？」

「蜜雅。」

「波爾艾南？」

「對。」

樂聖好像也是個講話簡短的精靈。

雙方用單一詞彙快速地交談著。

她們似乎聊得很熱烈，但對話速度太快，甚至連身為蜜雅檢定一級的我也無法把握整體情況。

在樂聖的請求下，蜜雅用聖樂器彈奏曲子。

樂聖仔細聆聽了一陣子，中途開始露出如同惡作劇小孩般的表情，朝著蜜雅彈奏中的聖樂器伸出手開始合奏。起初蜜雅也感到焦急，但很快就表情愉快地享受著這次合奏。

樂聖的弟子們有些人陶醉地閉上眼睛聆聽著，有些則是用參雜嫉妒的眼神看著蜜雅，還有人為了偷學技術而全神貫注地聽著兩人的演奏。

「開心。」

「下次。」

「嗯。」

蜜雅和樂聖握了手。

大概是約好下次再一起彈奏吧。

「厲害。」

「還差得遠。」

「還有誰？」

「師傅。」

「感興趣。」

真想要個自動翻譯。

雖然是用猜的，不過樂聖大概是在說自己還比不上師傅吧。

「呀啊啊啊啊啊啊啊啊！」

隨著突如其來的慘叫聲，人們慌張的聲音宛如波浪般擴散。

——是龍。

巨大的黃龍飛過了奧貝爾共和國的上空。

「肅靜。」

「你們必須理解自己正在神的面前。」

少女神們的言靈讓即將陷入恐慌的人們恢復了冷靜。

在遠處海上盤旋的黃龍下降高度朝我們衝過來。

黃龍一定是把波奇身上的「白龍蛋」誤認為自己的蛋了。

「蜜雅，妳和樂聖大人一起待在這裡！」

我不等蜜雅回答就離開現場，趁人們的視線集中在黃龍身上時使用縮地反覆在人群間的縫隙穿梭，跟夥伴們會合。

「是主人喲！」

波奇注意到了出現在身旁的我。

「波奇，借我一下喔。」

「好喲。」

我從有些擔心的波奇手上借走托蛋帶，隨後用歸還轉移移動到浮游帆船上。

接著讓浮游帆船緊急啟動，讓黃龍的路徑遠離中央神殿。

若更不顯眼的地方有歸還轉移點，我就能變身為勇者無名用天驅前去直接找黃龍交涉，但在眾人視線聚集的海面上不可能那麼做。

「總算是引開──不妙。」

在浮游帆船與黃龍之間漂著一艘小船。

遠觀技能讓我知道小船上有一位妙齡女性，雖然因為面紗看不見長相，但從身材來看肯定沒錯。

「……■魔蛇王創造。」

面紗女性一揮法杖，海面隨即開始劇烈搖晃，接著一隻超巨大海蛇切開海水冒了出來。

「利維坦！討伐吾敵──海亂。」

她說完的同時，超巨大水蛇──利維坦卷起超高密度的水流，朝飛來的黃龍射了過去。

──CWLOROOOOUNN！

伴隨著咆哮，黃龍從嘴裡吐出了如同雷電般的「龍之吐息」。

宛如能粉碎山峰撕裂大海的攻擊在空中激烈碰撞，水花和電光隨著刺耳的轟鳴聲四散，大海彷彿狂風暴雨同時來襲般掀起了巨大風浪，而蒸發到天上的海水形成烏雲降下猛烈的雷陣雨。

儘管在激流中只能如一片樹葉似的隨波逐流，我依然尋找著坐在小船上的面紗女性。女性就在利維坦身旁跟小船一起被海水柱抬了起來，並未受到大海狂風巨浪的影響。

我安心地鬆了口氣，開始了解情況。

黃龍停在空中，與利維坦維持一定的距離瞪著彼此。

現在黃龍說不定能聽見我的聲音。

我變成勇者無名的模樣，衝進暴風雨中用閃驅移動到黃龍眼前。

用的稱號不是勇者，而是「黑龍之友」。

『黃龍！我是大陸東方的黑龍赫伊隆的朋友，也是曾經與靈峰富士山山脈的天龍一同和「魔神的產物」戰鬥的人！』

我透過腹語術技能的幫助，用龍語向黃龍交談。

因為用無名的語氣很難說服牠，所以我用的是平時的說話方式。

『姑且不論天龍那個偏袒人族的怪傢伙，你說自己是黑龍那個粗魯傢伙的朋友？』

沉重的吼聲驅散了暴風雨。

要是沒有龍語技能，我可能會誤以為這恐怖的聲音是在向我威嚇吧。

『你感應到的是白龍大人託付給我的「白龍蛋」！你可以重新感應看看！除了這顆蛋之外是否還有其他反應？』

我把從波奇那裡借來的「白龍蛋」舉了起來。

『——沒有，那麼我的蛋在哪裡？』

『這我就沒有頭緒了。』

雖然冷淡，但我不能因為猜測就把皮亞羅克王國的名字給說出來。

——CWLOROOOOOUNN！

隨著黃龍充滿憤怒的聲音，特大的雷電朝著海面傾注而下。

『後會有期，黑龍的朋友。要是發現我的蛋就送過來吧，禮物我不會虧待你的。』

黃龍拋下這麼一句話，便用與過來時相同的氣勢飛走了。

我用歸還轉移回到浮游帆船上，換下了勇者無名的打扮。

「我以烏里恩之名下令。風暴啊，迅速離開。」

「我以卡里恩之名下令。大海啊，迅速平息。」

少女神們的聲音從遠方傳來。與此同時，晴朗的天空與風平浪靜的海洋以同心圓狀從特尼奧中央神殿開始擴散開來，看來神明大人也很擅長操作天氣。

利維坦不知何時已經消失，小船也回到了海面上。

前往港口的小船經過了我搭乘的浮游帆船旁邊。

隨風飄盪的面紗讓我見到了她的側臉。

「——雅潔小姐？」

我無意間發出的呼喚，讓戴著面紗的女性有了反應。

我因為長相太過相似而喊了出來，但仔細一看才發現髮色和髮型完全不同。

女性從小船上一蹬，用彷彿沒有感覺到重力的動作跳上了浮游帆船的甲板。

「雅潔？你是說波爾艾南的雅伊艾莉潔嗎？」

女性用充滿威嚴的聲音提問。

她雖然長得很像雅潔小姐，但氛圍完全不同。

「您認識雅伊艾莉潔大人嗎？」

「當然，認識很久了，我還是世界樹管理人的時候曾經見過她。」

——高等精靈。

AR顯示讓我知道了她的種族。

「我叫紐潔。是布拉伊南之森出身的高等精靈，全名是妮優妮希潔。」

唔，原來不叫妮潔啊。

「沒想到能在精靈之森以外的地方遇見高等精靈。」

如果我記得沒錯，布拉伊南之森的高等精靈應該已經滿八個人了。

「這種怪人也只有我和希爾姆芙潔而已。雖然我的種族是高等精靈，但已經和世界樹斷開連結。我捨棄了森林，選擇了擔任沉睡於內海深處的利維坦守護者的人生。」

「您說的利維坦是指剛才用精靈魔法創造出的疑似精靈嗎？」

「不，是那個參照的原型，真正的神獸利維坦。」

「那種神獸居然沉睡在內海深處……」

牠沒有顯示在地圖上。

一定是像南洋那時一樣，深層海域算另一張地圖吧。

有點想見個面呢。

「您平時都會乘坐小船在內海旅行嗎？」

「不是。平時我都在奧貝爾共和國領海內的某座島上隱居。今天是弟子送來了眾神降臨的傳信鴿，我才會離開島嶼。」

原來如此，是要去見特尼奧神祂們啊。

因為機會難得，我們一邊聊著許多話題一邊前往奧貝爾共和國的港口。

◆

「佐藤。」

樂聖正和前來迎接的夥伴們在一起。

「雅潔？」

「師傅！」

見到紐潔小姐的蜜雅和樂聖同時開了口。

把紐潔小姐叫來的果然是身為弟子的樂聖。

「那孩子也是精靈嗎？沒見過呢，不是布拉伊南氏族的精靈嗎？」

「嗯，波爾艾南。」

「這樣啊。我叫紐潔，是出生自布拉伊南之森的高等精靈妮優妮希潔。」

當紐潔小姐自我介紹之後，蜜雅端正姿勢低下了頭。

「初次見面，布拉伊南的紐優妮希潔。我是波爾艾南之森最年輕的精靈，拉米薩伍亞和莉莉娜多雅的女兒，蜜薩娜莉雅．波爾艾南。」

蜜雅久違地用長篇大論自我介紹。

「精靈，厲害。」

「因為是師傅。」

「什麼精靈？」

「利維坦。」

蜜雅和樂聖快速地交談著。

「布拉伊南的妮優妮希潔，波爾艾南之森的蜜薩娜莉雅提出請求，希望妳把那出色的精靈魔法傳授給我。」

「妳要學精靈魔法的奧義？」

紐潔小姐注視著蜜雅。

「……真意外，等級相當足夠。既然是波爾艾南的精靈，那能召喚貝西摩斯嗎？」

「嗯，能召喚。迦樓羅也可以。」

「貝里烏南氏族的迦樓羅也能召喚？看來妳做了被其他氏族認同的事呢。」

「不對，佐藤。」

蜜雅搖了搖頭指著我。

「這個男孩子？」

「嗯，世界樹。」

似乎是聽不懂蜜雅的說明，紐潔小姐露出要求說明的眼神朝我看了過來。

「我在拜訪波爾艾南之森的時候，發生了一大群邪海月寄生到所有世界樹上的事件，我當時幫忙消滅了邪海月。」

「邪海月……原來如此，明白了。既然是拯救故鄉的人提出請求，那我就把『魔蛇王創造』的奧義傳授給妳吧。」

「感謝。」

太好了，這樣一來，蜜雅的精靈魔法將變得更加多樣化了。

◆

「蜜雅過得還好嗎？」

「是的，亞里沙。蜜雅一定沒問題，我這麼告知道。」

蜜雅為了學習新的精靈魔法，自從與紐潔小姐相遇的那天開始就前往紐潔小姐隱居的島上進行修行。

明明難得來到神明大人的降臨祭，紐潔小姐卻在為三柱女神獻上一曲之後，帶著蜜雅返回了隱居的島上。我們原本也想跟著同行，卻被說會妨礙修行，於是只好作罷。

「等蜜雅的修行結束後，還想再聽紐潔小姐的演奏呢。」

「是啊。雖然樂聖的演奏也很動聽，不過紐潔小姐的演奏更是別樹一格。」

讓我體會到了一山還有一山高。

「等降臨祭結束後就出發嗎？」

「我想想，先在奧貝爾共和國觀光幾天再繼續踏上旅程吧。烏里恩神和卡里恩神好像想去位於加爾雷恩同盟的加爾雷恩中央神殿，不過順路去其他國家觀光似乎也無妨。」

據說祂們想去找加爾雷恩神炫耀自己的神體。

因為我被命令絕對不要製作加爾雷恩神的專用雕像，所以這次沒有準備。

「主人，今天的料理是『滿花宴』！菜餚全都是用花做的喔！」

露露興高采烈地把料理端了過來。

即使被當成客人，露露還是為了學習奧貝爾共和國的料理而前往廚房幫忙。

「主人～」

「波奇又勝利了喲！」

「即使因為午休而中斷了，但我一定會為主人獻上優勝旗的。」

獸娘們前往奧貝爾共和國的著名景點鬥技場，參加了名為三女神杯的大賽。

「想讓蛋的人也看看波奇大顯身手喲。」

波奇撫摸著綁在我腹部的托蛋帶。

她在比賽期間把蛋寄放在我這裡。

「跟優勝候補的奧貝爾三槍手交過手了嗎？」

「沒有，據說他們要到正式比賽時才會出場。」

「當地的優勝候補會被當成種子選手啊。」

亞里沙意外地很了解。她口中的槍手是奧貝爾共和國的獨特兵種，他們把魔法槍當作主要武器。

「正式比賽時我們會去加油的。」

「真的嗎！那麼就不能只是單純贏得比賽了。就算是為了主人，我也會取得壓倒性勝利的！」

莉薩氣勢洶洶地如此宣言。

嗯，記得手下留情到不會致死的程度喔。

「——使徒大人，眾神在找您。」

當大家一邊享受花料理，一邊聊著下午的行程時，有一名見習神官過來叫我。

「怎麼回事？有聽說是什麼事嗎？」

「沒有，只說了『去叫使徒大人』。」

總覺得如果是特尼奧神應該會說出理由，所以大概是卡里恩神或烏里恩神其中之一在找我吧。

是要甜酒還是好吃的甜點呢？我思索著祂們想要的東西，並朝眾神所在的祭壇走去。

——咦？

祭壇上沒有任何人。

或許是這個原因，祭典也中斷了。

「使徒大人，請跟我來，諸位大人已經進入聖域了。」

是發生了什麼緊急狀況嗎？

我快步前往聖域。

「——太慢了。」

剛進聖域就被烏里恩神斥責。

在這裡的只有我跟幾位神明，為我帶路的見習神官和巫女長他們都在聖域外守候著。

「請問發生了什麼事？」

「肅靜。」

聽卡里恩神這麼說，我才發現特尼奧神正動也不動地仰望著從天而降的綠色光芒。

『特尼奧正在從本體接收情報。』

卡里恩神用嘴型將特尼奧神的行動告訴了我。

看來這是一件非常精細的工作。

「……結束了，待在神界的我傳達了世界的危機。」

特尼奧神的額頭上浮現汗水，一邊調整急促的呼吸一邊說著。

「又有魔王顯現了嗎？」

「不對。魔王既是人世的危機，也是世界的一個要素，並非真正意義上導致世界毀滅的危機。」

比魔王更危險——也就是魔神殘渣，眾神所說的「抗拒之物」嗎？

「你的推測恐怕是正確的，但請別說出來。」

特尼奧神先一步封住我的口。

看來是真的很不希望「抗拒之物」這個詞彙被說出口。

「烏里恩、卡里恩，帶著使徒前往札伊庫恩神殿的所在地吧。」

「特尼奧呢？」

「我並未替這副神體注入過多的神力，想必再過幾個小時神力就會消失殆盡吧。會派祢們前去，也包含了祢們自身的判斷，明白了嗎？」

「「明白了。」」

少女神們點了點頭。

雖然有一瞬間沒搞懂，但在想起驅動神體的是眾神的分靈——複製體的事就理解了，應該是神界的本體決定派遣自己的吧。

「要趕路？」

「因果律並未收束。」

特尼奧神搖搖頭否定了卡里恩神的問題。

「不可輕率趕路擾亂因果律，適合的時機在——」

特尼奧神用我無法理解的壓縮語言向卡里恩神和烏里恩神傳達情報。

∨獲得「神代語：壓縮」技能。

即使不知道今後會有什麼用途，但我還剩很多技能點，於是便將技能產生作用。

畢竟或許除了與眾神交流，還會有其他用途也說不定。

「明白了，現在出發。」

「帆船來不及，需要飛空艇。」

「知道了，立刻派人準備。」

特尼奧神這麼回答後，在雷達上的光點便離開了聖域前面。

一定是用念話之類的方式命令信徒了吧。雖然我也有飛空艇，但把特地去做準備的神殿人員叫回來也不太好，便決定放著不管。

神明大人的話語效果非常驚人，不到一個小時就準備了一艘小型的高速飛空艇。即使也配備了負責操控的工作人員，但考慮到旅途的危險性還是只借用了機體。而且我和娜娜也會操縱嘛。

「信徒們啊，你們舉辦的歡迎祭典令我相當開心。此後也不要忘記虔誠的祈禱、戀愛與生兒育女，繁榮下去吧。」

回到祭壇的特尼奧神對眾人如此宣言，隨著祂揮動寄宿綠色光芒的手，信徒們的頭上紛紛冒出光罩，人們都得到了祝福。

人們感激涕零地讚頌著特尼奧神，獻上了虔誠的祈禱。

「願親愛的孩子們充滿幸福——」

特尼奧神的身體發出更加強烈的光輝，接著光芒突然消失。

祂所在的位置「砰！」的一聲響起沉重的聲音冒出白煙。

——那是鹽。

特尼奧神降臨的那副身體和衣服在完成使命後並未變回雕像，而是化為鹽塊散落在地。

那應該也算聖遺物吧？

神官和巫女們忍著淚水收集著鹽塊。

「出發。」

在烏里恩神的帶領下，我們一搭上飛空艇就立刻離開了奧貝爾共和國。

「大家要去紐潔小姐那裡等我嗎？」

「不，我也要去。」

「我沒有驕傲到認為自己能夠與主人並肩作戰，但我一定會設法幫上主人的忙。」

亞里沙拒絕被留下來，莉薩則是謙虛地要求同行。

其他孩子們的想法似乎也跟她們一樣。

「知道了，不過不准妳們上最前線喔，畢竟連勇者和賢者都無法抵抗那個。」

但要是有卡里恩神的守護應該沒問題。

我用空間魔法「遠話」聯絡蜜雅。

『蜜雅，我們因為某些事情要去一趟皮亞羅克王國，如果妳還在修行精靈魔法，要不要留在紐潔小姐那裡呢？』

『等一下——』

蜜雅向紐潔小姐徵求許可的聲音傳了過來。

『——我要去。』

看來是得到了允許。

我們先前往紐潔小姐的島接回蜜雅，隨即把飛空艇的方向轉往皮亞羅克王國。

感覺初次造訪皮亞羅克王國就會是一場波瀾壯闊的冒險。

得先提醒波奇把蛋收進妖精背包才行呢。

變幻之國

「雖說盛衰成敗乃世間常態，但因為愚者的行為導致失去故鄉、同胞被剝奪的人們，不可能因為這樣的一句話就忘記仇恨、放棄復仇。只有成功向仇敵復仇，我等才能向前邁進——龍人的後裔巴贊說。」

「似乎什麼事都還沒發生呢。」

佐藤從飛在海上的飛空艇前方觀測窗向外窺探，一邊眺望著在眼前拓展開來的「變幻之國」皮亞羅克王國，王都那五顏六色的住宅區屋頂一邊說著。

「主人，飛空艇要在哪裡降落？」

「如果有機場就在那裡降落吧。」

「是的，主人。」

娜娜讓飛空艇朝著面向大海的機場飛過去。

鳥人士兵從海岬的燈塔上起飛前來迎接。

「喵！」

縮在沙發上的小玉突然抬起頭來。

「——愚蠢之徒。」

烏里恩神用充滿憤怒的表情大喊著。

「請問發生了什麼事呢？」

雖然佐藤在無表情技能的幫助下沒有將其顯露在臉上，但他接到了來自察覺危機技能的強烈警告。

「封印被解開了，毀滅即將開始。」

卡里恩神瞪著的方向正是札伊庫恩中央神殿。

「封印尚未完全解除，現在還來得及。」

「同意烏里恩的話，我用結界覆蓋神殿，必須趁這段時間排除，讓飛空艇前往那裡。」

「是的，卡里恩。」

娜娜讓飛空艇轉往札伊庫恩中央神殿。

引導飛空艇的鳥人士兵對此發出強烈警告，但娜娜毫不理會地將速度提升到最快。

鳥人士兵見狀吹響警笛，城牆塔那邊隨即敲響了代表緊急情況的警鐘。

「演變成大騷動了耶。」

「這樣正好。」

佐藤對亞里沙的話聳了聳肩。

「請問能用言靈讓居民前去避難嗎？」

「否定。即便能夠實行，但那是大事前的小事。我們應嚴加節制避免神力浪費，卡里恩也這麼說。」

「我沒說。雖然我並不樂見居民減少，但他們大多是札伊庫恩的信徒。為了世界存續，屬於容許範圍。」

少女神們說出了殘忍的發言。

對祂們而言，重要的是世界的存續和自己的信徒，其他神的信徒似乎比較不重要。

「那麼，至少以神的名義勸居民去避難吧。」

「准許。如果能確保人力資源安全就應該去做，卡里恩也這麼說。」

「同意烏里恩的話，准許你冒充札伊庫恩的名義。」

即使烏里恩神這麼說，佐藤依然用烏里恩神和卡里恩神的名義發出警告。

對象是皮亞羅克的王族以及王都內各神殿的領導者們。

「主人，已經抵達中央神殿前面，我這麼告知道。」

飛空艇的前方有一座用黃色石頭打造，華麗到甚至讓人覺得品味很糟的神殿。

神官和信徒們慌慌張張地從神殿入口處衝了出來。

下個瞬間，廣大的神殿中央突然炸開，包覆在漆黑煙霧中的某種東西從神殿屋頂冒出，開始將建築物吸進去。

「在前院降落。」

「是的，主人。」

飛空艇在佐藤的指示下降低了高度。

「卡里恩，張開結界。」

「肯定。」

在烏里恩神的催促下，卡里恩神發出耀眼的朱紅色光芒，形成球形結界包住神殿四周。

接著，烏里恩神用帶著耀眼紅色光芒的手臂一揮，出現在神殿上空的光罩也同時採取行動，將黑色煙霧推回了神殿深處。

「主人，看那裡！」

在亞里沙手指的方向，前怪盜皮朋跟幾名神官正好在這時轉移出來。雖然被他帶出來的神官擋著，不過跟他一同行動的賢者弟子賽蕾娜也在一起。

「我去打聽點情報！」

佐藤跳下飛空艇跑向皮朋，佐藤在前往皮亞羅克王國的旅途中曾收到皮朋寄給庫羅的報告，說他追蹤打算引起騷動的賢者弟子，潛入了札伊庫恩中央神殿。

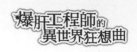

「皮朋！」

「是少爺嗎！這個結界是少爺做的？」

皮朋回頭一看，發現追來的黑色煙霧被紅色結界給擋住並停了下來。

彷彿碰到加熱後的金屬般，煙霧在接觸結界之後閃躲似的拉開了距離。

「那是我同伴做的，這個結界無與倫比地強大，不必擔心外面會受到影響。」

「那些神官好像能正常出入，真的沒問題嗎？」

「應該只是尚未完全封閉吧，比起這個，告訴我究竟發生了什麼事吧。」

「明白了，我和賽蕾娜查到那個名叫巴贊的惡徒，他的目標是札伊庫恩中央神殿的地底下——」

皮朋開始說明他們在札伊庫恩中央神殿遇到的事。

◇◇◇◆◇◆◆◆

「看來那些傢伙還沒引起事件啊。」

在其中一座神殿尖塔現身的皮朋，小聲地對一起轉移過來的賽蕾娜說道。

眼前的札伊庫恩中央神殿絲毫沒有處在騷動和戒備中心的感覺，氛圍非常和平。

「就算巴贊再怎麼擅長解除封印，只有作為鑰匙的『夢響音叉』也無濟於事。」

「其他的必需品是三顆『龍蛋』嗎？」

「不，正確來說是三個『能當作祭品的龍魂』。」

「那是一樣的東西吧，世界上哪有能夠打倒龍的傢伙啊，就算是勇者——」

——也辦不到，當皮朋正想這麼說時，他的腦中閃過了自己的主人庫羅，以及擊敗和絕望恐懼一同出現之「魔神的產物」的勇者無名的身影。

「或許真的有人辦得到，但那個叫巴贊的傢伙沒那麼厲害吧？」

「確實。他如果擁有能夠戰勝龍的壓倒性實力，就不會打算借用他人的力量了。」

「有道理。話說回來，白龍蛋已經交給少爺了，現在那傢伙手上應該只有從赤煙島的赤龍，與德拉格王國的綠龍那裡搶來的兩顆蛋才對，這附近沒有其他龍嗎？」

「另外只剩下級龍了。雖然傳聞中南方有一隻黃龍，但是沒有人實際見到過。」

「既然有下級龍在為什麼不用？那比欺騙成年龍要簡單得多吧？」

「要是能用他們早就這麼做了。儘管這是卡姆西姆在背叛前說的，不過下級龍跟牠們的蛋似乎都無法當成祭品。」

「那大概暫時可以放心了……」

皮朋抹掉脖子上的冷汗，安心地吐了口氣。

「我想花個幾天在這裡監視巴贊。雖然其他地方也很令人在意，但我認為他們真正的目標是神明影響力較小的皮亞羅克王國的封印。皮朋你覺得呢？」

皮朋並未回答賽蕾娜的問題。

「喂，皮朋——」

皮朋伸手制止了打算繼續說出「怎麼了？」的賽蕾娜。

「不妙，那些傢伙已經進去了。」

皮朋手指的位置上，有一具神殿相關人員的遺體被扔在樹籬陰影處。

「那些傢伙忘了賢者大人的教誨嗎！」

「要生氣等之後再說，我們走。」

皮朋告誡情緒激動的賽蕾娜後，帶著她轉移到地上，並且從看似入侵路線的門進入了神殿內部。

「前面似乎有通往地下的祕密通道，就在白色雕像的背面。」

「是那個嗎——賽蕾娜！」

皮朋語氣尖銳地制止了賽蕾娜。

一名渾身是血的巫女躺在看似隱藏入口的地方。

「喂，巫女小姐，還活著嗎？」

「別、別管我，請快去追歹徒……在他們接觸『神裁牢』之前……」

巫女只說了這些，就靠在皮朋的手臂上昏了過去。

「在這前面。」

賽蕾娜越過巫女前往通道深處。

「喂，慢著！應該先處理快死掉的傷患吧！」

皮朋一邊叫住賽蕾娜，一邊從腰包中拿出越後屋謹製的中級魔法藥讓巫女喝下。

「抱歉啦，不能陪到妳醒來。」

皮朋讓巫女躺在地上，接著追在賽蕾娜後方。

「跑得比我想像中還快呢。」

他不時穿插短距離轉移在昏暗的走廊上前進後，在前方看見了紫色的光芒。

當發現賽蕾娜就在光芒前面之後，皮朋使用短距離轉移一口氣拉近了距離。

光芒從裂開的牆壁對面透出來，在牆的另一邊有一座漆黑的祭壇。祭壇後方的牆壁上飄浮著散發紫色光芒的魔法陣，上面放著詭異的紫電，黑色的煙霧從中緩緩地滲了出來。

「沒有人在？」

啟動魔法陣的某個人並不在這房間裡。

「是因為要在這裡做的事已經完成了嗎？」

皮朋和賽蕾娜警戒著四周走進了房間裡。

「賽蕾娜，妳看祭壇上面。」

祭壇上放著類似音叉的物品。

「——夢響音叉。」

「那就是從繆西亞王國偷來的鑰匙嗎？」

皮朋訝異地詢問。

「話又說回來，巴贊他們到底消失到哪裡去了？」

賽蕾娜無視皮朋發的牢騷，朝魔法陣的方向走過去。

「這個魔法陣我有印象。」

「喂，不要隨便亂碰——賽蕾娜！」

賽蕾娜一碰到魔法陣，便彷彿被魔法陣吸進去似的消失了身影。

「嘖——不管了！」

皮朋下定決心跳進魔法陣裡。

他搖擺不定的視野中閃過了幾項情報。

與賽蕾娜一樣身穿黑衣的賢者弟子們，以及放在描繪於地上的巨大魔法陣中的三個頂點的「龍蛋」。

「住手，巴贊！」

賽蕾娜發出大喊。

皮朋混濁的意識被她的聲音喚醒，視野逐漸變得清晰。

「追過來了嗎，賽蕾娜！」

巴贊張開雙手站在魔法陣的中心。

他似乎是透過某種祕寶張設了結界，藉此阻止賽蕾娜闖入。

皮朋也試著進行轉移，但連這招也被擋下。

「現在還來得及！快住手，巴贊！」

「為什麼要阻止我！這正是妳所崇拜的賢者——猴子的遺言。他的願望就是解除各地的神之封印！」

「封印一旦解除，你就會沒命的！」

「無所謂，我的同胞早已在愚蠢執政者引發的戰爭中全數身亡。我將和毀滅的魔獸合而為一，將愚蠢的執政者們全部毀滅。」

「那麼一來你不就和引發愚蠢戰爭的執政者一樣了嗎！」

「妳不會明白的，只有復仇才是我的夙願。」

皮朋隨便聽著頗有因緣的弟子之間的問答，同時觀察這個房間，並且思索著該如何逆轉局勢。

（沒想到竟然還有一顆蛋啊——）

除了皮朋他們得到的白龍蛋、在赤煙島被偷的赤龍蛋，與在德拉格王國被奪走的綠龍蛋之外，似乎還有其他的龍持有龍蛋。

皮朋透過物品鑑定技能，得知了最後一顆是「黃龍蛋」。

蛋上纏繞著黑色煙霧，魔法陣放出的紫電在蛋上激烈跳動著。

皮朋認為封印快要被解開了。

（不妙啊，至少要轉移進結界才能夠有解決的對策。）

此時，皮朋注意到放在魔法陣外的華麗魔法裝置，那應該就是用來製造結界的祕寶吧。

接著他拔出藏在靴子裡的小短劍。

（沒想到要在這種地方使用庫羅大人給的短劍啊。）

並將轉移的力量集中在小型短劍上，成功把它送進結界裡。

短劍刺中了祕寶，漂亮地消除了結界。

「賽蕾娜！」

「我知道！■短符刃。」

從賽蕾娜手中放出的雪白咒符，變為刀刃貫穿了巴贊的胸膛。

「……遺憾。」

過去用來防禦賽蕾娜符術的防禦魔法和延遲術式，似乎都為了施展封印解除這項大魔術而解除了。

巴贊當場倒下。

「看來你該穿件鎧甲呢。」

沒人回答皮朋說的玩笑話。

他不知道，賢者的弟子們所穿的漆黑長袍的防禦力是普通金屬鎧甲的好幾倍，只是因為賽蕾娜使用的咒符是為了討伐同門而準備的特製品罷了。

「在覺得難過之前，先把蛋拿回來吧。」

皮朋回收了其中一顆放在魔法陣上的蛋。

「那可不行喔。」

幾條鞭子伴隨著女性的聲音伸出來，從皮朋手中搶走了蛋。

「居然被賽蕾娜這種天真的小鬼給幹掉，巴贊也真是不像話呢。」

房間裡出現了一名性感的女性。

要是佐藤或黑煙島的武士們在場，或許就會發現這個女人是被武士大將斬首的黑衣賊。

「看招看招看招看招！」

鋪天蓋地胡亂揮動的鞭子將皮朋和賽蕾娜逼離了魔法陣。

皮朋扔出的短劍被彈開，對方即使被使用轉移繞到背後的皮朋用刀刃刺穿心臟，仍毫不在乎地向皮朋做出反擊。

皮朋護著骨折的手臂用轉移拉開距離，接著以魔法藥治療傷勢。

「嘖——竟然是不死之身嗎？」

「醒醒，巴贊。」

「——是凱爾瑪蕾特嗎？」

女人這麼說完，應該已經死亡的巴贊站了起來。

仔細一看，會發現女人的脖子上有一條隨便縫合的痕跡。

「這些傢伙由我來對付，你去解除封印！」

「休想得逞！[redacted]瀑布雨符。」

賽蕾娜發出咒符之雨，朝著成為魔法陣重要關鍵的「龍蛋」灑了下來。

「太天真了！」

女人用鞭子從咒符之雨中保護了蛋。

「凱爾瑪蕾特！」

聽到巴贊的警告，女人才發現皮朋偷走了其中一顆蛋。

房間裡已不見皮朋的身影，似乎是拿到蛋之後就逃到外面去了。

「巴贊！用最後的手段吧。」

「這也沒辦法。」

巴贊移動到了沒有蛋的位置。

「快住手！你想死嗎，巴贊！」

「吵死人了，天真的小鬼！巴贊早就被妳給殺掉了吧！」

為了不讓賽蕾娜出手妨礙，女人胡亂揮舞著好幾條鞭子。

「吾身流動的古老血脈，吾心象徵的古老靈魂啊，吾將獻上一切。以龍人族最後倖存者的吾為祭品，完成封印解除的儀式。」

「快住手————巴贊————！」

賽蕾娜的呼喚只是白費力氣，巴贊獻上了從裂開胸口中挖出的心臟。

從魔法陣冒出的黑色煙霧越來越猛烈。

「被眾神封印的古老之物啊，從神裁牢的深處現身吧。」

巴贊邊吐血邊發出大笑。

龍蛋一個接著一個被黑暗吞噬，最後當高舉心臟的巴贊被黑暗吞噬後，滿溢而出的黑暗蓋過了整座魔法陣。

「再不逃跑就不妙了呢，再見囉，天真的小鬼。」

女人先朝賽蕾娜扔出類似投網的物體，接著便衝出了房間。

「就算跳進那陣黑暗也只會白白送死嗎——」

賽蕾娜煩惱了一會之後，藉由魔法陣離開了房間。

黑色煙霧就像在追趕她似的湧了出來。

雖然她在通道上全力衝刺，但黑色煙霧的速度更快。

「——甩不掉！」

紅色髮梢以及斗篷在碰到黑色煙霧之後，頓時變成灰色並如同崩塌般散落。

當頭髮和斗篷半數都被消滅，賽蕾娜即將放棄逃出生天時——

「賽蕾娜！快過來！」

「皮朋！」

皮朋在樓梯前等待著。

在即將被煙霧追上時，賽蕾娜的手碰到了皮朋。

——轉移。

回到神殿地上後，皮朋等人抓起倒地的巫女趕往神殿外面。

背後傳出了什麼東西裂開的聲音。當皮朋回頭一看，發現眼前冒出了某種彷彿被黑色煙霧包覆的生物。

逃跑的神官一接觸到那如同蛇般扭動的煙霧觸手，神官的身體隨即從內部裂開，暗紅色的肌肉纖維掀開似的從體內冒了出來，內臟噴濺在地板上。

令人不忍卒睹的慘況到處都在上演。

「慘了。」

皮朋先警告大家逃出神殿，之後一面儘可能地救出眼前的人，一面衝出了神殿。

◆◆◆◇◆◇◇◇

「──總之，事情就是這樣，你們也快逃吧。我會通知庫羅大人。就算我們束手無策，只要庫羅大人和勇者大人出馬，大概有辦法解決吧。」

皮朋把帶出來的巫女和神官交給了從其他地方逃出來的神官。

「否定。逃跑是不允許的，卡里恩也這麼說。」

「同意烏里恩的話。接下來我將宣布聖戰，此區域的生物應該遵從神的旨意。」

烏里恩神和卡里恩神身上冒出紅色和朱紅色的光，朝四周放出了同樣顏色的波紋。

想逃跑的人們紛紛停下腳步，表情充滿決心地握住了法杖和武器。

「烏里恩大人，烏合之眾只會礙事，戰鬥就交給我們吧。」

「否定。數量即力量，我要召集這個國家的騎士和軍隊。」

「但是，不習慣戰鬥的神官們派不上用場。」

「否定。神聖魔法能派上用場。」

為了不造成多餘的犧牲，佐藤試圖說服眾神，卻被有條有理地拒絕了。

「那個啊，神明大人。」

亞里沙開口說道。

「讓神官們和一般民眾前往安全地帶祈禱勝利如何？祈禱會產生神力不是嗎？那麼做應該比較有效率吧？」

「有檢討的餘地，請卡里恩發表意見。」

「肯定。我判斷這位幼童的提議具有合理性。」

卡里恩神才剛點頭，神官們便如脫韁野馬般衝了出去。

可能是言靈的支配被解除了吧。

在神官們被解放的同時，神力的影響甚至擴散到了遙遠的皮亞羅克王國軍駐紮地，以及傭兵們的據點。

「所有人準備戰鬥！值勤的反應部隊立刻出發！魔術師們命令重裝魔巨人部隊啟動！」

在將軍的命令下，士兵們開始做起戰鬥準備。

接到命令的士兵們也像遭到敵軍奇襲似的氣勢磅礴。

但並非所有人都跟將軍及士兵們一樣被沖昏了頭。

「將軍！發生了什麼事！」

「監軍閣下，這是戰爭，請您立刻讓部隊也進入備戰狀態。」

「你說戰爭？那麼敵人究竟在哪裡！所以才說平民無法勝任將軍一職啊！」

這位現任國王的叔父，本身也是擁有公爵位的正統貴族監軍痛斥著平民出身的將軍。

「給我立刻停止胡鬧！你這傢伙打算反抗國王陛下嗎！」

「監軍閣下不明白嗎，這是尊貴之人的請求！」

「尊貴之人？你在說什——」

監軍話說到一半就被士兵們給抓了起來。

「在這場聖戰結束前，麻煩監軍閣下老實地待在這裡。」

將軍像著了魔似的這麼說完後，連看都不看因為被綁住而臉紅到頭上彷彿能冒出煙來的監軍一眼，便回到了自己的崗位上。

這場行動很快就傳到了王城。

「陛下！駐紮地的士兵們有可疑的行動！」

「吵死了，那種事情交給近衛兵或監軍去處理。比起那個，你要不要也來鑑賞這幅畫？這是可是被人稱作畫聖再臨的托潘特爾的最新作品喔。」

與焦慮的大臣相反，身穿華麗到堪稱粗俗服裝的國王似乎只對自己剛得到的畫感興趣。

「陛下！事情不好了！」

「這次是老爺子嗎？包含剛剛的幻聽在內，今天大家都匆匆忙忙的呢。」

愚蠢的國王似乎將來自佐藤的警告，以及同樣得到警告的家人說的話斷定為幻聽。

「居於上位的貴人隨時隨地都必須保持冷靜，先王陛下還小的時候——」

雖然老隨從很想立刻將情況不妙的事告訴國王，但因為不能做出打斷國王說話這種不敬的行為，只能等國王把話說完。

拜託隨從傳話的札伊庫恩中央神殿神官也在會客室忍受著焦慮。

「喂！不准離開崗位！」

此時神官的耳邊聽見了房間外的怒吼聲。

「放開我！我們有使命在身！」

「近衛隊不保護陛下還想保護什麼！你這樣也算貴族嗎！」

「閉嘴！你這傢伙是想說除了有爵位之外的人都不算貴族嗎？」

「廢話少說！如果想礙事，我就算動武也在所不惜！」

近衛騎士們拔出了劍，場面一觸即發。

戰鬥員之中似乎也分為有受到神之言靈影響，與沒有受到影響的人。

「你們這些蠢貨打算在城裡做什麼！■權威誇示！」

擺著架子的軍務大臣手握發著藍光的終端，使用了來自都市核的魔法。

照到藍光的近衛騎士當場發抖並跪下。

「——我、我做了什麼？」

「看來似乎恢復理智了。把近衛隊聚集起來，要是有人跟剛剛的你一樣就綁住帶過來。多少受點傷也無所謂，但儘量不要殺掉對方，去吧！」

近衛騎士們接到軍務大臣的命令紛紛跑了出去。

「這個國家究竟發生了什麼事……」

軍務大臣站在近衛隊早已離開的走廊上，心中感到難以言喻的不安。

畢竟現在正在發生不是神明的他難以想像的事。

此刻，神殿的前方——

「喵！」

「佐藤。」

小玉開始戒備，蜜雅則發出警告。

神殿原本好端端的門窗被踢破，纏繞黑色煙霧的人型物體接二連三地出現。

正門原本也有某物準備出現，但卻被冒出的石牆給擋下了，大概是有會用土魔法的神官在吧。

「神明大人的結界被突破了！」

「狡猾。對方利用了設定，那個的素材是人類。」

烏里恩神極度不悅地回答著。

纏繞煙霧的人型物體似乎利用了結界能讓人類通過的設定。

「那是厭子，是用來侵蝕這個世界的觸手。」

卡里恩神表情嚴肅地說著，那纏繞煙霧的人型物體在佐藤的視野中被ＡＲ顯示為厭子。

「卡里恩，那是禁止事項。」

「肯定。你們應該忘記我剛剛說的話。」

卡里恩神似乎是個冒失鬼。

「那個有辦法恢復成原本的人類嗎？」

「否定。就算因子的量不多，也不可能將完全變異之後的個體恢復原狀。」

「同意卡里恩的話。只有在完全變異前才為可逆，變異後的個體已非此世界的生物。」

「是嗎……」

佐藤聽了眾神的話顯得有些沮喪。

「『理力之手』穿透過去了？」

佐藤原本想把從神殿冒出來的厭子們扔回神殿裡，卻無法好好抓住他們。

「主人，當地的軍隊抵達了。」

在飛空艇甲板上架著狙擊槍的露露報告道。

由十隻裝飾華麗的三公尺級小型魔巨人打頭陣，跟在後面的是魔力炮和一般軍隊。雖然也有六公尺級的中型魔巨人，但好像被留在保護王城的位置待命。

佐藤他們還來不及阻止，皮亞羅克王國的軍隊才剛抵達就開始朝厭子們發動攻擊。

「哦，Powerful～？」

「非常厲害的攻擊喲。」

隨著強烈的轟鳴聲，皮亞羅克王國軍發出的魔力炮和魔法攻擊將厭子打成了蜂窩，一個接一個地倒了下去。

「——哎呀？真弱耶？」

「當然。那些為了能穿過結界，只得到了最低程度的因子。」

卡里恩神向歪頭不解的亞里沙做出回答。

見到厭子們接二連三地被打倒，佐藤一行人產生了覺得掃興的氛圍。

最初的炮擊結束後，接著輪到騎馬的騎士隊開始往厭子展開突擊。

「真是無聊呢。」

騎士們的突擊將厭子們衝散，轉眼間就將數量減少大半。

而其他士兵們緊隨其後朝著厭子群衝了過去。

「喵～？」

「好像有點不對勁喔。」

小玉和皮朋察覺了異樣感。

擊敗厭子的士兵們突然感到痛苦，慌慌張張地扔下盾牌和武器，並拚命脫掉鎧甲逃離了戰場。

王國軍的主力用遠距離攻擊以及派出持盾的魔巨人掩護著他們撤退。

「是被厭子侵蝕了嗎？」

「肯定。雖然侵蝕能力低落，但長時間接觸實屬魯莽。」

正如卡里恩神所說，瞬間衝過厭子們身邊的騎士們並未受到影響。

「再生了，我這麼告知道。」

「難纏。」

最初早該停止行動的厭子們如同黏液般聚集隆起。

或許因為受到攻擊導致宿主變得支離破碎的緣故，再生的厭子們無法維持人型，變得像介於喪屍和史萊姆之間的生物，動作生硬地朝著軍隊的方向移動。

其中也包含把士兵們卸下的鎧甲和武器當宿主，或跟其他個體融合開始大型化的厭子。

不知是感受到威脅還是覺得害怕，王國軍的主力部隊向它們展開了比第一波更加猛烈的攻擊。

「──啊。」

幾發流彈打碎了神殿的牆壁，其中一發擊中了被烏里恩神關在結界裡的煙霧本體。

以此為契機，本來毫無動靜的煙霧本體開始活動，用觸手般的煙霧撞擊紅色的結界。

「警告。結界可能會遭到破壞，推測還有兩千七百單位時間。」

「換句話說，就是要在倒數計時結束之前從結界外面打倒它對吧？」

亞里沙大喊著：「經典橋段來啦！」並開心地舉起法杖。

「否定。結界會在詠唱結束前被打碎。」

烏里恩神的話一說完，部分結界就產生了些許裂痕。如觸手般的煙霧化為細長的鞭子，轉眼間掃光了王國軍。

魔巨人們宛如廉價的紙道具般被打碎，士兵們慘遭虐殺血肉橫飛。

事情發生得太快，即使是佐藤他們也來不及出手制止。

儘管如此，佐藤依然立刻展開行動。

「看這裡！」

佐藤用縮地瞬間與夥伴們拉開距離，以魔法槍對煙霧觸手連續射擊。

光彈乍看之下命中了觸手，但實際上沒有造成任何傷害穿透了過去。

「怎麼能只交給少爺一個人！」

皮朋也不斷施展瞬間移動，並使用飛刀與火杖進行攻擊。

「烏里恩大人！趁現在加強結界！」

佐藤放聲大喊。

「否定。在境界遭到侵蝕的狀態下無法加強。我先將它進行切割，之後就交給你們處理了，卡里恩張設結界。」

「維持雙重結界的消耗過大，外側的結界將暫時解除。你們應該注意別讓一般民眾出現傷亡。」

「我明白了。莉薩！跟前衛一起去對付厭子！注意不要待在厭子身邊！亞里沙妳們後衛負責支援！」

佐藤立刻答應了少女神們的無理要求，向夥伴們下達指示。

「「實行。」」

烏里恩神用紅色光芒切斷觸手，卡里恩神代替祂維持了內部的結界。

在空中蠕動的觸手被烏里恩神收回的刀刃切碎。將厭子也切成碎片之後，為了不讓煙霧本體再次打破結界，烏里恩神將自己的結界覆蓋在卡里恩神的結界上。

「不好了！」

「請看那個！」

最先注意到異狀的是蜜雅和露露。

切碎的觸手跟部分厭子合而為一變得巨大化。

「既然變大了，正好來當我小亞里沙的靶子！」

亞里沙發出的單體上級火魔法射穿了其中一隻巨大厭子，巨大火球貫穿巨大厭子軀體轟飛了神殿的一角。

「攻擊穿過去了？」

「我的魔槍也沒有打中的感覺。」

「魔刃炮也穿過去了喲！」

「忍術也不行不行～？」

「實彈跟輝炎槍也一樣。」

（姑且不論一般魔劍和魔法，連莉薩那把鍍上龍牙的魔槍多瑪也不行嗎？）

聽了夥伴們的報告之後，佐藤內心感到驚愕。

「明明對方的攻擊打得中，我們的攻擊卻會穿透過去，真奸詐耶！」

「那是來自其他次元的投影。只要不瞄準宿主的核心，人界的攻擊手段無法奏效。」

卡里恩神回答了亞里沙的抱怨。

「那麼只要把它們全部轟掉——」

「不行，亞里沙！會連後面的城鎮一起轟掉的。」

露露制止了充滿幹勁的亞里沙。

「——危險！快躲開！」

看到長出無數觸手的巨大厭子朝著夥伴們撲去，佐藤發出了警告。

「——堡壘！」

「方陣喲！」

娜娜發動堡壘，波奇也使出了方陣。可是巨大厭子的觸手卻輕易穿過防禦襲向兩人。然而娜娜她們沒有發現，帶著實體的核心部分因為碰到堡壘冒出火花並消滅了。

「■重壁符。」

賢者的弟子賽蕾娜也用符術進行支援，但觸手還是穿了過去。

雖然佐藤想用縮地趕去支援，卻遭到了其他巨大厭子的阻擋。

「別礙事！」

佐藤不顧一切地用身體撞向巨大厭子。

他的內心十分害怕，但無數耐性的其中之一保護了他。

當穿過巨大厭子的身體時，他瞬間從儲倉中拿出神劍同時使出居合斬將其切開，在沒人發現的情況下解決了一隻巨大厭子。

穿過巨大厭子的殘渣後，佐藤在夥伴們與觸手之間見到了一面散發朱紅色光芒的障壁。

「是卡里恩神的障壁嗎！」

佐藤忍不住大喊出聲。

就算厭子的攻擊能夠穿透一般物體和魔法，似乎也無法穿過眾神的防禦障壁。

「接我這招！」

賢者弟子賽蕾娜扔出了某樣祕寶。

祕寶在巨大厭子的頭上炸開，由光芒構成的鎖鏈將厭子們緊緊綁住動彈不得。

「挺能幹的嘛，這位大姊姊。」

「我叫賽蕾娜，賢者大人給的魔神縛鎖似乎對這些傢伙也有效。」

聽到亞里沙的稱讚，賽蕾娜微微揚起嘴角。

「那個還能繼續用嗎？」

「抱歉，那是拋棄式的。雖然在魔神牢遺跡找到了一些，但我手上只剩下兩個。」

賽蕾娜將同樣撲向自己的兩隻巨大厭子給綁了起來。

剩下的一隻巨大厭子似乎認為賽蕾娜是個威脅，緩慢地從軍隊面前走了過來。

「對了——神明大人，能邊維持結界，邊像黑煙島那時一樣強化我們的劍和鎧甲嗎？」

「神力已所剩無幾。少數人的話可能，卡里恩也這麼說。」

「我沒說。但是神力同樣不足。人類對巨大化的厭子感到害怕，光憑祈禱得到的神力是不夠的。要是現在逞強，剩餘的神力將不足以重新封印本體。」

少女神們表情苦澀地說著。

「那就只能煽動了！透過演講來操控群眾心理！」

亞里沙抬頭看著佐藤，表情像是想到了什麼好點子。

「看來妳是有辦法了吧？」

皮朋說完後看著賽蕾娜。

「賽蕾娜！我們去爭取時間！」

「知道了！」

皮朋抓住賽蕾娜，跟追著賽蕾娜的巨大厭子用短距離轉移跑起了馬拉松。

亞里沙一面目送他們離去，一面向佐藤說出了自己想到的好辦法。

「主人！我有個好辦法！把那頭怪物放大到讓整個王都能看見，記得還沒有被完全綁住的那隻！」

佐藤用「幻影」魔法映照出巨大化的厭子。

雖然亞里沙沒有這麼要求，但佐藤還用腹語術技能發出了可怕的咆哮聲。

因為軍隊大規模行軍以及隨後發出巨響而感到不安的民眾，在札伊庫恩中央神殿所在的都市中央附近見到了巨大的怪物身影。

「怎、怎麼了，那個到底是什麼啊啊啊？」

醜陋的怪物瞪著自己並發出了可怕的咆哮聲。

「是、是怪物啊啊啊啊啊！」

「快、快點……快點逃啊啊啊啊啊！」

陷入恐慌的民眾爭先恐後地逃了出去。

『民眾啊，不必害怕。』

朱紅色的光芒在都市的正門上空聚集，化為少女的模樣。

『我是卡里恩，將從終焉的魔物手中保護你們。』

少女的影像揮動手臂，朱紅色的牆壁隨即包住了往都市踏出步伐的怪物。

怪物用力毆打牆壁，伴隨著震動的巨響讓民眾的心產生了恐懼。

『民眾啊，不能害怕。恐懼會讓終焉的魔物得到力量。』

紅色的光芒聚集在與剛才不同的另一扇門上空，形成了另一位少女的模樣。

『我是烏里恩，將用神之力束縛終焉的魔物。』

第二位少女手一揮，原本橫衝直撞的怪物就被紅色光芒給緊緊綁了起來。

雖然語氣跟少女神們不同，但皮亞羅克王國的人應該不會發現這件事才對。

『民眾啊，祈禱吧。你們的力量將會化為打倒終焉魔物的力量。』

『民眾啊，請願吧。為了再次度過寧靜的日常生活，你們的祈禱將會化為破邪之力毀滅魔物。』

少女神們這麼對民眾訴說道。

縱然這些都是佐藤的演技，但接下來的發言毫無疑問是出自少女神們之口。

『『祈禱吧。』』

即使很短，寄宿言靈的話語仍讓民眾低下頭去，開始為了自己、為了家人，以及為了最重要的和平日子祈禱。

「——哦哦，真令人吃驚。」

「肯定。沒想到能提供這種程度的祈禱，卡里恩也這麼說。」

「我沒說。這是烏里恩的妄想。不過如果有這麼多的祈禱，或許能賦予足以消滅那些東西的神力。」

少女神們將神力賦予在佐藤他們的武器防具上。

「亞里沙、露露跟蜜雅，被綁住的巨大厭子就交給妳們三個解決了，我們去打倒被皮朋吸引注意力的那隻。」

佐藤說完之後，拿著魔法槍和自製魔劍衝到巨大厭子的面前。

「皮朋，後退！」

領頭的皮朋和賽蕾娜用短距離轉移退到後方，佐藤跳到了失去目標的巨大厭子面前。

「先熱身一下。」

佐藤低聲說完之後射出了魔法槍的子彈。

帶著紅色光芒的子彈射穿了巨大厭子的身軀。

和剛才不同，被子彈射穿的地方散開了，大概是煙霧的身體被開了一個洞吧。

佐藤以最低限度的動作避開反擊的觸手，並且用帶著紅色光芒的魔劍和護手架開觸手的攻擊。

「看來武器和鎧甲都沒有被侵蝕——」

保護過度的他在確認夥伴們不會有危險之後下達了指示。

「上吧，莉薩！」

「遵命！瞬動——螺旋槍擊！」

莉薩拖曳著紅色與朱紅色的光芒刺穿了巨大厭子的膝蓋。

「阿基里斯獵人喲！」

波奇用散發紅色光芒的劍斬斷了另一隻腳的阿基里斯腱。

「盾擊，我這麼告知道。」

娜娜揮出帶著朱色光芒的大盾砸向巨大厭子的脛骨。

「娜娜，迴避！」

失去平衡的巨大厭子伸出觸手，從聽見蜜雅的警告進行迴避的娜娜頭上落了下來。

「瞄準，射擊！」

露露的攻擊將可能擊中娜娜的觸手全部打飛。

「忍忍～」

小玉的忍術讓巨大厭子的雙手陷進了影子裡。

「一起進攻。」

「是的，莉薩！零之太刀．魔刃崩砦，我這麼告知道。」

娜娜使出了加入從黑煙島學到的技巧的改良技「魔刃碎壁」。

被必殺技擊中的巨大厭子臉上煙霧散去，那令人畏懼的本體顯露了出來。

「一之太刀～？魔刃影牙～」

小玉用雙手的魔劍將厭子的外骨骼砍得傷痕累累，隨後出現影之刃將傷口進一步擴大，搭配忍術後必殺技的破壞力變得比以前更大了。

「二之太刀喲！魔刃旋風！喲！」

雖然魔刃旋風是波奇以前就會的招式，但因為跟武士大將學來的居合技巧使速度提升了好幾倍。

在物理層面上巨大化的魔劍一閃，澈底打碎了被小玉砍傷的外骨骼。

「莉薩！趁現在喲！」

「了解！三之技——魔槍龍退擊！」

莉薩衝進開始快速復原的外骨骼縫隙，連續用魔槍多瑪朝著深處的漆黑漩渦進行攻擊。

為了排除莉薩，飄浮在漩渦周圍的煙霧變成了凶惡的尖牙。

但莉薩沒有絲毫畏懼，她整個身體像要將纏上來的煙霧掃開似的轉了一圈，接著將帶有慣性的一擊深深地刺了進去。

下個瞬間，想要刺穿莉薩逐漸逼近的尖牙發出聲音瓦解消散。

看完這幅光景後，莉薩發現佐藤不知何時來到了自己身邊，他大概是為了保護莉薩主動衝進了危險地帶。

「不妙！主人，它逃到上面去了！」

正在和後衛陣容交戰的巨大厭子如同吸血鬼般化為無數的蝙蝠逃到空中，還有部分變成煙霧狼衝了出去。

「瞄準，射擊！」

「去吧！」

「別以為能逃過小亞里沙的手掌心！」

露露的輝炎槍將霧狀蝙蝠逐一擊落，蜜雅召喚出的貝西摩斯發出落雷和亞里沙的火魔法將霧狀蝙蝠一掃而空。

雖然佐藤也雙手拿著輝炎槍用跟露露相同的速度擊落敵方，但數量實在太多了。

少數化為狼形的煙霧襲擊了後衛陣容，不過被娜娜的堡壘給擋了下來。

「狼就由我們來解決。」

「系系系～」

「收到喲！」

獸娘們攜手確實地不斷擊倒煙霧狼。

在遠方觀戰的皮朋和賽蕾娜兩人也跟獸娘們一起加入了清除小嘍囉的行列。

「——不行，再這樣下去會被逃掉。」

後衛陣容的猛攻大量減少了霧狀蝙蝠的數量，但還是有一些逃到了射程之外。

就在佐藤即將下定決心變身成勇者無名的時候，宛如光線的赤紅色火焰焚燒了天空。

「龍之吐息。」

蜜雅這麼低語著。

接著，如同黃色雷射般的火焰從其他方向劃過天空。

赤龍和黃龍的巨大身軀像在追逐火焰般交叉飛過了皮亞羅克王國的王都上空。

「龍出現了。還是老樣子熱愛戰鬥，卡里恩也這麼說。」

「我沒說。龍之吐息能燒光那些東西，剩下的事交給牠們就行了。」

少女神們抬頭看著執著於將霧氣蝙蝠徹底燒光的龍們。

霧氣蝙蝠再度聚集成幾隻霧氣飛龍，快速地分散逃向遠方。

兩隻龍用吐息邊燒邊往它們追了過去。

「看來應該不會讓它們逃掉吧——」

佐藤的視線回到正在應付煙霧狼的前衛們身上。

雖然還剩下一隻，但也很快地——

「■■■瀑布雨符！」

解決完小嘍囉的賢者弟子賽蕾娜一回到這裡，就用符咒對最後的煙霧狼做出致命一擊。

「——那個，我該不會搶了大家的功勞吧？」

「不，謝謝您的支援。」

面對賽蕾娜的道歉，莉薩表情威風凜凜地開口回禮。

「少爺，小嘍囉已經全部解決了。」

「謝謝你，皮朋。」

向皮朋道謝後，佐藤轉頭看向被關在雙重結界中的煙霧本體。

「善後處理能麻煩兩位嗎？」

佐藤將場面託付給少女神們。

「神明大人？」

而亞里沙向沒有回應的少女神們提問道。

「——麻煩了。」

「沒想到會這樣。」

少女神們用困惑的表情抬頭看著依舊映照在上空的影像。

透過用影像演小劇場讓人們抱著能夠對抗恐懼的希望，藉此向少女神們獻上虔誠和真摯的祈禱提供幫助，這並不是錯誤。

但是，這樣同時也誘使人們產生恐懼。

折磨眾人內心的壓力會產生瘴氣，使得創造出厭子的煙霧——「抗拒之物」的本體得到強化。

要是亞里沙或者佐藤知道瘴氣會強化「抗拒之物」，他們或許就會採取其他方式也說不定，但是少女神們並未把這件事告訴他們。要說為什麼，因為那些事對神而言是理所當然的常識。

「——主人，消除影像。」

佐藤在亞里沙話說到一半時也察覺了情況，消除了飄浮在空中的幻影。

可惜，為時已晚——

煙霧的本體打破了少女神們的結界出現在地面上。

——ＺＺＺＸＸＺＢＢ。

重低音與高音交織的噁心咆哮聲扭曲了世界。

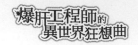

「那就是本體嗎……」

面對更加嚴峻的戰鬥，一滴冷汗滑過了佐藤的側臉。

抗拒之物

「我是佐藤。雖然每個時代都存在不服從當代支配者的人，不過如果可以，希望能用和平一點的方式進行抵抗，儘量不要無差別地使用暴力。」

「封印完全解除了。光靠這個分靈體無法擊敗它，卡里恩也這麼說。」

「我沒說。不過，無法擊敗是事實。必須知曉再這樣下去連再次封印也很困難。」

烏里恩神和卡里恩神表情凝重地說道。

「那個的實力這麼強嗎？」

根據ＡＲ顯示，「抗拒之物」本體的情報全是「ＵＮＫＮＯＷＮ」因此完全沒有頭緒，真希望能跟厭子一樣顯示情報。

即使感覺用神劍贏得了，但總覺得在眾神面前正大光明地使用「**弒神者**」稱號或神劍不太妥當。

「換成本體能夠輕鬆再次封印，卡里恩也這麼說。」

「肯定。但是，本體降臨會消耗非常多的神力。就算是暫時的，也不推薦讓保護世界的外殼變得薄弱。」

「不過，沒有其他手段，應該在猶豫前行動。」

「……肯定。立刻返回本體，注意別切斷神力的供給。」

「請等一下！」

我叫住了打算立刻返回天界的兩位神明。

「現在分秒必爭，你必須知曉光是延誤一秒就會對世界造成損失。」

「請命令都市內的民眾去避難，也包含軍隊。」

「接受你的委託，不希望浪費人力資源。」

烏里恩神帶著紅色光芒的手臂一揮，原本擺出抗戰到底模樣的皮亞羅克王國軍立刻掉頭開始撤退。

根據地圖情報，都市內的民眾也開始逃到了都市外面。

「「實行歸還，祝武運昌隆。」」

少女神們朝天空釋放出朱紅色與紅色的光芒。

祂們留下的身體並未跟特尼奧神一樣變成鹽巴，而是恢復成原本的雕像掉在地上。

「神明大人們離開了呢。」

亞里沙抬頭看著天空小聲地嘟噥道。

那兩隻龍也追著霧氣飛龍離開，看來暫時還不會回來。不過牠們應該是為了尋找蛋才來到這個國家的，不久後還是會回來吧。

「皮朋，麻煩你引導大家避難。」

「少爺你們有什麼打算？」

「我們也會去引導避難。在神明大人回來之前，庫羅大人和勇者無名大人似乎會負責對付它。」

我在上空將人偶庫羅拿出來，用「理力之手」讓它飄在空中。

「庫羅大人來了嗎！很好！要上囉，賽蕾娜！」

皮朋開心地說道。

他全面的信賴讓我覺得有點難為情。

「慢著，皮朋。我不能把同門犯下的嚴重過錯推給別人處理。」

「既然有庫羅大人就沒問題了，況且我們留在這裡對庫羅大人他們來說也只會礙事。」

我對嘗試說服賽蕾娜的皮朋幫腔地說了句：「我也有同感。」

「明白了，我去做自己力所能及的事。」

賽蕾娜先稍微猶豫了一陣子，便跟皮朋一起去引導民眾避難。

「亞里沙妳們也動作快。」

我催促著愣在原地的夥伴們。

雖然現在煙霧本體依然在出現的位置一動也不動，但它隨時都有可能開始行動。

「不需要引導避難了。託言靈的福，需要協助的人也在附近人們的幫助下逃了出去，也沒有出現用滿載貨物的馬車堵住道路或大門的笨蛋。」

亞里沙似乎也透過空間魔法確認了狀況。

「不行，這次不可以。」

我環顧著臉上浮現堅毅表情的夥伴們這麼說道。

即使她們已經強到能帶去跟魔王戰鬥，但是這次真的不行。

「那是連神明大人都必須拿出全力的對手，也沒有能當作標準的情報。說不定跟希嘉王國出現的『魔神的產物』一樣是個超乎常規的對手。」

根據察覺危機技能的反應，我認為實力應該比那個來得弱，但即使如此也不能大意。

「那就更不該這麼見外了！怎麼可能讓主人獨自面對！」

「是的，亞里沙，我會用寄宿神力的盾守護主人，我這麼宣言道。」

「我的想法也跟亞里沙和娜娜一樣，儘管我並不打算依靠神的力量，但請至少讓我為主人開路吧。」

亞里沙、娜娜與莉薩拚命地說著。

「小玉也會加油～？」

「波奇也能幫上主人的忙喲！」

「精靈能幫忙壓制那個『抗拒之物』，絕對絕對能幫得上忙，佐藤可以依靠我。這是真的喔？」

「主人，我也來幫忙。」

波奇、小玉、蜜雅與露露似乎也抱持著同樣的想法。

「大家——」

雖然不知道能撐多久，但只要有卡里恩神賜予的守護之力，就不必擔心會被那個東西侵蝕……

我短暫地思考了一下。

「我明白了，切記不要勉強或大意喔？」

「太好了！就該這樣才對嘛！」

「呀呼～？」

「太好了喲！」

亞里沙她們高興地舉手握拳。

此時微笑地看著這幅光景的露露突然發出吶喊。

「主人，請看那個！」

覆蓋在光芒護罩之下的王城似乎有了動作。

「慢慢伸長～？」

「塔的人冒出來了喲。」

「那是魔炮嗎？比在穆諾城看到的那個還要巨大呢。」

依照我的AR顯示，那個似乎叫做英雄炮。

似乎不是古代拉拉其埃王朝時代遺留下來的魔炮，而是一種魔力炮。

「慢著，該不會是想用那個進行炮擊吧？」

「事情好像就是這樣。」

無論威力有多大，我也不認為那個能夠打倒本體位於其他次元的「抗拒之物」。只能想像到因為引起「抗拒之物」注意，導致受到攻擊的未來。

「真是的，這個國家的國王是廢物嗎？」

「亞里沙，要生氣等之後再說，用轉移移動到那座山的山頂上。」

「了解～！」

亞里沙連理由都沒問，二話不說就帶著所有人轉移到聳立在皮亞羅克王國王都背後的山頂上。

「雖然這個距離未必能轉移得到，但還是姑且成功了呢。」

因為亞里沙的魔力即將耗盡，我用魔法「魔力轉讓」幫她補充到全滿。

我在快速更衣技能的幫助下變身為勇者無名，並站在山頂的斜坡上從儲倉中拿出小型飛空艇做出宣言——

「來吧，是勇者無名與黃金騎士團出擊的時候了！」

◆

『主人，城堡的大炮已經開始進入發射準備了。』

透過戰術輪話，亞里沙的聲音傳到了站在小型飛空艇甲板上的我耳裡。

「我先走一步，妳們之後再追上來吧。」

我自甲板上跳起，用閃驅衝進了英雄炮的射線上。

展開從魔法欄發動的「自在盾」，傾斜著化解了英雄炮的巨大火炎彈。

「威力比想像的還要大呢。」

光是化解一擊，就有一枚自在盾快要碎掉了。

如果不是用化解的，可能一擊就會被打碎了吧。

『主人，後面！』

——察覺危機。

從背後逼近的觸手被我從儲倉中以居合方式拔出的神劍斬斷，被斬斷的觸手化為黑色煙霧四散。

看來就算不使用聖句，神劍也能正常造成傷害。

是說光靠一擊就削掉了煙霧三成左右的體積。

——察覺危機。

察覺危機技能再度有了反應。

這次的反應劇烈到會產生頭痛。

在神殿領地內蠕動的本體用接近噴火般的氣勢衝了上來。

「——好險！」

我用閃驅離開了現場。

衝上來的本體分裂成五個大小不一的塊狀物，在空中四處逃竄。

——沒錯。

它們正在逃竄。

恐怕想逃離我手上的神劍吧。

『主人，目標做出了奇特的動作，我這麼告知道。』

『真的耶，簡直就像離不開神殿似的。』

正如同娜娜和露露指出的那樣，分裂的「抗拒之物」正與神殿維持一定的距離並且四處逃竄。

不過可不能就此放心，因為那個距離正在逐漸增加。

『既然在空中就不必客氣了！我用禁咒來解決它！』

『嗯，全力。往海上開。』

『是的，蜜雅。』

娜娜讓小型飛空艇轉向開往海上。

亞里沙和蜜雅則開始了詠唱。

『瞄準，射擊！』

露露射出的加速炮聖彈貫穿了其中一隻分裂體。

命中的分裂體身上開了一個大洞，但立刻又再生了。

『咻啪啪啪～？』

『魔刃炮喲！』

小玉連續發射小魔刃炮限制分裂體的逃跑路線，波奇和莉薩則用提升威力的魔刃炮射穿分裂體。

雖然獸娘們的魔刃炮造成了不小的傷害，但它還是和露露的加速炮那時一樣立刻恢復了原狀。

我瞄準沒被夥伴們盯上的分裂體用閃驅瞬間接近，跟剛才一樣用神劍斬斷了它。

「——只會讓它增加嗎？」

一擊便能削去不少體積，可是增加分裂的數量就不妙了。

即使覺得只要用神劍的聖句就能將它們一網打盡，但我想盡可能避免使用那個。

——爆縮。

我將再次分裂、體積縮小的一隻小分裂體包住加以爆殺。

嗯，變小的傢伙好像能用魔法完全摧毀。既然神劍會讓分裂體產生過度反應，那就把回鞘的神劍收回儲倉，剩下的用聖劍和魔法來解決吧。我將稱號換成「真正的勇者」，並拿出聖劍迪朗達爾。

當我和獸娘們以及露露合力將大部分小分裂體打倒之後，亞里沙和蜜雅的詠唱結束了。

『好～要上囉！』

『嗯——魔蛇王創造。』

蜜雅發動了精靈魔法。

『去吧。』

切開海水出現的利維坦射出用海水製成的漩渦巨槍，貫穿了其中一隻分裂體。

因為威力過於巨大，分裂體被撕裂成了數個小分裂體。

『抓住它。』

利維坦配合著蜜雅的低語發出咆哮，貫穿分裂體的海槍恢復成海水，接著變成巨大的投網將所有的小分裂體一網打盡。

『收拾它就交給我吧！首度亮相——破空侵奪！』

亞里沙發動了空間魔法的禁咒。

被海水網抓住的小分裂體四周空間開始扭曲。

——哦哦。

空間看似產生了膨脹，下個瞬間分裂體們就被翻捲吸進了空間開出的洞中。

簡直就像被吸進黑洞一般。

——ＺＺＺＸＸＸＺＢＢＢ。

或許是因為同伴不停被擊潰而感到威脅，完好的分裂體生出了形體不定的觸手，從煙霧變成了類似生物的模樣。

分成了模仿龍、魔巨人，與附身在建築物上爬行的三個種類。

把它們稱為煙霧龍、煙霧魔巨人跟煙霧建築吧。

『啊！喲！』

彷彿沒記取教訓似的，王城飛來的英雄炮炎彈炸飛了煙霧建築。

雖然煙霧建築被炸得瓦礫四散，但煙霧本身只是分裂依然健在，那些煙霧各自與小瓦礫塊結合，變成類似狼的四足野獸，朝王城衝了過去。

不只是外表改變而已，連行動範圍都變大了。

『波奇、小玉，要上囉！』

『系系系～？』

『收到喲！』

獸娘們從小型飛空艇跳出來，利用空步在空中奔馳，接著跳上建築物的屋頂，用瞬動追趕煙霧狼群。

『我也來幫忙迎擊——長城隔絕壁！』

『瞄準，射擊！』

亞里沙擋住了煙霧狼的去路，露露則用輝炎槍狙擊煙霧狼。

那邊交給她們應該沒問題。

「——哎呀，別想逃走！」

我連續使用爆縮魔法，將飛在空中打算逃跑的煙霧龍在海上消滅。

即使剩下的殘渣變成魚試圖逃走，它們全都被利維坦操作的海流抓住並消滅了。

煙霧狼被夥伴們聯手解決，打算挖開地面逃跑的煙霧魔巨人，也被我跳進洞裡用中級攻擊魔法澈底消滅。

◆

『Victory～？』

『勝利！喲！』

小玉和波奇舉起聖劍發出勝利的呼喊。

『贏得比預料中來得簡單呢。』

『嗯，輕鬆。』

『因為神明大人們說「光靠分靈體無法擊敗它」讓我鼓起了幹勁，似乎白擔心了。』

聽亞里沙這麼說，讓我產生了一股異樣感。

——對了。

少女神們確實這麼說過。

雖然一開始用神劍大幅削弱過，但如果只是這種程度的敵人，只要跟少女神聯手，就算不用神劍也能打倒才對。

算了也罷，即使確認了地圖，札伊庫恩中央神殿的地下似乎已經什麼都不剩了。

『主人，門的方向有人接近，我這麼報告道。』

經娜娜這麼一說，我確認了一下地圖，發現與皮朋一同前往正門的賢者弟子賽蕾娜已跟皮朋分開並回到了這裡。

看來她正在追趕其他的賢者弟子。

「放棄吧，凱爾瑪蕾特！」

「妳真是煩人耶！」

兩名黑衣人打碎建築物的牆壁衝了出來，是性感的鞭子女凱爾瑪蕾特與使用符術的少女賽蕾娜，她們都是「賢者的弟子」。前者應該已被武士大將斬首，卻不知為何還活著。

因為很在意是怎麼辦到的，就幫忙抓住她吧——

『喵！』

——察覺危機。

與小玉的叫聲同時產生的強烈危機感折磨著我的內心。

這察覺危機提示的地點是札伊庫恩中央神殿的所在地，濃厚到能用肉眼看見的瘴氣從那裡噴了出來。

剛才確認的時候明明沒有東西，但地圖上不知何時出現了紅點。

『有人從瘴氣裡出現了！』

正如露露發出的警告，裡面有個人影。

纖細的身體上有著長到詭異的手臂，背後長出了手掌形狀的翅膀，中間有一顆圓形的腫瘤正在不停地跳動。

「——巴、巴贊！」

少女弟子賽蕾娜見到人影發出了大喊。

看來解除封印的「賢者弟子」巴贊已經被「抗拒之物」吞噬了。

「是塞蕾娜跟凱爾麻蕾特啊。」

此時巴贊開了口。雖然發音很詭異，但他似乎留有被吞噬前的意識。

我在腦內對難以聽懂的話語進行補正。

「一會兒不見了呢，巴贊。你變得挺酷的——」

玩笑話說到一半，女人突然失去頭部噴血倒了下去。

「嗚——」

賽蕾娜迅速往後一跳，使用從懷裡掏出的咒符。

她所在位置的空間開始扭曲，出現了類似黑色翅膀的物體。

『是空間扭曲！』

亞里沙的聲音從戰術輪話傳了過來。

仔細一看，會發現巴贊將翅膀插進了他附近的空間扭曲之中。也就是說，剛才砍飛女人首級的，大概是巴贊透過空間扭曲伸出的翅膀前端。

「■重壁符。」

賽蕾娜用符咒牆壁來防禦翅膀的追擊。

但是黑色翅膀輕易摧毀咒符牆壁，將賽蕾娜打飛出去。

我立刻伸出「理力之手」來抑制那股衝勁，卻無法完全擋下，賽蕾娜一如出現時撞破建築物的牆壁消失了身影。

在地圖情報上見到她的體力計量表歸零讓我緊張了一下，不過看狀態顯示為「假死：再生中」讓我鬆了口氣。這應該是她的獨特技能「安心冬眠」的效果吧。

『——亞里沙。』

『知道啦！我不會再讓他在空間魔法使的面前那麼做的！』

亞里沙中和了巴贊的空間扭曲。

「封印了嗎，但是——沒用的。」

巴贊揮動翅膀襲向夥伴們。

——休想得逞喔？

我用縮地進行移動，並以聖劍彈開翅膀。

「看來有點實力啊。」

巴贊站在原地不動，用左右各五片的翅膀鋪天蓋地的連續揮打過來。

雖然想閃過攻擊衝到他面前，但因為要保護身後的夥伴們所以無法如願。

『讓你久等了，主人！』

夥伴們衝向降落的小型飛空艇。

『所有人都撤退到飛空艇上了！』

小型飛空艇不等艙門關閉就起飛了。

『啊哇哇哇哇，蛋的人跑出了妖精背包喲！』

戰術輪話傳出了波奇慌張的聲音。

『一閃一閃的～？』

『咦！跟翅膀的腫瘤同步了！』

難道說——

我在「預判：對人戰」技能的幫助下，使用各種技能鑽進巴贊懷裡。

「——嗚。」

並無視驚愕不已的巴贊，鼓足氣勢揮出聖劍砍下他兩側的翅膀。

接著用聖劍擋住從巴贊腹部宛如劍山般伸出的攻擊，逐漸逼近想後退的巴贊。

「打算將蛋分離減弱我的力量嗎？」

翅膀上的腫瘤裡面果然是用來進行召喚的「龍蛋」。

總覺得那與其說是能量源，看起來更像弱點呢。

「但那麼做也是白費力氣！」

巴贊雙手往上一揮，左右的翅膀就變成了龍以及翼蛇的模樣在空中飛舞。

「吾等就算分開也是一體！憑你們是無法妨礙我復仇的！」

巴贊帶著深信自己會獲勝的表情大笑著。

「可以問一件事嗎？」

「什麼事？你說說看？」

巴贊態度從容地舉了舉下巴。

我並未回答，只是伸手往上一指。

從遠處瞬間飛來的龍一口咬住了在空中盤旋的煙霧龍和煙霧蛇。

「什、什麼——」

能夠貫穿一切的龍牙刺穿煙霧，咬破了不斷脈動的腫瘤。

接著再補上一發吐息將煙霧焚燒殆盡。

「可惡——該死的龍——」

巴贊用宛如瞬間移動的速度逼近小型飛空艇前方。

『呀啊啊啊！』

『緊急回避！』

夥伴們發出慘叫。

『沒問題～？』

小玉悠閒的聲音跟尖叫聲重疊在一起。

正是如此——

我透過閃驅進行移動，一腳將巴贊踢上了高空。

「這是你嚇到大家的懲罰。」

接著對浮在空中的巴贊，連續發射爆縮魔法。

依照地圖情報來看，這種程度的攻擊似乎無法徹底打倒巴贊。

「——嗚啊啊啊啊！」

爆炸煙霧從內部散去，被燒得破破爛爛的巴贊從裡面出現。

他的再生已經快要結束，看來半吊子的攻擊似乎沒有意義。

「既然如此——」

我將從魔法欄使用，並由加速炮魔法陣組成的巨大炮身瞄準了巴贊。

爆縮魔法本身只是障眼法，這招才是重頭戲。

過剩充填完成的聖彈穿過數量比露露那加速炮更大量的加速陣射了出去。

巴贊還來不及反應，宛如藍色光線的一擊就瞬間貫穿了他，將他被轟飛的身體變成了三個黑色圓圈。

『好耶！』

『勝利喲！』

『還沒。』

小玉語氣銳利地制止了感到高興的亞里沙和波奇。

我的察覺危機技能也讓我知道巴贊還活著。

巴贊瞬間恢復了原狀，用充滿愉悅的表情傲視著我們。

「沒用的。像你們這種匍匐在人界的傢伙，無法真正毀滅身為高次元存在的我。」

他向我們投以鄙夷的眼神並愉快的嗤笑著。

與至今遇到的厭子和翅膀不同，本體似乎相當耐打。

但是——

「倒也未必。」

「——什麼？」

我用閃驅衝進巴贊的懷裡。

巴贊的雙手化為漆黑的劍對我展開迎擊。

「你就陷入無限的黑暗中吧——」

「要陷入黑暗的人——」

我更換了稱號。

「——是你。」

我藉由在與武士大將的交流中鍛鍊出來的拔刀術，將出現在手上的神劍神速揮出。

凝聚了更加純粹黑暗的神劍劍刃消滅了巴贊的漆黑劍，並將他的身體一刀兩斷。

「無法再生？」

還有辦法說話嗎——那麼。

「——『毀滅吧』。」

神劍的聖句讓真正的黑暗顯現。

「這是什麼？到底是什麼啊啊啊啊啊啊啊啊啊啊啊啊啊！」

巴贊用瞬間移動試圖逃跑。

——沒用的。

神劍一閃，毀滅了與巴贊之間的空間。

眼前巴贊那不再是人類的臉上浮現了絕望。

「將——」

帶有毀滅的神劍將巴贊吞進真正的黑暗深處。

「——軍了。」

僅存的些許煙霧也被神劍的劍身吸了進去。

我將神劍收回劍鞘，接著再放回儲倉。

——呼，真是累人。

＞打倒了「抗拒之物：巴贊」。

>獲得稱號「世界的守護者」。

>獲得稱號「毀滅外神之人」。

尾聲

「我是佐藤。工作固然重要，但我認為休息也很重要。正因為有足夠的休息，才能拿出最好的表現挑戰下一份工作。也就是說，好好享受假期也是很重要的。」

「辛苦了，好像解決掉了呢。」

將事情告訴夥伴們之後，依然連接著的戰術輪話傳來放心的聲音。

我把稱號從「弒神者」換回「真正的勇者」。

『喵？喵喵喵喵～？』

『小玉，怎麼了喲？』

——難不成。

我抬頭一看，發現天空的一角產生扭曲，縫隙中發出了強烈的光芒。

光量調整技能讓我捕捉到了光源中的東西。

看見那個之後讓我鬆了口氣。

我對那紅色和朱紅色的光芒有印象。

當天空的光芒稍微和緩一些後，亞里沙小聲地說道：

『那就是神明大人的本體嗎？』

『大概吧。』

在強烈光芒的中心，有個正在不斷變化的幾何花紋。

那應該就是人界所能見到的神明模樣吧。

『我去看看情況。』

我用閃驅前往兩位神明的面前。

徘徊在空中的赤龍和黃龍在遠處注視著光芒。

途中我才發現自己依然是勇者無名的打扮，但因為來不及了，就直接過去吧。

──《勇者》《汙穢》《何處》。

──《要求》《汙穢》《討伐》。

少女神們將寄宿著數種涵義，類似壓縮語言的話語送進了我的腦海，第一次跟巴里恩神交流時好像也是這種感覺。

話說回來，原來這不是「神代語：壓縮」技能的適用對象啊，與技能產生作用前沒什麼區別。

「如果是指寄宿在巴贊這個男人身上的『抗拒之物』，已經解決了。」

——《禁忌》《汙穢》《名稱》。

——《驚愕》《汙穢》《消滅》。

少女神們傳來了帶著驚訝語氣的詞彙。

說實話，這樣很難溝通。

「需要討伐的對象已不存在，能請兩位返回神體嗎？」

——《同意》。

一滴光珠從光之方塊中分離，寄宿在從地上吸引過來的雕像中。

雕像在眼前逐漸受肉，化為眼熟的少女神們模樣。

『有罪！』

『等等！你們在做什麼！要注意禮節啊！』

蜜雅和亞里沙見到一絲不掛的少女神們顯得相當慌張。

因為覺得天空變暗於是抬頭一看，發現少女神們在空中的本體已消失，應該是回到神界了吧。

「辛苦了。世界得到保護，你們的努力值得稱讚。」

「不是封印而是消滅，是龍群的力量？」

烏里恩神直率地誇獎我們，不過卡里恩神提出了問題。

話說回來，祂們不知何時已經穿好了衣服。

「是大家一起消滅它的。」

「是嗎──」

這時，赤龍和黃龍將鼻尖湊到了打算用詐術技能蒙混過關的我面前。

『神，清除汙穢。』

『神，請幫吾之子除去汙穢。』

龍用爪子抓著蛋送到少女神們面前，是那些在巴贊的腫瘤中不停跳動的蛋。

這麼一看，總覺得蛋的尺寸非常地小。

「龍真無禮。提出請求就該表現出相應的態度，卡里恩也這麼說。」

「我沒說。與龍談禮儀是錯誤的。烏里恩應該清除汙穢，受到汙穢侵蝕的龍，想到便覺得醜陋。」

「同意卡里恩的話，清除蛋的汙穢。」

烏里恩神的手上聚集著紅色光芒，並將其傾注於龍蛋。

受到光芒照射後，黑色的淤泥逐漸消失，代表汙穢被清除了吧。

──ＧＷＲＯＷ、ＧＷＲＯＷ、ＧＷＬＯＲＯＯＯＯＵＮＮ！

——ＹＷＲＯＷ、ＹＷＲＯＷ、ＹＷＬＯＲＯＯＯＯＵＮＮ！

赤龍和黃龍高興地發出咆哮。

『龍之歌。』

蜜雅的聲音傳了過來。

『主人，地上！快往地上看！』

我在亞里沙的催促下看向地面，被染成黑色的地面恢復成原本的土黃色，接著長出了翠綠的嫩芽。

這麼說來，黑龍好像也用歌創造出了稀有的植物。

「龍之歌很不錯，卡里恩也這麼說。」

「同意烏里恩的話，不必使用神力便能淨化地面。」

少女神們說著毫不掩飾的發言並彼此點了點頭。

兩隻龍彷彿對眾神的想法不屑一顧般，朝著天空的彼端飛走了。

少女神們對此連看都不看，便自顧自地快步邁開步伐。

『祂們要去哪裡呢？』

「大概是去確認封印吧？」

少女神們如我所料地前往神殿遺跡，在封印曾經所在的地方降落。

夥伴們也用轉移抵達了這裡。

「瘴氣。」

「肯定。附著在神裁牢深處的汙穢洩漏了出來。」

卡里恩神這麼回答了蜜雅的喃喃自語。

「若再這樣下去，世界可能會遭到侵蝕。」

「什！那不就大事不妙了嗎！」

「妳應該正確理解神的話語。」

卡里恩神嘆了口氣。

「亞里沙，卡里恩神說得是『若再這樣下去』喔。」

「肯定。你正確地理解了神的話語。」

卡里恩神輕輕地點了點頭。

「也就是可以再次封印的意思嗎？」

「肯定。這正是此行的目的，開始作業。」

烏里恩神讓神力在體內流動，全身發出了紅色的光芒，卡里恩神也模仿祂讓身體纏繞朱紅色的光輝。

「「領域設定。」」

少女神們舉起散發光芒的雙手對封印房間進行聖刖。

「「封印。」」

朱紅色與紅色的光芒化為對應神明的聖印，烙印在封印房間的地板上。

「這麼一來在封印解除為止都沒問題了嗎？」

「無須擔心。封印所在的空間已從神界消除，卡里恩也這麼說。」

「我沒說。神力有點消耗過大，那件工作應該交給加爾雷恩或者赫拉路奧。」

卡里恩神說到這裡踉蹌了一下。

烏里恩神扶住了祂，接著前往札伊庫恩中央神殿的聖域所在地。

——對了，得在少女神們返回神界之前確認才行。

「要是巴里恩神國的魔神牢或其他地方的封印地點跟這次的神裁牢一樣失控，可以請求眾神協助嗎？」

「這件事不必擔心，卡里恩也這麼說。」

「我沒說。烏里恩應該說明得更詳細一點。」

被卡里恩神吐槽之後，烏里恩神嘆了口氣繼續開口說道：

「只要神之力沒有減弱，人類絕對無法解開神的封印。這裡的封印會解開是因為札伊庫恩的愚蠢，卡里恩也這麼說。」

「同意烏里恩的話，札伊庫恩很愚蠢。」

札伊庫恩神正拚命地受到抨擊。

雖然理由也有點令人在意，但比起那個還有事情得先確認。

「這片陸地上或許還存在著些許『汙穢』——也就是『魔神的產物』的殘渣。要是用了那個，就算是神的封印也會有危險吧？」

「沒問題。不過你一旦見到『汙穢』，記得將其消滅。」

卡里恩神澈底做出斷言。既然沒問題，我就沒意見了。

即使想順便詢問關於札伊庫恩神的事，卡里恩神已經連站都站不穩，朝我的方向倒了下來，於是我連忙撐住了祂，連烏里恩神也舉步維艱。

「神力即將耗盡，你們應該把這副神體送去神殿。卡里恩也這麼說。」

「同意烏里恩的話，要維持意識已經很勉強。」

由於看起來真的不太妙，因此我將少女神們帶進了聖域裡。

「汙穢的根源之一在你們的努力下被驅除了。這是獎勵，你們應該感謝並獻上虔誠的祈禱。」

烏里恩神將身體倚靠在我身上，祂的手上出現了一顆看似紅寶石，名叫紅法石的寶石。

我曾經見過這個東西，就是裝飾在謝利法多法國的神器「測量罪孽之天秤」烏里盧拉布上面的寶石。我收下了祂突然遞過來的寶石。

「給你。」

看起來連開口說話都很難受的卡里恩神，輕輕地將出現在手掌上的朱紅色寶石落在我的手中。

這顆比烏里恩神給的寶石更小，是跟鑲在卡利索克的卡里恩神的神器「睿智之書」卡利賽菲爾之中相同的「知泉石」。

這大概是少女神們將剩餘的神力結晶化之後交給我的吧。

視線角落的紀錄流動了起來。

＞獲得稱號「祝福：卡里恩神」。

＞獲得稱號「祝福：烏里恩神」。

＞獲得稱號「烏里恩認可之人」。

＞獲得稱號「卡里恩的證明」。

＞獲得稱號「烏里恩的證明」。

印象中特尼奧神好像說過，後者是完成神之試煉的人才會得到的。

看來消滅「抗拒之物」也算是「神之試煉」。

「再見了，人之子啊。務必將神體送回我們的神殿，卡里恩也這麼說。」

「我沒說。不過，神體一定要好好地送回去。」

少女神們的身體滲出淡淡的光芒，消失到天空中。

我把姿勢與剛剛好時不同的雕像收進儲倉。

「那麼，我們也出發吧。」

我們稍微幫助皮亞羅克王國進行善後之後就離開了。

我依照與少女神們的約定，匿名將神體雕像送回了烏里恩中央神殿以及卡里恩中央神殿。根據聽到的傳聞，神曾經寄宿的雕像似乎會被認定為聖遺物。

用匿名方式送過去真是太好了，差點又被當作聖人了。

◆

「我說，主人，不去奧貝爾共和國真的好嗎？」

亞里沙享用著插有熱帶水果的飲料這麼說道。

由於覺得有點工作過頭，我們正在加爾雷恩同盟的水之都加爾洛克享受假期。

因為訂的是附有私人海灘的高級旅館，所以也不必在意四周會有雜音。

「咻啪啪啪啪～」

「波奇也能在水上奔跑喲——嘎噗噗噗噗噗噗噗！」

「波奇～」

小玉和波奇原本在風平浪靜的海上奔跑，但波奇卻因為被魚的惡作劇用力打到臉而沉到水裡。

幸好事先要波奇在進行海水浴時將托蛋帶交給我保管。

「回收。」

——滋噗。

坐在海豚游泳圈上優雅地玩著水的蜜雅這麼說完，在水裡支撐海豚游泳圈的小溫蒂妮們隨即操縱海水將波奇帶回海面上。

「噗哈～喲。」

「沒事唄～？」

「波奇沒事喲！謝謝水的人和蜜雅喲。」

「嗯。」

——滋噗。

小溫蒂妮也跟蜜雅一起點了點頭。

「主人，城堡做好了，我這麼報告道。」

「得意之作。」

穿著大膽比基尼的娜娜和可愛泳裝打扮的露露拉著我的手。

雙手手臂傳來了非常有彈性的觸感，但是現在絕不能有反應。

因為鐵壁組合無論在哪裡反應都十分迅速。

「做出了怎樣的城堡——嗚喔！」

我忍不住叫了出來。

娜娜和露露口中的城堡，是高達三公尺左右，相當逼真的沙堡。

莉薩拿著鐵鍬，在城堡旁邊一臉滿足地擦著汗。看來，她也幫忙收集了材料，大概是用進行沙灘訓練的方式幫了忙吧。

「少爺～！」

禿著頭的前怪盜皮朋從旅館的方向呼喚著我。

在皮亞羅克王國時我明明沒說過自己會來加爾洛克市，真虧他知道我在這裡。

「我來履行約定囉。」

一名美少女——賢者的弟子賽蕾娜也跟在舉著酒瓶的皮朋身旁。

雖然她在皮亞羅克王國因為受到瀕死的重傷而陷入假死狀態，但似乎透過獨特技能「安心冬眠」平安恢復了。

我把他們帶到了位在海灘旁的涼亭。

「那個……少爺？這次因為我同門的過失，給您添麻煩了。」

賽蕾娜這麼說完後，將頭低到快要碰到桌子上。

「我也要道歉，真抱歉讓你們捲進了麻煩事。」

「沒關係的，畢竟庫羅大人已經接受了我的要求，說是當作造成麻煩的賠禮呢。」

用的是將以變形博士喬潘特爾先生為首，卡利索克市的那些博士們送去希嘉王國王都的名義。我打算找越後屋商會的掌櫃商量，等希嘉王國那邊做好準備之後就把人送過去。

「聽你這麼說，我心裡也輕鬆了些。」

皮朋說完將酒倒進我的杯子裡。

這是在加爾雷恩同盟廣受好評的蘋果酒，似乎是用拉剛這種聽起來像怪獸名的水果製造而成。

「嗯，真好喝。」

「這邊的火腿也很讚喔？」

賽蕾娜將裝著火腿的盤子放到桌上。

下酒菜好像是用加爾雷恩同盟備受歡迎的雷加爾豬做成的火腿，皮朋拿著戰鬥用的短刀爽快地切下一大塊火腿遞過來。據說雷加爾豬是用沙珈帝國的亞古豬進行品種改良誕生的。

「哦——跟蘋果酒挺搭的呢。」

「沒錯吧？這是常上酒館的成果。」

因為皮朋只拿了杯子過來，我們便豪邁地用手抓著火腿吃。

「皮亞羅克王國那邊的事都解決了嗎？」

「嗯，在少爺你們前往奧貝爾共和國之後，我們處理了很多事。像是依照庫羅大人的指示，讓他們用便宜價格購買復興資材，當作讓我們在那裡開設越後屋商會分店的條件，或是僱用因為受到牽連而失業的人去分店工作等各式各樣的事。」

雖然以往我都會自己在暗中行事，不過這次有皮朋在，便把事情都推給他了。

而想替原本是同伴的師兄弟們贖罪的賽蕾娜可能也會幫忙。

「不僅是對少爺，我也對庫羅大人有所虧欠。託他的福，皮亞羅克王國跟巴里恩神國之間才沒有引發戰爭。」

「那方面應該不要緊吧？畢竟沒人知道巴贊的真正身分，皮亞羅克王國的人大概也不知道他跟賢者大人的關係才對？」

「並非如此。巴贊曾以賢者大人代言人的身分數次造訪皮亞羅克王國，而且在事件發生之前，他似乎也多次接觸過札伊庫恩中央神殿的人。」

就算真是這樣，我還是認為用他與曾在巴里恩神國謀反的賢者有關當理由，藉此引發戰爭的可能性很低。

「那麼，你們之後打算怎麼辦？」

話題走向聽起來不太愉快，我便試著轉換話題。

「我打算追逐其他弟子們的蹤跡。」

我原本打算讓皮朋接話，回答的人卻是賽蕾娜。

「還有其他類似巴贊他們的傢伙嗎？」

「那麼極端的人也就只有巴贊了。不過，也有些人跟卡姆西姆和凱爾瑪蕾特一樣改變了想法，所以我打算依序跟他們見個面。」

「妳知道他們在哪裡嗎？」

「大部分在內海沿岸國家，但也有部分有實力的人被派往世界各地的迷宮。」

——迷宮？

「像是『賽利維拉迷宮』之類的？」

「不，那裡跟位於沙珈帝國的『勇者迷宮』還有優沃克王國的『活祭品迷宮』都不是調查對象。要調查的是沙珈帝國南部的『吸血迷宮』、鼠人族首長國的『繁榮迷宮』、鼬帝國的『夢幻迷宮』、希嘉王國北部的『惡魔迷宮』，還有位於南方的『樹海迷宮』。」

──咦？好像多了一個？

「我還是第一次聽說這個叫『樹海迷宮』的地方，是最近出現的新迷宮嗎？」

「我也是第一次聽說。世界上一共存在六座迷宮──就算加上聖留市的『惡魔迷宮』也應該只有七座。」

「咦？怎麼可能──對了，印象中希嘉王國和沙珈帝國一帶似乎是以『樹海迷宮』並非迷宮的學說為主流呢。」

「與其他迷宮有什麼不一樣嗎？」

「那裡和其他迷宮不同，位置不在地底下。迷宮本身就是一座廣大的樹海，是個在世界上很罕見的地方。」

那裡似乎是所謂的原野型迷宮。

「那樣還算迷宮嗎？」

皮朋偏著頭問道。

畢竟目前見過的迷宮和迷宮遺跡全都是在地底下，或許對這塊陸地上的人來說，迷宮就該在地底下也說不定。

「是迷宮沒錯。根據賢者大人的調查，那裡好像存在數個足以被判斷為迷宮的證據。最大的理由是迷宮之主的存在，賢者大人曾說他在名為綠大人的合夥人幫助下跟迷宮之主進行過接觸。」

綠大人——綠色的上級魔族啊。

這件事的可信度有點可疑呢。

「那麼，妳打算從哪裡開始？」

「凱爾瑪蕾特負責的『夢幻迷宮』跟我原本應該前往的『樹海迷宮』可以略過。我打算先去與內海的同門師兄弟見面，然後由近到遠依序跑一遍。」

「如果可以，能請妳先去聖留市的『惡魔迷宮』嗎？」

「明白了。我不認為做這點小事就能報恩，不過還是聽你的吧。」

賽蕾娜二話不說就答應了。

畢竟那裡有我認識的人，更重要的是那裡是潔娜小姐的故鄉。

只要對賽蕾娜加上標誌，便能在她遇到危險時趕過去吧。

「皮朋也會同行嗎？」

「不，我還有庫羅大人交代的重要工作要辦。等內海沿岸的分店開設業務搞定之後，我打算徵求庫羅大人的同意前往德拉格王國。」

「德拉格王國？」

「嗯，我要歸還從巴贊手中奪回來的『綠龍蛋』。」

——這件事讓我想起來了。

「你交給我們的『白龍蛋』要怎麼辦？」

「關於這件事，我也很困擾該怎麼處理。」

「這是什麼意思？」

「就算想要歸還也不知道白龍的棲息地啊。雖然試著請教過庫羅大人，但庫羅大人和勇者大人好像都不知道。」

這麼說來，印象中在離開皮亞羅克王國之前他的確這麼問過。

赤龍和黃龍是靠自己取回，綠龍是拜託巫女，白龍則是完全不管，看來龍的個性也是五花八門呢。

「原來如此，那麼在找到白龍之前由我們保管吧。」

畢竟波奇也很喜歡這顆蛋嘛。

「是嗎，幫大忙了。」

或許是鬆了口氣，皮朋將蘋果酒一飲而盡。

話說回來，之前明明說要一起去逛酒館卻遲遲無法兌現。既然接下來沒有事情要做，今晚就跟皮朋一起去逛逛晚上熱鬧的市區吧。

「真抱歉老是把麻煩事推給少爺。儘管不知道能不能幫上忙，這是在巴贊最後一個基地發現的祕寶和書籍，請你用它們來看顧那顆蛋吧。」

賽蕾娜從自己的道具箱裡拿出了名叫「龍眠搖籃」，附有鳥巢形狀項鍊的首飾，以及孵化龍蛋的紀錄書交給了我。

依照這本德拉格王國紀錄書的說法，「龍蛋」必須經過數十年，甚至長達上百年的休眠期才能孵化。上面也有記載跟「龍眠搖籃」有關的內容，似乎是一種能讓嗜睡的幼龍安全度過幼年期的魔法道具，應該是空間魔法系的魔法道具吧。

「主人！」

「佐藤。」

事情告一段落之後，亞里沙和蜜雅走了過來。

「事情談完了嗎？談完了就去游泳吧！皮朋你們要不要也一起來？」

「我就不必了。賽蕾娜，妳要穿泳裝去款待少爺嗎？」

「泳、泳裝？你的意思是叫我也穿上那種不知羞恥的衣服嗎？」

賽蕾娜滿臉通紅地站了起來。

畢竟這個世界的泳裝就是普通的連身裙之類的衣物，而且海裡還存在危險的魔物，所以幾乎不會有進行海水浴的想法吧。

「不用勉強自己喔。」

「不！如果我這瘦弱的身體能幫上忙的話！」

「慢、慢著！別在這裡脫衣服啊！」

「不可以穿內衣！很不要臉喔？泳裝和內衣是不同的，那是為了游泳所製作的制服。若穿內衣游泳會走光喔，是真的喔？」

亞里沙和蜜雅拚命地制止打算脫掉衣服的賽蕾娜。

雖然我立刻轉過身去，但皮朋卻開心地瞎起鬨。

「主人～？」

「在這邊喲！」

我無視了身後的喧囂，走向小玉和波奇正在揮手的海岸邊。

今天就好好游個過癮，假若肚子餓，就在海邊享用新鮮海產做的燒烤吧。

我們在充滿笑容的海邊享受了夏天的大海。

EX：賢內助

「姊姊大人，您打算去中央控制室做什麼呢？」
優妮亞在前往拉拉其埃中央控制室的通道中，向義姊蕾亞妮——蕾伊詢問著。
「我想稍微查點東西。」
「我知道了！是工作吧！」
外表較為成熟的優妮亞撒嬌似的一把抱住幼女模樣的蕾伊的手臂。
蕾伊用溫柔的眼神守望著這樣的她。
兩人快步走過了漫長的走廊，通道盡頭是一扇厚重的門。
『偵測到女王蕾亞妮，解除中央控制室的封印。』
合成聲音——拉拉其埃中央控制核的聲音從黑暗中響起。
與此同時，門安靜地打開，柔和的光芒自天花板和牆壁灑落下來。
『女王蕾亞妮，請問今天有何需求？』
中央控制核用毫無起伏的語氣詢問著。

「我想閱覽『天護光蓋』的資料。」

『顯示資料。』

伴隨「啪啪啪啪啪！」的聲響，空中投影出許多情報。

蕾伊認真地看著顯示出來的大量資料。

「嗚哇，數量真多！每個都寫了好複雜的內容。姊姊大人，您看得懂嗎？」

「嗯，稍微看得懂。」

蕾伊心不在焉地回答了優妮亞提出的問題。

「……找不到呢。果然跟佐藤先生說的一樣，沒辦法小型化嗎？」

蕾伊似乎是因為對佐藤在無意間提到的「天護光蓋理論上無法小型化」一事感到在意才來調查的。

『已接受女王蕾亞妮的要求，進行資料檢索——將「天護光蓋」小型化是不可能的，顯示驗證資料。』

中央控制核將蕾伊的自言自語當作命令，從龐大的資料庫中展示出她在找的內容。

「雖然驗證方法不同，但得到的結論都一樣呢。」

蕾伊快速看完資料後，表情嚴肅地嘟噥道。

「姊姊大人的眉毛皺成一團了。」

優妮亞露出天真的表情朝蕾伊的眉頭戳了幾下。

蕾伊溫柔地推開她的手，嚴肅的臉上露出了笑容。

「姊姊大人，您不喜歡這些資料嗎？」

「沒那回事，只不過——」

在回答優妮亞的同時，數段記憶在蕾伊的腦中閃過——

小時候的自己哭泣著，母親大人正在保護我。是恐怖攻擊，強力的魔導炸彈被母親大人給擋了下來。包覆著我和母親大人的絕對守護障壁是眾神賦予的守護結界，那個毫無疑問就是——

「——我小時候曾看過母親大人使用『天護光蓋』。沒錯，我確實見到過！」

「姊姊大人？」

「中央控制核！把母親大人，也就是女王的裝備顯示給我看！其中應該會有用來保護自己的裝備才對！」

『檢索資料——已顯示相符的祕寶和神器。』

蕾伊甚至忘了回應困惑的優妮亞，自顧自地看起資料。

「找到了！就是這個！把這首飾的詳細情報顯示出來！」

『顯示「光天首飾」的情報。』

那是眾神賜予拉拉其埃王家的神器。

與現代日本常見的豪華項鍊不同，那是加上了許多厚重裝飾的莊嚴首飾。

「不會錯的，這個首飾能夠使用『天護光蓋』。有這個首飾的研究資料嗎？有的話全部顯示出來。」

『理論上不可能，但是卻真實存在，怎麼會有這種事？』

換作平時，中央控制核會立刻回應女王的要求，但它現在因為察覺自己記錄情報的矛盾點陷入了混亂。

「中央控制核？」

『——女王蕾亞妮，我得出了矛盾點。』

「發現了什麼？」

『就結論而言，我認為是拉拉其埃王家有意圖地隱藏了事實。』

聽見這段話，蕾伊的表情變得苦澀。

「既然被隱藏了，代表沒有留下資料嗎？」

『立刻進行調查。』

可以說是中央控制核本體的小塔開始不停地閃爍幾道光芒。

「加油～」

優妮亞向努力的中央控制核送去聲援。

「說得也是，我們來幫它加油吧。」

蕾伊面帶微笑地跟優妮亞一起幫正在思考的中央控制核打氣。

『檢索完畢，發現了研究書。』

「中央控制核真了不起！」

優妮亞直率地開口稱讚。

『研究書是經過暗號化之後，被收在王家的私人書籍中。』

「為什麼會收在那裡？算了，顯示出來吧。」

蕾伊不解地偏著頭，同時向中央控制核下達命令。

『由於該書籍為最高級安全指定，不允許女王蕾亞妮之外的人閱覽，請同行者離席。』

「——姊姊大人，我先離開了。」

優妮亞瞬間露出了寂寞的表情，接著臉上露出笑容朝門外走去。

「妳不必離開，留下來吧，優妮亞。」

「姊姊大人？」

蕾伊叫住了優妮亞。

「我以女王的權限，給予優妮亞暫時的閱覽許可。」

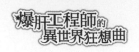

『已收到女王蕾亞妮的指令，將公開資料。』

中央控制核把資料展示在兩人面前。

在拉拉其埃的全盛時代，當時的研究員似乎在女王的命令下研究神器。

「是用了『太陽石』和『知泉石』為首，由『**八柱神明**』賜予的神石啊。」

「使用了眾神給的石頭……」

為了幫上蕾伊的忙，優妮亞將蕾伊的自言自語寫在活動人偶們準備的筆記紙上。

「優妮亞，也把太陽石和知泉石之類的名稱寫上去。」

蕾伊用溫柔的笑容看著優妮亞的行動，接著向她提出要求。

「我明白了，姊姊大人。」

優妮亞用燦爛的笑容回應，應該是因為被姊姊依賴讓她很開心吧。

由蕾伊閱讀資料，優妮亞加以記錄的作業持續了好一會兒。她連複雜的設計圖和迴路圖也能正確地複寫出來，意外地很有才能。

◆

「結束了，關閉資料吧。」

『——女王蕾亞妮，本次的機密情報已登錄到我的搜尋目錄中。若是再次遭到詢問，王家隱藏的情報有可能會被發現。』

「是嗎——」

蕾伊稍微猶豫了一會，決定再次將情報隱藏起來。

「既然如此，請你把目錄以及暫存資料全部刪除。」

『那麼，消除我與此相關的記憶。』

中央控制核的本體先是閃爍出強烈光芒，接著光芒如同斷電般消失。

經歷意外漫長的沉默之後，中央控制核再次啟動。

『女王蕾亞妮，請問今天有何貴幹？』

這個問題正是她們來到這個房間時，中央控制核說過的話。

「不，沒事，只是稍微來散個步。」

『是這樣啊。如果有任何問題，還請告知一聲。』

「嗯，我會這麼做的。」

蕾伊帶著些許罪惡感，與優妮亞一起離開了中央控制室。

「嗯——真困難呢。」

蕾伊仔細看完資料之後，大大地伸了個懶腰。

「姊姊大人，這裡有露露留下來的點心，我們一起吃吧。」

「嗯，謝謝妳。」

優妮亞算準時機將放在托盤上的茶和點心擺到桌上。

「工作順利嗎？」

「雖然遇到了一點困難，不過最重要的地方已經確認完成了。」

即使因為理論過於困難連一半都看不懂，但透過將普通版和「光天首飾」釋放的天護光蓋進行比較，最終得出了後者裝設了特殊的增幅迴路，而其中心有著來自「**八柱神明**」稱作神石的寶玉這個結論。

「問題在於——」

沒有得到神石的方法。

連蕾伊母親配戴在身上的「光天首飾」，也在拉拉其埃王朝滅亡時遺失了。

「——手邊沒有必要的素材，要是至少有一種……」

從研究員的備忘錄來看，神石就算只有一種也沒問題。只不過裝置會變大，需要的魔力會隨著時間增加而已。

「姊姊大人，沒問題的。主人・佐藤只要知道方法，一定能設法解決的。」

「是啊，優妮亞，說得沒錯。」

如果是佐藤，就算沒有完全準備好，光靠回路圖和資料就能設法處理。

蕾伊深信不疑地對佐藤抱持全盤的信賴。

「姊姊大人好像很開心呢。」

見到蕾伊開心的模樣，優妮亞也很高興。

「要是主人·佐藤能早點來就好了。」

「是啊，優妮亞。」

姊妹倆在拉庫恩島的宅邸和樂融融地露出微笑。

後記

您好，我是愛七ひろ。

非常感謝各位購買《爆肝工程師的異世界狂想曲》第二十二集！

因為這次後記的頁數很少，所以就簡短地聊一下本書的看點吧。

本集是久違的以觀光為主的溫馨故事。

只保留了ＷＥＢ版諸國漫遊篇的舞台與人物，是情境、季節與狀況都截然不同的全新故事，也增加了新角色。因為幾乎都是重新編寫的內容，所以我有自信能讓看過ＷＥＢ版的讀者也能好好享受。

神明大人的定位也和ＷＥＢ版有所不同，希望大家能夠不帶先入為主的觀念好好地享受故事。

因為篇幅快要用完了，就進入慣例的謝詞吧！我想要向責任編輯Ｉ、Ｓ，還有主編Ａ和ｓｈｒ・ｉ老師，以及其他與這本書的出版、通路、銷售、宣傳以及跨媒體相關的所有人士獻上感謝！

接著是各位讀者，非常感謝大家將本作品看到最後！

那麼下一集，在巴里恩神國篇再會吧！

愛七ひろ

這是妳與我的最後戰場，或是開創世界的聖戰 1~11 待續

Kadokawa Fantastic Novels

作者：細音 啓　插畫：猫鍋蒼

舞台為一百年前蓬勃發展的帝國，
潛藏於檯面底下的惡意和真實，終於真相大白！

在擊敗八大使徒・盧克雷宙斯之後，伊思卡一行人被天帝詠梅倫根邀至帝都見面。在天帝的指示下，希絲蓓爾用上了燈之星靈重現了過去的景象。而投映出來的，是年輕時的師父克洛斯威爾、詠梅倫根，以及一對有著涅比利斯姓氏的姊妹——

各 NT$200~240/HK$67~80

續・魔法科高中的劣等生

魔法人聯社 1~4 待續

Kadokawa Fantastic Novels

作者：佐島 勤　插畫：石田可奈

FAIR副領袖蘿拉前往沙斯塔山尋求聖遺物
她憑藉魔女的異能竟挖出意想不到的武器！

為了實現「以能夠使用魔法的優等種掌權統治」的理想社會，FAIR的第二號人物——蘿拉・西蒙來到加利福尼亞州的沙斯塔山，做出某種詭異的舉動尋找聖遺物。另外真由美等人前往USNA與FEHR的蕾娜商討合作，卻被有心人士盯上……

各 **NT$200~220/HK$67~73**

國家圖書館出版品預行編目資料

爆肝工程師的異世界狂想曲 / 愛七ひろ作；九十九夜譯 . -- 初版 . -- 臺北市：臺灣角川股份有限公司，2022.12-
冊；　公分 . -- (Kadokawa fantastic novels)
譯自：デスマーチからはじまる異世界狂想曲
ISBN 978-626-352-090-5(第 22 冊：平裝)

861.57　　　111017187

Kadokawa
Fantastic
Novels

爆肝工程師的異世界狂想曲 22

（原著名：デスマーチからはじまる異世界狂想曲 22）

2022年12月7日　初版第1刷發行

作　者：愛七ひろ
插　畫：shri
譯　者：九十九夜

發行人：岩崎剛人
總編輯：蔡佩芬
編　輯：楊芫青
美術設計：李思穎
印　務：李明修（主任）、張加恩（主任）、張凱棋

發行所：台灣角川股份有限公司
地　址：104台北市中山區松江路223號3樓
電　話：（02）2515-3000
傳　真：（02）2515-0033
網　址：www.kadokawa.com.tw
劃撥帳戶：台灣角川股份有限公司
劃撥帳號：19487412
法律顧問：有澤法律事務所
製　版：巨茂科技印刷有限公司
ISBN：978-626-352-090-5